ଆଦ୍ୟାଶା

ଗଳ୍ପ ସଂକଳନ

ଅବଧୂତ ପ୍ରସାଦ ପଣ୍ଡା

Copyright © 2023 Abadhoot Prasad Panda

Adyasha
First Edition: January 2023
Printed in India

Typeset in Kalinga

ISBN: 978-93-95374-95-8

Book Layout by: StoryMirror

Publisher: StoryMirror Infotech Pvt. Ltd.
                  7th Floor, El Tara Building, Behind Delphi Building,
                  Hiranandani Gardens, Powai, Mumbai,
                  Maharashtra - 400076, India.

Web: https://storymirror.com
Facebook: https://facebook.com/storymirror
Twitter: https://twitter.com/story_mirror
Instagram: https://instagram.com/storymirror
Email: marketing@storymirror.com

ଉସର୍ଗ

ମୋର ସ୍ୱର୍ଗବାସୀ ପିତା ଶ୍ରୀଯୁକ୍ତ ଦେବେନ୍ଦ୍ର ନାଥ ପଣ୍ଡା, ମର୍ତ୍ତ୍ୟବାସୀ ଖୁଡ଼ୀ କଲ୍ୟାଣୀ ଦିବ୍ୟା, ମଝିଆଁ ମାଉସୀ ଶରତ କୁମାରୀ ଆଚାର୍ଯ୍ୟ, ସବା ସାନ ମାଉସୀ ଆଶାଲତା ଆଚାର୍ଯ୍ୟ, ସାନ ମାମୁଁ ଶ୍ରୀଯୁକ୍ତ ବିଷ୍ଣୁ ଚରଣ ଆଚାର୍ଯ୍ୟ ଏବଂ ସର୍ବୋପରି ବର୍ତ୍ତମାନ ପ୍ରେରଣାର ଜୀବନ୍ତ ଉସ୍ସ ତଥା ଆମ ବ୍ୟାଙ୍କର ଅବସର ପ୍ରାପ୍ତ ବରିଷ୍ଠ ଅଧିକାରୀ ଲେଖକ ଶ୍ରୀଯୁକ୍ତ କାର୍ତ୍ତିକ ଚନ୍ଦ୍ର ବାରିକ ମହାଶୟ, ଯେଉଁମାନଙ୍କ ନିକଟରେ ମୁଁ ଚିରକୃତଜ୍ଞ। କାରଣ ଉକ୍ତ ଗୁରୁଜନମାନଙ୍କ ପ୍ରେରଣାରେ, ଓଡ଼ିଶା ଗ୍ରାମ୍ୟ ବ୍ୟାଙ୍କ ସେବାରୁ ଜାନୁଆରୀ ୨୦୨୦ରେ ବିରତ ହେବା ପରେ, କନିଷ୍ଠ ଭ୍ରାତା ଶିଶିର ପଣ୍ଡାଙ୍କ ସାହଚର୍ଯ୍ୟ ଦ୍ୱାରା ସୁନାମଧନ୍ୟ ସାରସ୍ୱତ ସଂସ୍ଥା ଷ୍ଟୋରୀ ମିରରର ମୁଁ କ୍ୟାପଟେନରୁ ଆଜି କର୍ଣ୍ଣେଲ ପାହ୍ୟାକୁ ଉନ୍ନୀତ ହୋଇ ନିଜକୁ ଧନ୍ୟ ମନେ କରୁଛି। ଆଉ ମଧ ମୋର ଜନ୍ମଦାତ୍ରୀ ମାତା ସୁଧାମୟୀ ଦିବ୍ୟାଙ୍କୁ ଭକ୍ତିପୂର୍ଣ୍ଣ ସାଦର ପ୍ରଣାମ ଯାହାଙ୍କ ଅମୂଲ୍ୟ ବାସଲ୍ୟ ମମତାରେ ଆଦ୍ୟାବଧି ମୁଁ ଜାଜ୍ୱଲ୍ୟମାନ।

ଲେଖକ ପରିଚୟ

ମୁଁ ଜଣେ ଅବସରପ୍ରାପ୍ତ ଓଡ଼ିଶା ଗ୍ରାମ୍ୟ ବ୍ୟାଙ୍କ କର୍ମଚାରୀ। ଚାକିରି କାଳ ମଧ୍ୟରେ ମୁଁ କାର୍ଯ୍ୟ ମୁକ୍ତ ଅବସର ସମୟରେ ପ୍ରାୟ ନିୟମିତ ଲେଖା ଲେଖି କରିଆସୁଥିଲି। ଯେତେବେଳେ ମୁଁ ପୂର୍ଣ୍ଣ ଅବସର ପାଇଲି ମୋର ସାହିତ୍ୟମନସ୍କତା ବିଶେଷ ରୂପେ ବୃଦ୍ଧି ପ୍ରାପ୍ତ ହେଲା। ରାଜସେବା କାଳ ମଧ୍ୟରେ 'ନାରୀ ସୁରକ୍ଷା', 'ଯୁଗ ଶ୍ରୀ ଯୁଗ ନାରୀ', "ଓଟିମ ହାଇସ୍କୁଲ ପୁରାତନ ଛାତ୍ର ସଂସଦ ସୌଜନ୍ୟରୁ ପ୍ରକାଶିତ ବାର୍ଷିକ ପତ୍ରିକା" ସମାଚାର ଓ ସ୍ମରଣିକା", ଡାଲିଯୋଡ଼ା ସାହିତ୍ୟ ସଂସଦ ପକ୍ଷରୁ ପ୍ରକାଶିତ ବାର୍ଷିକ ପୁସ୍ତିକା "ଡାଲିଯୋଡ଼ା", " ସମୟ ଖବର କାଗଜର ଚୁନ ଚୁନ ବିଭାଗ", "କଥା", ଖବରକାଗଜ ପ୍ରଜାତନ୍ତ୍ର ଓ ସମାଜରେ ମୁଁ ନିୟମିତ ରୂପେ ଲେଖା ଦେଇ ଆସୁଥିଲି। ମାତ୍ର ଅବସର ପ୍ରାପ୍ତି ପରେ ଆକାଶ ଜାଲ ମାଧ୍ୟମରେ ମୁଁ ଯଥା ସାଧ୍ୟ ବିଶ୍ୱପ୍ରସିଦ୍ଧ ଆକାଶ ଜାଲି ସାରସ୍ୱତ ସଂସ୍ଥା " ସ୍ଟୋରୀ ମିରର" ଓ "ଗ୍ଲୋବାଲ ଲିଟେରରୀ ସୋସାଇଟି" ଦୁଇଟିର ନିୟମିତ ଅଂଶଦାତା ଭାବେ ଅଦ୍ୟାବଧୂ କାର୍ଯ୍ୟରତ।

ଯେତେବେଳେ "ସ୍ଟୋରୀ ମିରର" ଆନୁକୂଲ୍ୟରୁ ପୁସ୍ତକ ପ୍ରକାଶନ ସମ୍ବନ୍ଧେ ଅବଗତ ହେଲି ମୋର ସାହିତ୍ୟ ଅନୁରାଗୀ ମନ ଉତ୍ଫୁଲ୍ଲିତ ହୋଇ ଉଠିଲା। ନିଜର ଖର୍ଚ୍ଚେ ପୁସ୍ତକ ପ୍ରକାଶ କରି ସମସ୍ତ ଓଡ଼ିଆ ସାହିତ୍ୟ ପ୍ରେମୀ ପାଠକ ପାଠିକାଗଣଙ୍କ ମନ ପ୍ରାଣରେ ସତେଜତା ଭରି ଦେବା ପାଇଁ।

ଆଉ ମଧ୍ୟ ଏ କ୍ଷେତ୍ରରେ "ଷ୍ଟୋରୀ ମିରରର" ସଂଯୋଜିକା ମହାଶୟା ଶ୍ରୀମତୀ ପଲ୍ଲବିନୀ ଆଚାର୍ଯ୍ୟଙ୍କ ପ୍ରେରଣା ତଥା ସହଯୋଗ ଅତୀବ ପ୍ରଶଂସନୀୟ ଯାହାଙ୍କ ନିକଟରୁ ମୁଁ ଆଜି ପ୍ରୋତ୍ସାହନ ପାଇଛି ନିଜ ରଚନା ସମ୍ମିଳିତ ଗୋଟିଏ ପୁସ୍ତକ ପ୍ରକାଶ କରିବାକୁ। ତେଣୁ ଆଚାର୍ଯ୍ୟ ମହାଶୟାଙ୍କ ସୌଜନ୍ୟତା ସମ୍ମୁଖରେ ମୁଁ ଚିର କୃତଜ୍ଞ। ତେଲ ଲୁଣ ସଂସାର ମଧ୍ୟରେ ସାରସ୍ୱତ ସାଧନା ସମ୍ୟକ କଷ୍ଟସାଧ୍ୟ ହେଲେ ବି ମୋର ଏଇ ବରିଷ୍ଠ ନାଗରିକ ଉପାଧ୍ୟଯୁକ୍ତ ମନ ପ୍ରାଣ ସେଥିରୁ ବିରତ ହେବାକୁ କୁଣ୍ଠାବୋଧ କରୁଛି। ବୟସ୍କ ମଣିଷର ଶରୀର ଶୁଖି ଯାଏ ସିନା ଅଥଚ ତାର ଆଶା ବୈତରଣୀ କେବେବି ଶୁଖେନା। ସେ ଚିର ସବୁଜା ଚଳ ଚଞ୍ଚଳ। ମୋର ଭାବୁକ ମନ ପ୍ରାଣରେ ସଦା ସର୍ବଦା ଏକ ସତ କାମନା ଜାଗ୍ରତ ହୋଇ ଚାଲିଛି ଚିର ଆଶାବାଦୀ ସାଜି ସର୍ବ କାମନା ପୂର୍ଣ୍ଣକାରୀ ମହାପ୍ରଭୁଙ୍କ କୃପା ଦୃଷ୍ଟିରୁ ପିତାମାତା ଗୁରୁଜନଙ୍କ ଆନ୍ତରିକ ଶୁଭାଶିଷରୁ ତଥା ଜଗନ୍ନାତା ମରାଳ ବାହିନୀ ଆଦିମାତା ବାଗ୍‌ଦେବୀ ସରସ୍ୱତୀଙ୍କ କଲ୍ୟାଣମୟୀ ଅଭୟ ମୁଦ୍ରାରୁ।

ସର୍ବୋପରି ମୋର ହୃଦୟ କନ୍ଦରରେ ସୃଷ୍ଟ ପ୍ରତିଧ୍ୱନି ସଦା ସର୍ବଦା ସଂକେତ ଦେଇ ଚାଲିଛି- ହେ ଷ୍ଟୋରୀ ମିରର୍ ତୁମେ ଥକିଯାଆନା ଆଦୌ। ତୁମର ସ୍ୱଚ୍ଛ ଦର୍ପଣରେ ପ୍ରତିଫଳିତ କର ସଦା ସାରସ୍ୱତ କିରଣ। ମାତା ସରସ୍ୱତୀଙ୍କ ସାରା ବୈଶ୍ୱିକ ବର ପୁତ୍ରକନ୍ୟାବୃନ୍ଦଙ୍କୁ ଯଥା ସମ୍ଭବ ପ୍ରେରଣା ଓ ଉଦ୍ଦୀପନା ପ୍ରଦାନ କରି ଚାଲ ଅନନ୍ତ କାଳ ପର୍ଯ୍ୟନ୍ତ। ସମୟ ଚକ୍ର ଗଡ଼ି ଗଡ଼ି ଥକି ଯାଉ ପଛେ ତୁମେ ଆହୁରି ଆଗକୁ ଦ୍ରୁତ ଗତିରେ ଆଗେଇ ଚାଲ ସୁଦୂର ସାରସ୍ୱତ ଦିଗବଳୟ ପର୍ଯ୍ୟନ୍ତ ଯେଉଁଠି ଶୁଭ୍ରବସନାବୃତା ଶୁଭ୍ର ଚେତନା ଦାତ୍ରୀ ଗରୀୟସୀ ମାତା ବାଗ୍‌ଦେବୀ ଅପେକ୍ଷାରତ ସ୍ୱହସ୍ତେ କାବ୍ୟକବିତାମୃତ ସୁବର୍ଣ୍ଣ ଭାଣ୍ଡ ଧାରଣ ପୂର୍ବକ ପାନ କରାଇ ତୁମକୁ ଚିର ଅମରତ୍ୱ ପ୍ରଦାନାର୍ଥେ ତଥା ଦେବାକୁ ତୁମକୁ ସ୍ୱୀକୃତି ଏକ ସିଦ୍ଧ ସାରସ୍ୱତ ସାଧକ ରୂପେ ବିଶ୍ୱ ଦରବାରେ।

ଜୟ ଜଗନ୍ନାଥ, ଜୟ ମାତା କମଳିନୀ, ଜୟ ମାତା ବୀଣାପାଣି,
ଜୟ ମାତା ସିଂହବାହିନୀ, ଦୁର୍ଗେ ଦୁର୍ଗତିନାଶିନୀ ମା' ଦୁର୍ଗା।
ଆପଣଙ୍କୁ କୋଟି କୋଟି ପ୍ରଣାମ।

ମୁଖବନ୍ଧ

ସାହିତ୍ୟ ଗୋଟେ ନିଶା। ଏହି ନିଶାରେ ବଶବର୍ତ୍ତୀ ହୋଇ କିଏ କେତେବେଳେ ସାହିତ୍ୟିକରେ ପରିଣତ ହୋଇଯାଆନ୍ତି ତାହାର କିଛି ଇୟତା ନାହିଁ। ସେହିପରି ସାହିତ୍ୟ ପ୍ରତି ବେଶ୍ ଆସକ୍ତ ହୋଇ ପଡ଼ନ୍ତି ଗାନ୍ଧିକ ଅବଧୂତ ବାବୁ। ଏବେ ସେ ପରିଣତ ବୟସରେ। ବେଶ୍ କିଛିଦିନ ହେବ ଓଡ଼ିଶା ଗ୍ରାମ୍ୟ ବ୍ୟାଙ୍କ୍‌ରୁ ଅବସର ନେଇଛନ୍ତି। କର୍ମମୟ ଜୀବନର ଜଞ୍ଜାଳ ଆଉ ନାହିଁ। ତେବେ ସାହିତ୍ୟ ଜଞ୍ଜାଳ ବଢ଼ି ଯାଇଛି। ଏବେ ସେ ପ୍ରତ୍ୟହ ଗୋଟେ ଯୋଡ଼ିଏ ଲେଖା ଲେଖନ୍ତି, ନ ହେଲେ କୁଆଡ଼େ ତାଙ୍କ ସମୟଟା ଠିକ୍ ସେ ଅତିବାହିତ ହୁଏ ନାହିଁ।

ବାସ୍ତବରେ ଏହା ଏକ ନିଶା। ଥରେ ସାହିତ୍ୟ ପ୍ରେମରେ ପଡ଼ିଲେ ଆଉ କିଛିରେ ମନ ଥୟ ଧରେ ନାହିଁ। ଖାଲି ମନରେ ଗୋଟିଏ ଭାବନା-"ମୁଁ କିଛି ଲେଖନ୍ତି କି।" ଏଭଳି କିଛି ଉଦ୍‌ବେଳନ ହୁଏତ ଲେଖକ ମହାଶୟ ଅନୁଭବ କରୁଥିବେ ବା ସେଇ ଉଦ୍‌ବେଳନରେ ଅବଗାହନ କରୁକରୁ ଲେଖ୍ ପକାଉଥିବେ।

ହଁ ତ, ବିଭିନ୍ନ ସାମାଜିକ ମାଧ୍ୟମାରେ ତାଙ୍କର ଲେଖାଗୁଡ଼ିକ ଅନେକ ସମୟରେ ପ୍ରକାଶିତ ହେଉଥିବା ମୋ ନଜରରେ ପଡ଼ିଛି। ତେବେ କ'ଣ ନିଜର ଅବସରକାଳୀନ ସମୟକୁ ଉଚିତ୍ ବିନିଯୋଗ କରିବା ପାଇଁ ସେ ସାହିତ୍ୟକୁ ଉତ୍କୃଷ୍ଟ ମାର୍ଗ ଭାବେ ଗ୍ରହଣ କରି ନେଇଛନ୍ତି? ହଁ - ଏହା ହିଁ ହୋଇପାରୋ। ତେବେ ସାହିତ୍ୟ ସର୍ଜନା ତାଙ୍କ ପାଇଁ ନୂଆ ନୁହେଁ। ସେ ପୂର୍ବରୁ ମଧ୍ୟ ଲେଖୁଥିଲେ, ତେବେ ଏତେଟା

ବ୍ୟାପକ ନୁହେଁ। ଏବେ କିନ୍ତୁ ଅନେକ ତାଙ୍କର କୃତି ଓ ସୃଷ୍ଟି। ତେଣୁ ତାଙ୍କର ସାହିତ୍ୟାକାଶ ବେଶ୍ ପ୍ରଶସ୍ତ ହୋଇଛି। ଏବେ ସେ ଖାଲି ଓଡ଼ିଆରେ ଲେଖୁ ନାହାନ୍ତି, ଲେଖୁଛନ୍ତି ମଧ୍ୟ ଉଭୟ ଇଂରାଜୀ ଓ ଓଡ଼ିଆ ସାହିତ୍ୟରେ- ଅନେକ ଗଳ୍ପ ଓ କବିତା। ଏହିପରି ସେ ଲେଖୁଥାନ୍ତୁ ଓ ଭାଷା ସାହିତ୍ୟକୁ ତାଙ୍କର ଦାନ ଅତୁଳନୀୟ ରହୁ।

ଏହି ପରିପ୍ରେକ୍ଷୀରେ ତାଙ୍କର ପ୍ରଥମ ଗଳ୍ପ ସଂକଳନ "ଆଦ୍ୟାଶା" ବିଚାର୍ଯ୍ୟ। ଏଥିରେ ଲେଖକ ପ୍ରାୟତଃ ୨୨ଟି ଗଳ୍ପ ଲେଖିଛନ୍ତି। ଗଳ୍ପଗୁଡ଼ିକର କାୟା ବେଶ୍ ବୃହତ ନହେଲେ ହେଁ ଲେଖାଗୁଡ଼ିକ ଅତ୍ୟନ୍ତ ସମୃଦ୍ଧ। ଅନେକ ଛୋଟଛୋଟ ସହଜ ସରଳ ଘଟଣା ଓ କ୍ଷୁଦ୍ରାତିକ୍ଷୁଦ୍ର ଭାବନାକୁ ସେ ବୃହତ କରି ଗଢ଼ି ତୋଳିବାର ଆପ୍ରାଣ ପ୍ରୟାସ କରିଛନ୍ତି। ଅନେକ କ୍ଷେତ୍ରରେ ଏହି ପ୍ରୟାସରେ ସେ ମଧ୍ୟ ସଫଳ ହୋଇଛନ୍ତି, ତେଣୁ ଗଳ୍ପଗୁଡ଼ିକ ବେଶ୍ ସାର୍ଥକ ଓ ଭାବୋଦ୍ଦୀପକ। ମୁଁ ସମସ୍ତ ଗଳ୍ପ ପଢ଼ିପାରି ନ ଥିଲେ ହେଁ କେତୋଟି ତ ପଢ଼ିଛି। ଭାତ ହାଣ୍ଡିରୁ ଗୋଟିଏ ଭାତ ଟିପୁଡ଼ି ଯେପରି ହାଣ୍ଡିକୟାକ ଭାତକୁ କଳି ହୁଏ ସେହିପରି ମୁଁ ତାଙ୍କ ଗଳ୍ପଗୁଡ଼ିକୁ କଳିଛି ଓ ଆନନ୍ଦିତ ହୋଇଛି ମଧ୍ୟ।

ସେ ଅଧିକଂଶ ଗଳ୍ପର ପୃଷ୍ଠଭୂମି ଖୋଜିଛନ୍ତି ନିଜ ଗାଁରେ ବା ନିଜ ଗାଁରେ ଲେଖକ ବ୍ୟୟିତ କରିଥିବା ପ୍ରତିଟି ମୁହୂର୍ତ୍ତକୁ ବେଶ୍ ଅଞ୍ଜାଲି ପାରିଛନ୍ତି। ନିଜ ଚେତନାର ସୀମା ସରହଦ ଡେଇଁ ସେ ଅତୀତକୁ ଫେରି ଯାଇଛନ୍ତି ଓ ଅତୀତରୁ ସାଉଁଟି ଆଣିଛନ୍ତି କେତେ ହୀରା, ମୋତି ଓ ମାଣିକ ଯାହାକୁ ସେ ପାଠକମାନଙ୍କୁ ପରସି ଦେବାକୁ ତରତର ହେବା ଉଭାରୁ ଲେଖି ବସିଛନ୍ତି ଅନେକ ଗଳ୍ପ ସମ୍ଭାର। ସେଇ ଗଳ୍ପ ସମ୍ଭାରକୁ ନେଇ ଗଳ୍ପ ସଂକଳନ "ଆଦ୍ୟାଶା"ର ସୃଷ୍ଟି ପରିକଳ୍ପନା କରାଯାଇ ଥାଇପାରେ ଯାହାକି ସୃଷ୍ଟିର ନବୀନ

ଆଲୋକ ସନ୍ଦର୍ଶନ ଅପେକ୍ଷାରେ ଏବେ ବି ଅପେକ୍ଷମାଣ।

ଲେଖାଗୁଡିକରେ କାହାଣୀଧର୍ମିତା ବଜାୟ ରହିବା ସଙ୍ଗେସଙ୍ଗେ ଶିଶୁ ମନ ଗହନର ଲୀଳାଖେଳା ବେଶ୍ ସୁନ୍ଦର ଭାବେ ରୂପାୟିତ। 'ଅଜଣା ସମାଜ ସେବୀ' ଗଳ୍ପରେ ଫ୍ୟାଣ୍ଟମ ମହାଶୟ ଚରିତ୍ର ମାଧ୍ୟମରେ ଲେଖକ ସଜ୍ଜୋଟ ଓ ସାଧୁତା ଅବଲମ୍ବନ କରିବା ପାଇଁ ସମାଜକୁ ପ୍ରେରଣା ଦେବା ସହିତ ମିତା ଚରିତ୍ର ମାଧ୍ୟମରେ ନାରୀମାନଙ୍କୁ ସାହସୀ ଓ ସଶକ୍ତ ହେବା ପାଇଁ ପରୋକ୍ଷରେ ଉତ୍ସାହିତ କରିଛନ୍ତି। ଏହିଭଳି ଗଳ୍ପଗୁଡିକ ଅତି ମର୍ମସ୍ପର୍ଶୀ ଓ ପ୍ରେରଣାଦାୟକ। "ବାଉଁଶ ପୋଖରୀ ପ୍ରେତିନୀ" ଗଳ୍ପରେ ସେ ଏକ ସାମାଜିକ ବିଶ୍ୱାସ ବା ଅନ୍ଧ ବିଶ୍ୱାସକୁ ସ୍ଥାନ ଦେଇଛନ୍ତି।

ଏହା ହୋଇପାରେ ଏକ ଅନ୍ଧବିଶ୍ୱାସ ମାତ୍ର ମଣିଷର ବିଶ୍ୱାସବୋଧ ଓ ଭାବନାମୟ କ୍ରିୟାକ୍ରମ ଏଥିରେ ନିହିତ। ସାଧାରଣରେ ବିଶ୍ୱାସ ଅଛି ଯେ, ଆଇଁଷାଦି ଦ୍ରବ୍ୟ ରାତିରେ ଘରକୁ ଆଣିଲେ ସେଥିରୁ ଖଣ୍ଡେ ଦୁଇଖଣ୍ଡ ଦାଣ୍ଡ ଆଡ଼କୁ ଫିଙ୍ଗି ଦିଆଯାଏ, କାରଣ ଭୂତପ୍ରେତଙ୍କର କାଲେ ତା ଉପରେ ନଜର ପଡିଥିବ। ଏହି କଥାବସ୍ତୁ ହିଁ ଗଳ୍ପର ମୂଳପିଣ୍ଡ ଯାହାକୁ ବେଶ ଚମତ୍କାର ଭାବେ ଗାନ୍ଧିକ ବ୍ୟାଖ୍ୟା ବସିଛନ୍ତି। ସେହିପରି "ଯାଦୁକରଙ୍କ ଘର" ଗଳ୍ପରେ ଗୀତାର ମାଆ ପାଇଁ ଭାବାବେଗ ଶେଷରେ ବାପାଙ୍କୁ ଦ୍ୱିତୀୟ ବିବାହ ପାଇଁ ବାଧ୍ୟ କରିବା ପ୍ରସଙ୍ଗ ଅତ୍ୟନ୍ତ ତାତ୍ତ୍ୱିକ।

ତାଙ୍କର ଗଳ୍ପଗୁଡିକ ପ୍ରାୟତଃ ଶିଶୁ ମନସ୍ତତ୍ତ୍ୱକୁ ନେଇ ସମୃଦ୍ଧ ଯେଉଁଥିରେ କି ଶିଶୁ ହିଁ ମୁଖ୍ୟ ଚରିତ୍ର ଆଉ ସବୁ ପାର୍ଶ୍ୱ ସହଚର ବା ପାର୍ଶ୍ୱ ଚରିତ୍ର। ତେଣୁ ଶିଶୁମାନଙ୍କୁ ବେଶ୍ ପ୍ରଲୁବ୍ଧ କରିବ। ଲେଖକ ଆହୁରି ଅନେକ ସାହିତ୍ୟ ସର୍ଜନା

କରନ୍ତୁ । ଓଡ଼ିଆ ଭାଷା ସାହିତ୍ୟକୁ ସେ ସମୃଦ୍ଧ କରନ୍ତୁ - ଏହା ହିଁ ମଙ୍ଗଳମୟ ମହାପ୍ରଭୁ ଜଗନ୍ନାଥଙ୍କ ନିକଟରେ ପ୍ରାର୍ଥନା ।

- ଗାନ୍ଧିକ ସତ୍ୟ ପ୍ରକାଶ ସେଠୀ

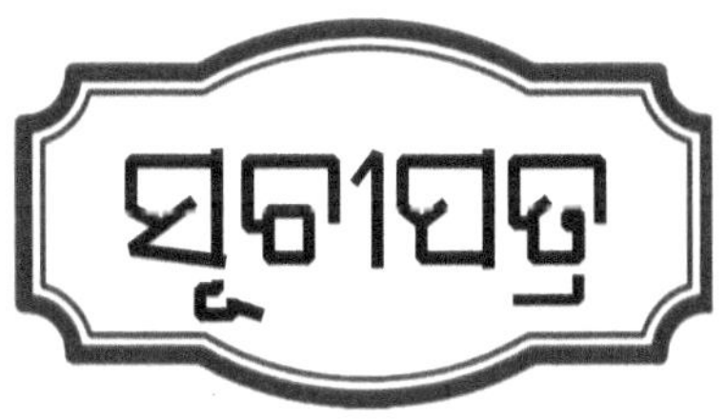

ସୂଚୀପତ୍ର

ଅସଙ୍ଗତ ଦାମ୍ପତ୍ୟ ଜୀବନ

ବଡ଼ ବଡ଼ିଆଙ୍କ ବଡ଼ ସଉକି ଡାଙ୍ଗା ଅମୀର ଆଭିଜାତ୍ୟ ପୁତ୍ର ସନ୍ତାନ ଅଶୋକଙ୍କ ମନ ପ୍ରାଣରେ ସର୍ବଦା ଉଙ୍କି ମାରିଥିଲା। ବିଶ୍ୱ ବିଦ୍ୟାଳୟର ଶେଷ ବର୍ଷର ଛାତ୍ର ଥିଲା ସେ। ଭଲ ପାଠ ପଢ଼ା ସାଙ୍ଗକୁ ମୌଜ ମସ୍ତି ଦାମୀ ହାଭାନା ଚୁରୁଟ ଟଣା, ମାଲଟେଡ଼ ଶାମ୍ପେନ ପାନ, ବନାରସୀ ତାମ୍ବୁଲ ସେବନ, ଗଣିକାଳୟ ଗମନ, ସାଙ୍ଗ ସାଥୀଙ୍କ ମେଳରେ ଜୀବନକୁ ଭୌତିକ ଆନନ୍ଦରେ ସର୍ବଦା ତୁବାଇ ରଖୁଥିଲେ। ଅମୀର ବାପାଙ୍କ କଳା ଧନକୁ ପାଣିରେ ଫିଙ୍ଗିବା ତାଙ୍କର ଅଭ୍ୟାସ ଗତ ହୋଇ ପଡ଼ିଥିଲା।

ମା' ବାପା ଗୁରୁ ଗୁରୁଜନ ହିତାକାଂକ୍ଷୀ ସାଙ୍ଗ ସାଥୀଙ୍କ ସତ୍ ଉପଦେଶଗୁଡ଼ିକୁ କର୍ଣ୍ଣପାତ କରୁନଥିଲେ। ମଡର୍ଣ୍ଣ ନେଟ ଦୁନିଆର ଗାଲ୍ ପ୍ରେଣ୍ଡମାନଙ୍କ ଗ୍ଲାମରସ ଆକର୍ଷଣରେ ନିଜକୁ ବଶୀଭୂତ କରିବା ବି ସେ ଭୁଲି ନଥିଲେ। ସେମାନଙ୍କ ପ୍ରସାଧନୀ ମଣ୍ଡିତ ତନ୍ୁଶ୍ରୀର ଲୋଭନୀୟ ଜାଲରେ ନିଜକୁ ଛନ୍ଦି ଛୁଟିଦିନର ଅବସର ସମୟ ଅତିବାହିତ କରିଚାଲିଥିଲେ ବିନା ଦ୍ୱିଧାରେ। ଅର୍ଥ ପିପାସୁ ଦେଶୀ ବିଦେଶୀ ଦେହଜୀବୀ ତରୁଣୀ ରତି ସୁଖ କ୍ଷଣିତ୍ ପାଇବ ସ୍ଥାର ହୋଟେଲର ଗୁପ୍ତ କକ୍ଷରେ ଅଶୋକ ବାବୁଙ୍କ ତନ୍ୁ ମନକୁ ରଙ୍ଗାୟିତ କରିବାକୁ ମଧ୍ୟ ପଶ୍ଚାଦପଦ ହୋଇ ନଥିଲା।

ଦିନକୁ ଦିନ ଏଇ ଲଗାମଛଡ଼ା ମନ ତାଙ୍କ ଛାତ୍ର ଜୀବନ ସାଗରରେ ଲଘୁଚାପ କର୍ତ୍ତୃତ୍ ଘୂର୍ଣ୍ଣି ଝଡ଼ ଏକ ଘାତକ ରୂପେ ଦଣ୍ଡାୟମାନ ଥିଲା। ସେଥିରୁ ସେ ମୁକୁଳି ପାରି ନଥିଲେ। ସାନ ଭାଇ ଓ ସାନ ଭଉଣୀଙ୍କ

ସମ୍ମୁଖରେ ହାସ୍ୟାସ୍ପଦ ଭାବେ ଅଜ୍ଞାତସାରରେ ନିଜ ଭାବମୂର୍ତ୍ତିକୁ ତିମିରାଚ୍ଛନ୍ନ କରି ପକାଇଥିଲେ। ପରିଣାମରେ ତାଙ୍କର ମେଧାବୀ ଛାତ୍ର ଜୀବନରେ ବିପର୍ଯ୍ୟୟ ଅନୁପ୍ରବେଶ କରିଥିଲା। ବାପାଙ୍କ ଆର୍ଥିକ ଶକ୍ତି ତାଙ୍କର କ୍ରମିକ କ୍ଷୀଣ ମେଧାଶକ୍ତିର ମର୍ଯ୍ୟାଦାକୁ କଳେ ବଳେ କୌଶଳେ ପ୍ରତିପାଦିତ କରିଥିଲା। ଅଶୋକ ବାବୁ ପଦାର୍ଥବିଜ୍ଞାନରେ ସ୍ନାତକୋତ୍ତର ପରୀକ୍ଷାରେ ପ୍ରଥମ ସୋପାନରେ ଉତ୍ତୀର୍ଣ୍ଣ ହୋଇ ପାରିଥିଲେ। ସତେ ଯେପରି ଗବାକ୍ଷ ମାଧ୍ୟମରେ ଅପ୍ରତ୍ୟାଶିତ ଚନ୍ଦ୍ରାଲୋକାମୃତ ସ୍ପର୍ଶ ତାଙ୍କର ମାଦକାଶକ୍ତ ସଦୃଶ ମସ୍ତିଷ୍କଟିକୁ ଅପ୍ରତ୍ୟାଶିତ ସାଫଲ୍ୟତା ପ୍ରଦାନରେ ପୁନର୍ଜୀବିତ କରୁଥିଲା।

ହଠାତ୍ ବାପାଙ୍କ ପଦ ଶଢରେ ଅଶୋକ ବାବୁଙ୍କ ଭାବନାପୂର୍ଣ୍ଣ ମଗଜରେ ଆଲୋଡ଼ନ ସୃଷ୍ଟି କରିବାକୁ ଲାଗିଲା। "ଆରେ ଲାଇଟ୍ ଅଫ୍ କରି ଜହ୍ନକୁ ଚାହିଁ ଖଟ ଉପରେ ଶୋଇ କଣ ଭାବୁଛୁ। ଏଥର ମନ ଖୁସି ତ?" ତୋର ନିଶା ଖାଇବା ଅଭ୍ୟାସଟାକୁ ଆସ୍ତେ ଆସ୍ତେ କମେଇ ଦେ। ହଠାତ୍ ଛାଡ଼ିଲେ ଅସୁବିଧା। ମନ ଦୃଢ଼ କଲେ ସବୁ ସମ୍ଭବ। ବେଳେ ବେଳେ ତୁମ ଅଧାପକ ଅଧାପିକାମାନଙ୍କ ସହିତ ବାଟରେ ଭେଟ ହୁଏ। ସେମାନେ ମୋତେ କହନ୍ତି। ରକ୍ଷା ହେଇଛି କୁଳପତି ମହାଶୟଙ୍କ କାନରେ ତୋ ନିଶାସକ୍ତ ମୌଜ ମଜଲିସ୍ କଥା ପଡ଼ିନି। ନଚେତ ସେ ତୋତେ ରଷ୍ଟିକେଟ କରି ଦେଇଥାନ୍ତେ। ମୋତେ କୁଳପତିଙ୍କୁ ଅଯଥା ତେଲ ମାଲିସ କରିବାକୁ ପଡ଼ିଥାନ୍ତା।

ଯାହାବି ହେଉ ତୋ ପାଇଁ ବର୍ତ୍ତମାନ ତୋ ଚାକିରି ଆଉ ବାହାଘର ସମସ୍ୟା ମୋ ମୁଣ୍ଡ ଉପରେ, ଯେହେତୁ ତୁ ମୋର ବଡ଼ ପୁଅ। ମୋର ଇଜ୍ଜତ ତୋ ହାତରେ। ତୁ ନିଶା ଖାଉନୁ, ତତେ ନିଶା ଖାଇ ସାରିଲାଣି। ତେଣୁ ଆଜିଠାରୁ ଚେଷ୍ଟା କର ନିଶା ପୁରାପୁରି ଛାଡ଼ିବାକୁ। ଇଚ୍ଛା ଥିଲେ ଉପାୟ ଅଛି।

ଆଉ ଗୋଟେ କଥା ମନେରଖ ପଅରିଦିନ ଯାଇଁ "ସୁପର ଡଲ" କମ୍ପାନୀରେ ଏକ ମାର୍କେଟିଂ ଅଫିସର ପୋଷ୍ଟ ଖାଲି ଅଛି। ତାର ମାଲିକ ମୋ ପିଲାଦିନ ଘନିଷ୍ଟ ସ୍କୁଲ ସାଙ୍ଗ। ମୁଁ ତାକୁ ତୋ ବିଷୟରେ ସବୁ କହିଛି। ତୁ ତୋର ସବୁ ସାର୍ଟିଫିକେଟ ନେଇ କେବଳ ରିଟିନ ଟେଷ୍ଟରେ ବସିବୁ। ବହୁତ ପିଲା ଆସିବେ। କିନ୍ତୁ ତୁ ନିଶ୍ଚୟ ପାଇବୁ। ମନେ ରହିଲା ଅଶୋକ। ମୁଁ ଜଣେ

ଶିଳ୍ପପତି ମୋ ପାଖରେ ସମୟ ବଡ଼ ଅଭାବ। ବଡ଼ କଷ୍ଟରେ ଏତିକି କହିବାକୁ ତୋ ପାଖକୁ ଆସିଲି। ମା' ବି ଜାଣିଛି। ମୁଁ ଆସୁଛି। ଶୁଭ ରାତ୍ରି। ଏତିକି କହି ଗଜେନ୍ଦ୍ର ବାବୁ (ଅଶୋକର ବାପା)ପ୍ରସ୍ଥାନ କଲେ। ବାପାଙ୍କ ନିର୍ଦ୍ଦେଶ ଓ ପରାମର୍ଶ ଅନୁଯାୟୀ ଅଶୋକ ପରୀକ୍ଷା ଦେଇ ଚାକିରି ପାଇଲେ। ମାସକୁ ଦରମା ଏକ ଲକ୍ଷ ପାଖାପାଖି।

ଗଜେନ୍ଦ୍ର ବାବୁ ପ୍ରାୟ ଛ' ମାସ ପରେ ଅଶୋକଙ୍କ ଏକ ନୀତିବାନ ପରିବାରରେ ବିଭାଘର କରିଦେଲେ। ଝିଅ ରକ୍ଷଣ ଶୀଳା। ତାଙ୍କ ନାଁ ସୀମା।ସେତେବେଳକୁ ଅଶୋକ ବାବୁ ନିଶା ସେବନ ପରିତ୍ୟାଗ କରି ଦେଇଥିଲେ। ସମସ୍ତେ ତାଙ୍କୁ ତାରିଫ ନକରି ରହିପାରୁ ନଥିଲେ। କ୍ରମେ କ୍ରମେ ତାଙ୍କର ବିଭାଘର ପାଞ୍ଚ ବର୍ଷ ପୁରିଗଲା। କିନ୍ତୁ ସନ୍ତାନ ଶୂନ୍ୟ କୋଳା ପରିବାର, ଜ୍ଞାତି କୁଟୁମ୍ବମାନେ ସଭିଏଁ ଆଶ୍ଚର୍ଯ୍ୟ ହେଲେ। କେହି କେହି ଭାବିଲେ ଆଜିକାଲି ତ ଗର୍ଭ ନିରୋଧକ ଉପାୟ ସହଜ ସୁଲଭ,ବୋଧହୁଏ ଅଶୋକ ଓ ସୀମା ଜାଣିଶୁଣି ଡେରି କରୁଛନ୍ତି। ଆଉ ବି କେହି କେହି ବାବା ମାତାଙ୍କ ପରାମର୍ଶ ନେବାକୁ କହିଲେ। କେହି କେହି ମନ୍ଦିରରେ ମାନସିକ ଗୁଆ ବସାଇବାକୁ ଉପଦେଶ ଦେଲେ। ଶିକ୍ଷିତ ଲୋକେ ସିମେନ ଓ ଓଭ୍ୟୁମ ଟେଷ୍ଟ କରାଇବାକୁ ପରାମର୍ଶ ଦେଲେ। ଏପରି ସମସ୍ତ ପରାମର୍ଶଗୁଡ଼ିକୁ ଅଶୋକ ବାବୁଙ୍କ ମାବାପା ଅକ୍ଷରେ ଅକ୍ଷରେ ପାଳନ କଲେ। କିନ୍ତୁ ଡାକ୍ତରୀ ମାଇନାରୁ ପଜିଟିଭ ରେଜଲ୍ଟ ଆସିଲା। ଏମିତି ଏମିତି ଆହୁରି ବର୍ଷେ ଅର୍ଥାତ ବିଭାଘରର ଛ ବର୍ଷ ବିତିଗଲା। ମାତ୍ର ସନ୍ତାନ ଅପେକ୍ଷାରେ ସମସ୍ତେ ବସି ରହିଲେ।

ଦିନେ ରାତିରେ ଅଶୋକ ବାବୁଙ୍କ ଦେହ ହଠାତ୍ ଖରାପ ହୋଇଗଲା। ବଡ଼ ପୁଅ ପାଖରେ ଥିବାରୁ ସେ ଉପର ମହଲାରୁ ତଳ ମହଲାକୁ ଆସିଲେ ପୁଅ ବୋହୂଙ୍କୁ ଖବର ଦେବାପାଇଁ। ରାତି ବାରଟା। ଅଶୋକ ବାବୁଙ୍କ କବାଟ ପାଖରେ ପହଞ୍ଚି ଠିଆ ହେଲେ। ହଠାତ୍ ଘର ଭିତରୁ ପୁଅ ବୋହୂଙ୍କ ମଧ୍ୟରେ ଝଗଡ଼ାର କୋଳାହଳ ତାଙ୍କ କାନରେ ପଡ଼ିଲା। ଅଶୋକ ଓ ସୀମା ପରସ୍ପର ମଧ୍ୟରେ ଧସ୍ତାଧସ୍ତି ଓ ମରାମରି ହୋଇ ଗାଳି ଗୁଲଜରେ ବ୍ୟସ୍ତ ଥିଲେ ତାପରେ ଅଶୋକ ବାବୁଙ୍କ ମା' ବ୍ୟସ୍ତ ହୋଇ କଲିଂ ବେଲ ଟିପିଲେ। ସୀମା

କବାଟ ଖୋଲିଲେ। ଗରମ ଦିନ। ସେ ଓ ସୀମା ୨ ଜଣ ଖାଲ ନାଲ ଆଣ୍ଠିଏ। କଥା କଣ ବୋଲି ପଚାରିଲେ। ସୀମା ରକ୍ଷଣଶୀଳା ସ୍ୱଭାବର ଥିବାରୁ କିଛି ନକହି ଚୁପଚାପ୍ ରହିଲେ। ଅଶୋକ ବାବୁ ମାତ୍ର ଅନୁରକ୍ତ। ତେଣୁ ମା'ଙ୍କ ମନରେ କଷ୍ଟ ନଦେବା ପାଇଁ ଧୀର ସ୍ୱରରେ ଆସିବାର କାରଣ ପଚାରିଲେ।

ବାପାଙ୍କ ଅସୁସ୍ଥତା ଜାଣି ମା'ଙ୍କ ସହିତ ବାପାଙ୍କ ବେଡ଼ ରୁମକୁ ଚାଲିଲେ। ଭୀଷଣ ଜରରେ ଗଜେନ୍ଦ୍ର ବାବୁ କମ୍ପୁ ଥାନ୍ତି। ସଙ୍ଗେ ସଙ୍ଗେ ଅଶୋକ ବାବୁ ଡାକ୍ତରଙ୍କୁ ଫୋନ କରି ଘରକୁ ଡକାଇ ଦେଲେ। ଚିକିସ୍ଥାର ଦୁଇଦିନ ପରେ ଗଜେନ୍ଦ୍ର ବାବୁ ଭଲ ହୋଇଗଲେ। କିନ୍ତୁ ଅଶୋକଙ୍କ ମା'ଙ୍କ ମନରେ ସେଦିନ ରାତିର କଜିଆ କଥା ମନେ ଥାଏ। ତାହାର କାରଣ ଖୋଜିବାକୁ ତାଙ୍କ ମନ ବ୍ୟାକୁଳ।

ଚାହୁଁ ଚାହୁଁ ହୋଲି ପର୍ବ ଆସିଗଲା। ସୀମା ଓ ଅଶୋକ ନିଜ ନିଜ ସାଙ୍ଗ ସାଥୀମାନଙ୍କ ସହିତ ରଙ୍ଗ ଖେଳରେ ମସଗୁଲ ଥିଲେ। ଖେଳୁ ଖେଳୁ ସମସ୍ତେ ଟିକେ ଜଳଖିଆ ବିରତି ନେଲେ। ସୀମାଙ୍କ ପଡ଼ୋଶୀ ମହିଳା ସୀମାନଙ୍କୁ କହିଲେ,"କଣ ସୀମା ତୋର କିଛି ପିଲାଛୁଆ ହେଇନି। ମୋର ବିଭାଘରର ଠିକ ଚଉଦ ମାସ ପରେ ମୋ ପୁଅ ଜନ୍ମ ହେଇଥିଲା। ତୋର କଣ ହେଇନି? ପେଟ ଦୋଷ ଅଛିକି ? ନା ତୁ ବାଙ୍ଝ" ପଡ଼ୋଶୀନିଙ୍କ ଏପରି କଥା ଶୁଣିଲା ପରେ ସୀମାଙ୍କ ଅହଂକୁ ବାଧିଲା। ତାଙ୍କ ପାଟିରୁ ବାହାରିଗଲା," କଣ କହିବି ଭଉଣୀ ଅଦେଖା ଜାଗାରେ ମୋର ଘା' ହୋଇଛି। ଦେଖେଇ ପାରୁନି କି କହି ପାରୁନି। ଯାହାକୁ ହାତ ଧରି ବେଦୀରେ ବାହାହେଲି ସେ ଗୋଟାଏ ନପୁଂସକ ଲୋକ। ସେଥି ପାଇଁ ପ୍ରାୟ ପ୍ରତ୍ୟେକ ରାତିରେ ଆମ ଭିତରେ ଝଗଡ଼ା ଲାଗୁଛି। ସମାଧାନର ବାଟ ନାହିଁ। କଣ କହିବି ଆଉ। କହୁ କହୁ ସତ କଥାଟି ପାଟିରୁ ବାହାରିଗଲା। ତୁମେ କାହାକୁ କହିବନି ତ ?" ପଡ଼ୋଶୀନି ଜବାବ ଦେଲେ "ନା"।

ଶାସ୍ତ୍ରରେ ଅଛି ସ୍ୱାମୀମାନଙ୍କ ଦଶଟି ଦୋଷ ସକାଶେ କନ୍ୟା ପିତା ବରପିତାଙ୍କ ଠାରୁ ବିବାହ ବେଦୀ ଉପରେ କ୍ଷମା ଭିକ୍ଷା କରନ୍ତି। ସେଇ ଦଶଟି ଦୋଷ ମଧ୍ୟରୁ ସ୍ତ୍ରୀଲୋକମାନଙ୍କ ପେଟରେ ଲୁଣ ନମିଳେଇବା ଗୋଟିଏ।

ସେହି ନାରୀ ସୁଲଭ ଦୋଷରୁ ବା କେମିତି ସେଇ ପଡ଼ୋଶୀନି ଜଣକ ନିଜକୁ ବାଦ ଦେଇ ପାରିବେ? ସେ ତ ଜଣେ ନାରୀ। ତୁଣ୍ଡ ବାଇଦ ସହସ୍ର କୋଶ। ହୋଲି ପର୍ବ ସରିବାର ସପ୍ତାହ ପରେ ଅଶୋକ ବାବୁଙ୍କ ମା' ସୀମାର ଏହି ଗୁରୁତ୍ୱପୂର୍ଣ୍ଣ ଗୁପ୍ତ ସମସ୍ୟା ଜାଣିବାକୁ ପାଇଲେ। ତାଙ୍କ ମୁହଁ କଳା ପଡ଼ିଗଲା।

ଅଶୋକ ବାବୁ ଅଫିସ ଗଲାପରେ ତତ୍‌କ୍ଷଣାତ୍‌ ଉପର ମହଲାରୁ ଫ୍ଲାଟର ତଳ ମହଲାକୁ ଦୌଡ଼ି ଆସି ନିଜ ବୋହୁ ସୀମାକୁ ଭେଟି ପଚାରିଲେ, "ବୋହୁ ମୁଁ ଯୋଉ କଥା ଅଶୋକ ବିଷୟରେ ଶୁଣିଲି ସେଇଟା କଣ ସତ କଥା? ମୋ ପୁଅ କଣ ନପୁଂସକ ଅଣପୁରୁଷିଆ?"

ନିଜର ଗୁରୁଜନ ଭକ୍ତି ଆଉ ସତ୍ୟପ୍ରିୟ ଗୁଣଧାରିଣୀ ସୀମା ମୁଣ୍ଡକୁ ନୁଆଁଇ କହିଲେ,"ହଁ ମା' ସତା।" ଆପଣ ଯେଉଁଦିନ ରାତିରେ ବାପାଙ୍କ ପାଇଁ ଆମ ରୁମକୁ ଆସିଥିଲେ, ସେଦିନ ସେଇଥ୍ ପାଇଁ ଆମ ସ୍ୱାମୀ ସ୍ତ୍ରୀଙ୍କ ଭିତରେ ଝଗଡ଼ା ହୋଇଥିଲା। ଅବଶ୍ୟ ତାଙ୍କର ଶରୀର ସୁସ୍ଥ। କିନ୍ତୁ ଅତ୍ୟଧିକ ମାଦକ ଦ୍ରବ୍ୟ ସେବନ ଆଉ ବିବାହ ପୂର୍ବରୁ ଅନେକ ଯୁବତୀଙ୍କ ସହିତ ଶାରୀରିକ ସମ୍ପର୍କ ରଖ୍ଥିବା ହେତୁ ତାଙ୍କର ଇରେକଟାଇଲ ଡିସଫଂକ୍ସନ ଘଟିଛି। ବାହାଘରର ମାସେ ପରେ ଆମେ ଦୁହେଁ ଡାକ୍ତରଙ୍କୁ ଏ ବିଷୟ କହିଥିଲୁ ଇଏ ବି ଔଷଧ ଖାଇଥିଲେ ପ୍ରାୟ ବର୍ଷେ କାଳ। ତାପରେ ବି ଡାକ୍ତର ପରାମର୍ଶ କଲୁ। ପରୀକ୍ଷା କରିବା ପରେ ଆପଣଙ୍କ ପୁଅ ଆଜୀବନ ବାପା ହୋଇ ପାରିବେନି ବୋଲି ଡାକ୍ତର ବାବୁ ରୋକଠୋକ ମନା କରିଦେଲେ। ମୋର ସବୁ ଠିକ ଅଛି। ଆପଣ ତ ମୋ ଶାଶୁ। ଗୁରୁଜନ। ଆପଣ ପଚାରିବାରୁ ସତ କହୁଛି। ସତ କହିବାକୁ କିଆଁ ଡରିବି ସତ କହି ପଛେ ମଲେ ମରିବି। ମୁଁ ଜଣେ ପତିବ୍ରତା ନାରୀ। ସ୍ୱାମୀଙ୍କୁ ମୁଁ ମୋର ମନ ପ୍ରାଣ ଅର୍ପଣ କରି ସାରିଛି। ତାହାହେଲେ ଶୁଣନ୍ତୁ ମା।

"ଏତିକି କହି ଘରେ ଦଣ୍ଡାୟମାନ ଶାଶୁ ମା'ଙ୍କୁ ସୀମା ଘର ସୋଫା ଉପରେ ବସିବାକୁ ଅନୁରୋଧ କଲୋ" ଶାଶୁ ବୋହୁ ଏତେ ଦିନ ପରେ ଏକାଠି ବସି ବାର୍ତ୍ତାଳାପର ସୁଯୋଗ ପାଇଛନ୍ତି ଏଇଟା ବଡ଼ ସୌଭାଗ୍ୟର କଥା। ଫ୍ଲାସ୍କରୁ କପେ ଚା' ଢାଳି ଶାଶୁଙ୍କ ହାତକୁ ବଢ଼ାଇ ଦେଲା ସୀମା।

କହିବାକୁ ଆରମ୍ଭ କଲା ତାର ମହାଗୁପ୍ତ ଲଜ୍ଜାକର ବିଷୟ। ଶାଶୁ ମନ ଧ୍ୟାନ ଦେଇ ଶୁଣୁଥାନ୍ତି।

ସୀମା କହି ଚାଲିଲା, " ଆପଣଙ୍କ ପୁଅ ଜଣେ ଚୁପ ସୈତାନ। ଲୋକ ଦେଖାଣିଆ ଆଉ ବାପାଙ୍କ ମନ ଖୁସି କରିବା ପାଇଁ ମଦ ଛାଡ଼ିଛନ୍ତି ବୋଲି କୁହନ୍ତି ସିନା କିନ୍ତୁ ସେ ପ୍ରକୃତରେ ଛାଡ଼ି ନାହାନ୍ତି। ଆପଣଙ୍କ ପୁଅ ଯେଉଁଦିନ ମଦ ପିଇ ରାତିରେ ଘରକୁ ଫେରନ୍ତି ମୁଁ ଭୀଷଣ ରାଗିଯାଏ। ସେଦିନ ବି ନିଶାରେ ଚୁର ଥିଲେ। ତାଙ୍କର ମୁହଁରୁ ଗନ୍ଧ ଦୂର କରିବାକୁ ରାତି ଖାଦ୍ୟରେ ପିଆଜ ଚଟଣି ଦେଇଥିଲି। ଡିଓଡ୍ରେଣ୍ଟ ବି ସ୍ପ୍ରେ କରିଥିଲି। ପ୍ରତିଦିନ ମୋତେ କୃତ୍ରିମ ଉପାୟରେ ଯୌନ ସୁଖ ଦେବା ପାଇଁ ଚେଷ୍ଟା କରନ୍ତି। ସେଦିନ ସେ ତାଙ୍କର ଆମେରିକୀୟ ବନ୍ଧୁଙ୍କ ପାଖରୁ ଗୋଟାଏ ଡିଲ୍ଡୋ ଆଉ ଏକ ଗୋଟେ ଫୋଲଡିଂ ମେଲ ସେକ୍ସ ଡଲ-ଆଣିଥିଲେ। ମତେ ବ୍ୟବହାର କରିବା ପାଇଁ ବାଧ୍ୟ କଲେ। ମୁଁ ସେପରି ବିଜାତୀୟ ଜିନିଷକୁ ଧରିବାକୁ ମନା କରିବାରୁ ଝଗଡ଼ା ସୃଷ୍ଟି ହେଲା। ତଥାପି ଜିଦି କଲେ। ମୁଁ ଆହୁରି ରାଗି ଗଲି। ସେଗୁଡ଼ିକୁ ତାଙ୍କ ହାତରୁ ଛଡ଼ାଇ ଆଣି ପୋଡ଼ି ଦେବାକୁ କହିଲି। ସେ ମୋତେ ଗୋଟାଏ ଶକ୍ତ ଚାପୁଡ଼ା ମାରି କହିଲେ," ଦେଖ ତୁ ମୋ ସ୍ତ୍ରୀ। ମୁଁ ତୋର ସ୍ୱାମୀ। ମୁଁ ଯାହା କହିବି ତୁ ମାନିବାକୁ ବାଧ୍ୟ। ମନା କଣ କରୁଛୁ। ନେ ଭାରି ମଜା ଲାଗିବ। ଆଜିକାଲି ଅନେକ ପୁରୁଷ ସ୍ତ୍ରୀ ଆକୁ କାମରେ ଲଗେଇ ସୁଖ ପାଉଛନ୍ତି। ତୁ କୋଉ ଯୁଗର ସ୍ତ୍ରୀ?

"ମୁଁ କହିଲି, ନା ମୋ ଦେଇ ଜମା ହବନି। ତୁମ ପୁରୁଣା ଯୌନ ବାନ୍ଧବୀଙ୍କୁ ନେଇ ଦେଇ ଆସ। ସେମାନେ ଏଗୁଡ଼ିକୁ କାମରେ ଲଗାଇବେ। ଏତିକି କହିବାରୁ ପୁଣି ମତେ ବିଧା ଚାପୁଡ଼ା ମାରି ଚାଲିଲେ। ମୁଁ ତାଙ୍କ ଗୋଡ଼ ଧରି ମୁଣ୍ଡିଆ ମାରି ଅନୁରୋଧ କଲି ଏସବୁ ରବୟ୍ୟ ବନ୍ଦ କରିବାକୁ। ମାତ୍ର ଶୁଣିଲେ ନାହିଁ। ମୁଁ ବାଧ୍ୟ ହୋଇ ଲାଇଟର ନିଆଁରେ ସେଗୁଡ଼ିକୁ ପୋଡ଼ିବାକୁ ଚେଷ୍ଟା କଲି। କିଛିକାଂଶ ପୋଡ଼ି ଗଲା। ମୋ ହାତରୁ ଛଡ଼ାଇ ନେଇ ସେ ତାଙ୍କ ଆଲମିରାରେ ରଖ୍ ଲକ କରିଦେଲେ। ମୋ ଉପରେ ଗାଳି ବର୍ଷଣ କଲେ। ମୁଁ ମଧ୍ୟ ମୁହଁ ତୋଡ଼ ଜବାବ ଦେଲି। ତାପରେ ଆପଣଙ୍କ କଲିଂ ବେଲ ଶବ୍ଦ ଶୁଣି କବାଟ ଖୋଲିଲି।"..." ଆଚ୍ଛା ହଉ ସୀମା ମୁଁ ସବୁ କଥା ଜାଣିଲି। ଡାକ୍ତରଙ୍କ

ପ୍ରେସକ୍ରିପସନ ବି ଦେଖେଇଲୁ। ମୋର ସନ୍ଦେହ ଦୂର ହେଲା। ତୁମ ଦୁହେଁଙ୍କ ଭିତରେ ଝଗଡ଼ାର କାରଣ କଣ ମୁଁ ଜାଣିଲି। ତେଣୁ ଅଶୋକର ବାପାଙ୍କୁ କହି ଏହାର ଗୋଟାଏ ସମାଧାନ କରିବି ନିଶ୍ଚୟ। ତୁ ଯା ରୋଷେଇ କାମ ସାରି ବିଶ୍ରାମ କର। ମୁଁ ଆସୁଛି" କହି ଶାଶୁମା ନିଜ ରୁମକୁ ଫେରିଗଲେ"

ପାରିବାରିକ ସମସ୍ୟା ପ୍ରତ୍ୟେକ ମଣିଷର ସୁଖମୟ ଜୀବନକୁ ମାନସିକ ବିକ୍ଷୋଭ ଭରା ନିରାଶାମୟ ଜୀବନରେ ରୂପାନ୍ତରିତ କରେ। ଏତ ସୀମାର ବର୍ତ୍ତମାନ ଓ ଭବିଷ୍ୟତ ଜୀବନରେ ଅତି ଗୁରୁତ୍ୱପୂର୍ଣ୍ଣ ସତୀତ୍ୱ ଓ ପତିତା ପଣିଆର ଅଗ୍ନି ପରୀକ୍ଷା ଦେବାର ସମସ୍ୟା। ଶାଶୁ ମା' ଗଲା ପରେ ସୀମା ସୁଖରେ ମନେ ମନେ ହସିବାକୁ ଲାଗିଲା। କାରଣ ସେ ସତ କହିଛି। ଦିଗାମ୍ବର ଶିବ ଠାକୁରଙ୍କ ମର୍ଯ୍ୟାଦା ରଖିଛି। ପୁଣି ଆଖିରୁ ଲୁହ ଗଡ଼େଇବାକୁ ଲାଗିଲା କାରଣ ସେ ମାତୃତ୍ୱ ସୁଖରୁ ନିଜକୁ ବଞ୍ଚିତ କରି ଜଣେ ପତିବ୍ରତା ଗୃହିଣୀ ହେବାକୁ ବୃଥା ପ୍ରୟାସ କରୁଛି।ଏଣେ ଗଜେନ୍ଦ୍ର ବାବୁ ନିଜ ପତ୍ନୀଙ୍କ ମୁହଁରୁ ସବୁ ଶୁଣି ଗଭୀର ଦୁଃଖ ପ୍ରକାଶ କଲେ। ନିଜର ଆଉ ଦୁଇ ପୁଅଙ୍କ କଥା ଭାବି ଦୁଃଖଭରା ମନକୁ ସାନ୍ତ୍ୱନା ପ୍ରଦାନ କଲେ।

ସେହି ବର୍ଷ ପାର୍ବଣ ବାସି ଦଶ ଦିନ ନିଜ କର୍ମ କ୍ଷେତ୍ରରୁ ସାମୟିକ ବିରତି ନେଲେ ଏବଂ ସ୍ୱାମୀ ସ୍ତ୍ରୀ ଦ୍ୱୟ ରବିବାର ଦିନ ପୁଅ ଅଶୋକ ଘରେ ଥିବା ଅବସ୍ଥାରେ ତା ନିକଟରେ ଉପସ୍ଥିତ ରହିଲେ। ଗଜେନ୍ଦ୍ର ବାବୁ ସବୁଆଡ଼ୁ ବିଚାର କରି ଅଶୋକ ଆଉ ସୀମାଙ୍କୁ ପାଖକୁ ଡାକି ପାଖରେ ବସେଇ କହିଲେ," ଶୁଣ ପୁଅ ବୋହୁ ତୁମର ଯୋଉ କେସ ସେଇ କେସ ଅଧିକାଂଶ ପରିବାରରେ ଆଜିର ଏକବିଂଶ ଶତାଦୀରେ ଅଧିକ ଦୃଷ୍ଟି ଗୋଚର ହଉଛି।

ଯେଉଁ ମାନେ ଲଜ୍ଜିତ ପ୍ରେମୀ ଅଥବା ସମାଜକୁ ଅତ୍ୟଧିକ ଭୟ କରନ୍ତି ସେମାନେ କଲେ ବଳେ କୌଶଳେ ସମାଜକୁ ଗୋଟାଏ ସନ୍ତାନ ସୃଷ୍ଟି କରି ପ୍ରଦର୍ଶନ କରନ୍ତି। ମାତ୍ର ଯେଉଁମାନେ ସଚ୍ଚୋଟ ଆଉ ସତ୍ ଚରିତ୍ର ଯୁକ୍ତ ସେମାନେ ଗୁରୁଜନ ଓ ମାନ୍ୟଗଣ୍ୟ ବ୍ୟକ୍ତିଙ୍କ ପରାମର୍ଶରେ ପୁନର୍ବିବାହ କରିଥାନ୍ତି । ଏପରି ଅନେକ ଦୃଷ୍ଟାନ୍ତ ରହିଛି। ଯେଉଁ ଦମ୍ପତି ଉଭୟ କ୍ଲୀବ ସେମାନଙ୍କ ପାଇଁ ସମାଧାନର ବାଟ ନାହିଁ। ମାତ୍ର ଜଣେ ଯଦି ଉର୍ବର ତେବେ

ସମଧାନ ଅଛି। ଯଥା ତୁମ କଥା। ଅଶୋକ ଜୀବନରେ ପୁନର୍ବିବାହ ଏକ ଦିବା ସ୍ୱପ୍ନ। ମାତ୍ର ସୀମା ଜୀବନରେ ଏହା ଏକ ଦିବାଲୋକ।

ଯଦି ସୀମା ଚାହିଁବ ମୁଁ ତାକୁ ବିବାହ ଅନ୍ୟ ଘରେ କରିଦେବି। ନଚେତ ସେ ଯଦି ଇଚ୍ଛା କରିବ ସତୀ ଭାବେ ଅଶୋକ ମୁଖ ଦର୍ଶନ ବା ତାର ସେବା ଆଜୀବନ କରିବା ପାଇଁ, ତେବେ ମୋର ମଝିଆଁ ପୁଅ ସହ ତାକୁ ବିବାହ କରାଇ ଦେବି। କାରଣ ତାର ସ୍ତ୍ରୀ ସ୍ୱର୍ଗବାସ କରିବାର ଦୁଇ ବର୍ଷ ବିତି ବିତିଗଲାଣି।

ଆମ ପୁରାଣ ଶାସ୍ତ୍ରରେ ମଧ ଘର ବୋହୁ ଘରେ ରହିବାର ଅନେକ ଦୃଷ୍ଟାନ୍ତ ରହିଛି। ଏଣିକି ତା'ର ଇଚ୍ଛା। କଣ ଅଶୋକ ଭାବୁଛୁ? ତୋର ମତ କଣ ମୋ ଆଗରେ ଖୋଲି କହ। ଆମ ବଂଶ ରକ୍ଷା କରିବାକୁ ଚାହୁଁଛୁ ନା ସୁମିର ଅନ୍ୟତ୍ର ବିବାହ ଚାହୁଁଛୁ? ବିନା ଦ୍ୱିଧାରେ ଖୋଲି କହ। କିଛି ଡରିବାର ନାହିଁ। ମନ ଖୋଲା କଥା ସର୍ବଦା ଗ୍ରହଣୀୟ।

ଅଶୋକ ବାବୁ କିଛି ସମୟ ଚିନ୍ତା କରି ଉତ୍ତର ଦେଲେ, "ଆପଣ ମୋର ପିତୃଦେବ। ଆଉ ଇଏ ମୋର ମାତୃଦେବୀ। ଦୁଇଜଣଙ୍କ ଭଲ ଉପଦେଶ ମୋର ଚିର ସ୍ୱାଗତ ଯୋଗ୍ୟ। ଆପଣଙ୍କ ବିବେକ ଯାହା ଚାହୁଁଛି ସେଇୟା କରନ୍ତୁ ମୋର କୌଣସି ଆପତ୍ତି ନାହିଁ।"

"ମୁଁ ନିତ୍ୟ କର୍ମ ସାରି ଆସୁଛି। ଆଉଥରେ ମୋ କଥା ଭାବ ତୁମେ ଦୁହେଁ ଭାବିଚିନ୍ତି ସଠିକ ଉତ୍ତର ଦେବ।" ପିତା ଗଜେନ୍ଦ୍ର ନାଥ ନିଜର ଧର୍ମପତ୍ନୀ ସହିତ ଏତିକି ପ୍ରସ୍ତାବ ଦେଇ, ଉପର ମହଲାୟ ନିଜର କକ୍ଷକୁ ପ୍ରସ୍ଥାନ କଲେ।

ଏମିତି ଧର୍ମ ସଙ୍କଟ ମଧରେ ଗଜେନ୍ଦ୍ର ବାବୁଙ୍କ ପରିବାରର ଭବିଷ୍ୟତ ଅଧୁନା ଦୋଦୁଲ୍ୟମାନ। ବଡ଼ ପୁଅ ଅଶୋକ, ସ୍ୱର୍ଗତ ବୋହୁଙ୍କ ସ୍ୱାମୀ ମଝିଆଁ ପୁଅ ମନୋଜ, ଅବିବାହିତ ସାନ ପୁଅ ସଂଗ୍ରାମ ଓ ଧର୍ମ ପତ୍ନୀ ଗାୟତ୍ରୀଙ୍କୁ କେନ୍ଦ୍ରୀଭୂତ କରି ତାଙ୍କର ଏହି ବର୍ତ୍ତମାନର ସଂସାର ପ୍ରତିଷ୍ଠିତ। ଥିଲ ଦୁଇ ଜଣଙ୍କ ପାଇଁ ତାଙ୍କର ଚିନ୍ତା ନାହିଁ। ଯେହେତୁ ସେମାନେ ବିବାହିତ। ତଥାପି ସାମ୍ପ୍ରତିକ ନିୟମ କାନୁନକୁ ସେ ଉପେକ୍ଷା କରି ପାରିଲେନି। ଦୁଇ ଥିଲ

ତଥା ଦୁଇ ଜୋଇଁଙ୍କୁ ଫୋନ ମାଧ୍ୟମରେ ଆମନ୍ତ୍ରଣ କରିବାକୁ ସେ ଯଥାର୍ଥ ମନେକଲେ। ନିଜର ସମୁଦୀ ସମୁଦୁଣୀଙ୍କୁ ମଧ୍ୟ ଆଣିବା ପାଇଁ ନିଜ କାର ପଠାଇଲେ। ସକାଳ ନିତ୍ୟ କର୍ମ ସମାପ୍ତ କରି ରମେଶ ବାବୁଙ୍କ ରୁମକୁ ଯାଇ ଦୁଇ ଭଉଣୀଙ୍କୁ ଡକାଇବା କଥା କହିଲେ।

ରମେଶ ବାବୁ ବାପାଙ୍କ ମୁହଁକୁ ଚାହିଁ କିଛି ସମୟ ପରେ କହିଲେ,"ବାପା!ସୋଫାରେ ବସନ୍ତୁ। ବୋଉ ବୋଧହୁଏ ଘର କାମରେ ବ୍ୟସ୍ତ ଅଛି। ଆସିପାରିଲାନି।" ପାଟିରୁ କଥା ନସରୁଣୁ ସ୍ୱୁମି ଚା' ଜଳଖିଆ ଆଣି ସୋଫା ସାମ୍ନାରେ ଥିବା ଷ୍ଟୁଲ ଉପରେ ରଖିଦେଲେ। ଗାୟତ୍ରୀ ଦେବୀ ମଧ୍ୟ ପହଞ୍ଚି ଗଲେ। ସ୍ୱୁମି ଛଡ଼ା ସମସ୍ତେ ଜଳଖିଆ ଚା' ସେବନରେ ଆପ୍ୟାୟିତ ହେବାକୁ ଲାଗିଲେ।

ଗଜେନ୍ଦ୍ର ବାବୁ କିନ୍ତୁ ମଧ୍ୟବର୍ତ୍ତୀ ବିରତି ନେଇ କହିଲେ, "ଝିଅ ସ୍ୱୁମି ମୋ ଦୃଷ୍ଟିରେ ଝିଅ ଆଉ ବୋହୁ ସମାନ। ତୁ ଆମ ସାଙ୍ଗରେ ନ ଖାଇଲେ ମୋ ମନ ଭାରି ଖରାପ ହବ। ମୋତେ ବର୍ତ୍ତମାନ ନିଜ ବାପା ବୋଲି ମନେକର। ପୁଅ ଦେଇ ମୁଁ ତୋ ପରି ଦେବୀ ପ୍ରତିମା କନ୍ୟା ପାଇଛି। ଆ ମା' ଲାଜ ନକରି ସୋଫା ଉପରେ ନିଶ୍ଚିନ୍ତରେ ବସି ଟିକେ କିଛି ପାଟିରେ ପକା।"

ଶ୍ୱଶୁରଙ୍କ କଥା କାଟି ନପାରି ସ୍ୱୁମି ମଧ୍ୟ ଜଳ ଯୋଗ ପ୍ରକ୍ରିୟାରେ ଭାଗ ନେଲେ । କିଛି ସମୟ ପରେ ମଝିଆଁ ଓ ସାନ ପୁଅ ବାପାମାଙ୍କୁ ତାଙ୍କ ରୁମରେ ନ ପାଇ ଅଶୋକ ବାବୁଙ୍କ ରୁମରେ ଆସି ପହଞ୍ଚିଲେ। ସେମାନେ ମଧ୍ୟ ବାପାଙ୍କ ନିର୍ଦ୍ଦେଶରେ ପାରିବାରିକ ଜଳଯୋଗରେ ଯୋଗଦାନ କଲେ। ହାର୍ଦ୍ଦିକତାର ଆସର ଭିତରେ ସମସ୍ତେ ମଜ୍ଜିଗଲେ। ତାପରେ ଅଶୋକବାବୁ ଅଧୁରା କଥାକୁ ପୁରା କରିବାକୁ ପାଟି ଖୋଲି ବାପାଙ୍କୁ କହିଲେ, "ବାପା ପ୍ରକୃତରେ ଆପଣ ଆମର ପିତୃ ପଦବାଚ୍ୟ। ଦୁଇ ବଡ଼ ଭଉଣୀଙ୍କୁ ଖବର ଦେଇ ଭଲ ବିବେକେଶୀଳ କାମ କରିଛନ୍ତି। ତେଣୁ ଆମର ସମସ୍ୟା ସମାଧାନ ମୂଳକ ବାର୍ତ୍ତାଲାପର କ୍ରମ ସେମାନଙ୍କ ଆସିବା ଯାଏଁ ସ୍ଥଗିତ ରଖାଯାଉ। ଆପଣ କଣ ଭାବୁଛନ୍ତି ବାପା। ମୁଁ ଠିକ କହିଲି ନା ଭୁଲ କହିଲି ?" ସ୍ନେହ ଗଦଗଦ ସ୍ନେହରେ କହିଲେ, " ହଁ ପୁଅ ଶତ ପ୍ରତିଶତ ଠିକ କହିଛୁ। ଆମେ ଅପେକ୍ଷା

କରିବା।" ଅଶୋକବାବୁ ଓ ସୁମି ମାଡ଼ାମଙ୍କ ବ୍ୟତୀତ ସମସ୍ତେ ନିଜ ନିଜ କୋଠରୀକୁ ଫେରିଗଲେ।

ତାପରେ ରାତି ପାହି ପରଦିନ ସକାଳ ହେଲା। ନିମନ୍ତ୍ରଣ ଅନୁଯାୟୀ ସାହି ପଡ଼ିଶାର ମୁରବୀ, ସ୍ଥାନୀୟ ଅଞ୍ଚଳର ବିଧାୟକ, ନିଜର ଓ ଅଶୋକ ବାବୁଙ୍କ କେତେକ କର୍ମଚାରୀଙ୍କ ଉପସ୍ଥିତିରେ ଘର ଅଗଣା ମୁଖରିତ ହୋଇ ଉଠିଲା। ଆଉ ମଧ ଗଜେନ୍ଦ୍ର ବାବୁଙ୍କ ଦୁଇ ଝିଅ ଓ ଦୁଇ ଜୋଇଁ ଆସି ପହଞ୍ଜିଲେ ମଧ୍ୟାହ୍ନ ସମୟରେ। ଗଜେନ୍ଦ୍ର ବାବୁଙ୍କ କୋଠ ଡ୍ରଇଂ ରୁମରେ ସମସ୍ତେ ଏକାଠି ହୋଇ ଆଲୋଚନା ସଭାରେ ଭାଗ ନେଲେ।

ଗଜେନ୍ଦ୍ର ବାବୁ ସଭାପତିତ୍ୱ କରି ପରିବାରର ମୁରବୀ ମର୍ଯ୍ୟାଦା ସହିତ ତାଙ୍କର ଭାଷଣ ଆରମ୍ଭ କଲେ, "ସମସ୍ତେ ମନ ଦେଇ ମୋ କଥା ଶୁଣ। ଅଶୋକର ବ୍ୟକ୍ତିଗତ ଦାମ୍ପତ୍ୟ ଜୀବନର ସମସ୍ୟା ଉପରେ ଆଧାରିତ ମୋର ପର୍ଯ୍ୟବ୍ୟଷ୍ଟିତ ମତ। ତୁମକୁ କେମିତି ଲାଗୁଛି ତୁମର ନିଜସ୍ୱ ମତ ଦାନ କରିବ ମୋ କଥା ଶୁଣିଲା ପରେ। ଆମର ପରିବାରର ଜ୍ୟେଷ୍ଠ ପୁତ୍ର ଅଶୋକ। ବିଭାଘର ସାତ ବର୍ଷ ବିତି ଗଲେ ବି ସେ ଓ ତାର ଧର୍ମ ପତ୍ନୀ ସୁମି ଏ ପର୍ଯ୍ୟନ୍ତ ପିତା ମାତା ହେବାର ସୌଭାଗ୍ୟ ଅର୍ଜନ କରି ପାରି ନାହାନ୍ତି। ଫଳରେ ଆମ ପରିବାରର ଭବିଷ୍ୟତ ଦାୟାଦ କେହି ଏ ପର୍ଯ୍ୟନ୍ତ ଜନ୍ମ ନେଇ ନାହାନ୍ତି। ତେଣୁ ଆମେ ବିବ୍ରତ। ତାହାର କାରଣ ଆମ ଅଶୋକର ପ୍ରଜନନ କ୍ଷମତା ନାହିଁ କହିଲେ ଚଳେ। ସୁମିର ଅଛି। ଆମେ ତାର ବାପା ମା। ତା ପାଇଁ ବା ସୁମି ପାଇଁ ଆମର କିଛି କର୍ତ୍ତବ୍ୟ ରହିଛି। ମୁଁ ଓ ମା ସୁମିର ପୁନର୍ବିବାହ କରିବାକୁ ମନସ୍ଥ କରିଥିଲୁ। ଯେହେତୁ ସୁମି ଆମର ଜ୍ୟେଷ୍ଠ କୁଳବଧୂ ଏବଂ ସ୍ନେହାସ୍ପଦ ଆଉ ଆର୍ଯ୍ୟ ସଂସ୍କୃତି ସମ୍ପନ୍ନ ମହିଳା, ସେଥି ପାଇଁ ଆମେ ଆମର ମତ ପରିବର୍ତ୍ତନ କଲୁ। ଆମର ପତ୍ନୀହରା ମଧମ ପୁତ୍ର ମନୋଜ ସହିତ କୁଳବଧୂ ସୁମିର ବିବାହ କାର୍ଯ୍ୟ ସମାପନ କରିବା ପାଇଁ ମନସ୍ଥ କରିଛୁ। ତୁମ ସମସ୍ତଙ୍କର ମତ କଣ ଏ ବିଷୟରେ ପ୍ରଦାନ କର। "ଗଜେନ୍ଦ୍ର ବାବୁଙ୍କ ପ୍ରସ୍ତାବ ଶୁଣି ସମସ୍ତେ ଏକ ସ୍ୱରରେ ମତ ଦେଲେ," ହଁ ବାପା ଆଜିକାଲି ନାରୀକେନ୍ଦ୍ରିକ ପରିସ୍ଥିତିକୁ ଆଖି ଆଗରେ ରଖି ବିଚାର କରି ଆମେ ଆପଣଙ୍କ ସହିତ ସମ୍ପୂର୍ଣ୍ଣ ଏକ ମତ। ଉକ୍ତ ଶୁଭ କାର୍ଯ୍ୟ ଅତି ଶୀଘ୍ର ସମ୍ପାଦନ କରିବା

ଅତ୍ୟନ୍ତ ଆବଶ୍ୟକ।

ହଁ ଆମ ସମସ୍ତଙ୍କ ସମ୍ମୁଖରେ ବର୍ତ୍ତମାନ ମୁଖ୍ୟ ଓ ଗୁରୁତ୍ୱପୂର୍ଣ୍ଣ ମତ ଅଶୋକ ବାବୁଙ୍କର। ସେ ନିଜସ୍ୱ ମତ ଜାହିର କରନ୍ତୁ। "ଅଶୋକ ବାବୁ କହିଲେ," ହଁ ମୁଁ ଏକମତ। କାରଣ ଘର ବୋହୂ ଘରେ ରହିବ। ମନୋଜ ଓ ମୋ ମଧ୍ୟରେ କିଛି ପାର୍ଥକ୍ୟ ନାହିଁ। ବଂଶାଣୁ ସମାନ। ମୋର କିଛି ଅନୁଶୋଚନା ନାହିଁ। ମୋର ଗୁରୁଜନ ଓ ଭଦ୍ରଲୋକ ମଣ୍ଡଳୀ ଯାହା ନିଷ୍ପତ୍ତି ନେବେ ମୁଁ ଉନ୍ମୁକ୍ତ ଚିତ୍ତରେ ସ୍ୱୀକାର କରିବି। ଆପଣମାନଙ୍କୁ ଅନୁରୋଧ ମୋ ସାନଭାଇ ମନୋଜର ମତ ଦୟାକରି ନିଅନ୍ତୁ।

ସଭାସଦ୍ ଗଣ ଅଶୋକ ବାବୁଙ୍କ ଉକ୍ତିକୁ ଅନୁମୋଦନ କରି ମନୋଜ ବାବୁଙ୍କୁ ଏ ବିଷୟରେ ନିଜସ୍ୱ ମତ ଦାନ କରିବାକୁ ନିର୍ଦ୍ଦେଶ ଦେଲେ। ମନୋଜ ବାବୁ କହିଲେ, " ଆମେ ସାନ ଦୁଇଭାଇଙ୍କ ଅପେକ୍ଷା ସୁମି ଭାଉଜ ବୟସରେ ସାନ ହେଲେବି ଆମେ ତାଙ୍କୁ ଆନ୍ତରିକ ସମ୍ମାନ ଦେଉ। ଆର୍ଯ୍ୟ ସଂସ୍କୃତିରେ ମାନ୍ୟତା ଶ୍ରେଷ୍ଠ। ତଥାପି ଉପସ୍ଥିତ ସମସ୍ତ ସଭାସଦମାନଙ୍କ ନିଷ୍ପତ୍ତି ମୁଁ ନିଶ୍ଚୟ ସ୍ୱୀକାର କରିବି ନିର୍ଦ୍ୱନ୍ଦରେ। ମାତ୍ର ମୋର ପ୍ରାର୍ଥନା, ଥରେ ମାତ୍ର ସୁମି ଭାଉଜଙ୍କ ନିଜସ୍ୱ ମତ ନିଆଯିବା ଉଚିତ। ନଚେତ ସବୁ ଅଘଟଣ ହେଇଯିବାର ସମ୍ଭାବନା ରହୁଛି। କାରଣ ତାଙ୍କର ନାରୀ ହେଲେବି ତାଙ୍କର ମଧ ଆମ୍ ମର୍ଯ୍ୟାଦା ଅଛି।" ମନୋଜ ବାବୁଙ୍କ ଉକ୍ତ ପ୍ରସ୍ତାବ ସମସ୍ତଙ୍କ ମନକୁ ପାଇଲା। ତେଣୁ ସୁମି ଦେବୀଙ୍କୁ କିଛି ମତବ୍ୟ ପ୍ରଦାନ କରିବାକୁ ପ୍ରୋସାହନ ଦେଲେ। ସୁମି ତାପରେ ନିଜ ଆସ୍ଥାନରେ ଦଣ୍ଡାୟମାନ ହୋଇ ହାତଯୋଡ଼ି ନମସ୍କାର କରି କିଛି ସମୟ ନିଷ୍କଳ ରହି ବକ୍ତବ୍ୟ ଆରମ୍ଭ କଲେ, "ଉପସ୍ଥିତ ସମସ୍ତ ଗୁରୁଜନମାନଙ୍କୁ ଭକ୍ତିପୂର୍ଣ୍ଣ ପ୍ରଣାମ ଓ ଲଘୁଜନଗଣଙ୍କୁ ହାର୍ଦ୍ଦିକ ସ୍ନେହ। ବିବାହ ତାରିଖ ଠାରୁ ଆଜି ତାରିଖ ପର୍ଯ୍ୟନ୍ତ ଛ ମାସ ଆଠ ଦିନ ବିତିଯାଇଛି ମୋ ଶାଶୁଶଶୁରଙ୍କ ଘରେ ଆଉ ମୋ ସ୍ୱାମୀ ପାଖରେ। ଆମର ପରମ୍ପରା ଅନୁଯାୟୀ ଏକ ଦୀର୍ଘ ସମୟ ବିତିଗଲେ ସୁଦ୍ଧା ମୋ କୋଳ ଶୂନ୍ୟ। ତାହାର କାରଣ ବୋଧ ହୁଏ ମୋ ଠାରୁ ଅଧିକ କେହି ବୋଧ ହୁଏ ଜାଣି ନଥିବେ।

ଯେହେତୁ ମୁଁ ତାଙ୍କ ସହଧର୍ମିଣୀ ଆମ ପରମ୍ପରା ମୋତେ ତାଙ୍କ ନାମ

ଉଚ୍ଚାରଣ କରିବାକୁ ବାରଣ କରୁଛି। ସେ ଏହି ସଭାରେ ଉପସ୍ଥିତ। ମୋର ଶ୍ୱଶୁରଙ୍କ ପାଖରେ ବସିଛନ୍ତି। ମୁଁ ଗ୍ରାଜୁଏଟ, ସେ ପୋଷ୍ଟ ଗ୍ରାଜୁଏଟ। ମୁଁ ଆଧୁନିକା ମହିଳା, ସେ ବି ଆଧୁନିକ ପୁରୁଷ। କେବଳ ଲିଙ୍ଗ ବୈଷମ୍ୟ ତାଙ୍କ ଆଉ ମୋ ଭିତରେ। ଆଉସବୁ ଯୋଗ୍ୟତା ସମାନ। ସେ ମୋତେ ଆଉ ମୁଁ ତାଙ୍କୁ ବିବାହ ବନ୍ଧନରେ ପରସ୍ପରକୁ ବାନ୍ଧି ରଖିଛୁ। ବିବାହର ଉଦ୍ଦେଶ୍ୟ ନିଜର କାମାଗ୍ନିକୁ କେବଳ ନିର୍ବାପିତ କରିବା ନୁହେଁ ବରଂ ବଂଶ ରକ୍ଷା। ସେଥିପାଇଁ ଉଭୟ ଦମ୍ପତିଙ୍କ ପ୍ରଜନନ ସାମର୍ଥ୍ୟ ନିହାତି ଦରକାର। ନଚେତ କେବଳ ଅର୍ଥ ପ୍ରତିଷ୍ଠା ପିପାସୁ ହୋଇ ବାହା ହେଇ ପଡ଼ିବା ଅନୁଚିତ। ବିବାହ ପୂର୍ବରୁ ନିଜର ଶାରୀରିକ କ୍ଷମତାକୁ ପୁଙ୍ଖାନୁପୁଙ୍ଖ ଭାବେ ପରୀକ୍ଷା କରିବା ଉଚିତ ପ୍ରବୀଣ ଚିକିତ୍ସକଙ୍କ ଦ୍ୱାରା। ସର୍ବୋପରି ନାରୀ ଭଗ ରୂପକ ଜମିରେ ଉତ୍କୃଷ୍ଟ ବିହନ ବପନ ନିତ୍ୟାନ୍ତ ପ୍ରୟୋଜନ ସେହିପରି ଉତ୍କୃଷ୍ଟ ଫସଲ ରୂପକ ସନ୍ତାନ ଲାଭ ନିମନ୍ତେ। ତେବେ ଯାଇଁ ବିବାହିତ ଜୀବନ ସାର୍ଥକ।

ଯେ କୌଣସି କାରଣରୁ ଯଦି ଚାଷୀଙ୍କର ଓଲିଆବନ୍ଧ ବିହନ ବିଜାତୀୟ ବିଷାକ୍ତ ଦ୍ରବ୍ୟ ସଂସ୍ପର୍ଶରେ ଦୂଷିତ ହୁଏ ଅଥବା ଅଯଥା ବାହାରେ ବିକ୍ଷିପ୍ତ ହୋଇ ପଡ଼େ ତେବେ ନିଶ୍ଚୟ ଫସଲ ରୂପକ ସନ୍ତାନ ପ୍ରାପ୍ତି ଦୁଷ୍ପ୍ରାପ୍ୟ ହୋଇ ପଡ଼ି ଚାଷୀ ଆଉ ଚାଷୁଣୀକୁ ଉଦ୍‌ଭ୍ରାନ୍ତ କରି ସେମାନଙ୍କ ସୁଖ ଶାନ୍ତି ପୂର୍ଣ୍ଣ ସଂସାରକୁ ଛାରଖାର କରି ପକାଇବ। ଆଉ ମଧ୍ୟ ଯେକୌଣସି ନିଶାର ଅତିରିକ୍ତ ବଶବର୍ତ୍ତୀ ହେବାଟା ମଣିଷ ଜୀବନରେ ଏକ ଅଭିଶାପ ରୂପେ ତାର ନକାରାମ୍ୟକ ପ୍ରଭାବ ବିସ୍ତାର କରେ। ଯଦି ଏକଟୁ ଅନେକ ନିଶାର ବଶବର୍ତ୍ତୀ ସାଜି ମଣିଷ ବଞ୍ଚି ରହିଥାଏ, ସେ ପୁରୁଷ ହେଇପାରେ କିମ୍ବା ସ୍ତ୍ରୀଲୋକ ହେଇପାରେ, ତାଙ୍କ ଜୀବନ କିଂଶୁକ ପୁଷ୍ପ ତୁଲ୍ୟ ଅନ୍ତଃସାରଶୂନ୍ୟ।

ଜଣେ ଆଭିଜାତ୍ୟ ବଂଶଜ ଏକଟୁ ଅନେକ ନିଶାଶକ୍ତ ପୁରୁଷ ଯଦି ନିଜର ଧର୍ମପତ୍ନୀ କୋଳରେ ସନ୍ତାନ ଖେଳେଇ ପାରେନି ସେ ସ୍ୱାମୀ ପଦବାଚ୍ୟ ଆଦୌ ହୋଇ ପାରିବେ ନାହିଁ ସେ ଜୀବନ୍ତ ହେଲେବି ଚଳନ୍ତା ଶବ। ଯଥା ମୋର ନିଜ ଜୀବନରେ ପ୍ରତ୍ୟକ୍ଷ ଅନୁଭୂତି। ଯେଉଁଥି ସକାଶେ ଆଜି ମୋର ପୂଜ୍ୟପାଦ ପିତୃ ତୁଲ୍ୟ ଶ୍ରୀଯୁକ୍ତ ଗଜେନ୍ଦ୍ର ମହାଶୟ ଏତେ ବଡ଼ ସଭାର ଆୟୋଜନ କରିଛନ୍ତି, ନିଜ ଝିଅ ପରି ବୋହୂକୁ ଉପଯୁକ୍ତ ସାମାଜିକ

ଓ ପାରିବାରିକ ପ୍ରତିଷ୍ଠାରେ ଭୂଷିତ କରିବା ଉପଲକ୍ଷେ।

ଆଉ ମନୋଜ ବାବୁ ମଧ୍ୟ କୌଣ ମାନବୀୟ ଗୁଣରେ କମ୍ ନୁହନ୍ତି। ମୋ ଦିଅର ସେ। ଉତ୍ତମ ସ୍ୱଭାବ ଯୁବକ। ସମ ବଂଶଜ। ତାଙ୍କ ସହିତ ମୋର ନିର୍ଦ୍ଧାରିତ ବିବାହ ଅବଶ୍ୟ ଫଳପ୍ରଦ ହେବ ଆଉ ଆମର ବଂଶ ରକ୍ଷା ନିର୍ବିଘ୍ନରେ ସମ୍ପାଦିତ ହେବ ବୋଲି ମୋ ପରି ଜଣେ ଏକ ବିଂଶ ଶତାଧୀୟ ନାରୀର ଗଭୀର ଆସ୍ଥ ବିଶ୍ୱାସ। ଆମ ପରିବାରର ମଙ୍ଗଳ ହେଉ। ଏତିକି କହି ମୋ ବକ୍ତୃତା ସାଙ୍ଗ କରୁଛି।" ତତ୍ପରେ କର ତାଳି ଅଭିନନ୍ଦନରେ ସମ୍ପୂର୍ଣ୍ଣ ବୈଠକ ଖାନା କମ୍ପି ଉଠିଲା। ଶଶୁର, ଶାଶୁ, ସ୍ୱାମୀ, ଦିଅର, ନଣଦେଇ, ନଣଦ, ନିଜ ମା ବାପାଙ୍କ ସ୍ନେହ ପୂର୍ଣ୍ଣ କର ସ୍ପର୍ଶରେ ସ୍ୟୁମି ଦେବୀଙ୍କ ନିରାଶା ପ୍ରାଣରେ ନବ ଜୀବନ ଅଙ୍କୁରିତ ହୋଇ ପାରିଥିଲା। ତଥା ନୂତନ ଉଦ୍ଦୀପନା ସହ ସ୍ୟୁମି ଦେବୀ ନିନର ଅଟ୍ଟାଳିକାରେ ପ୍ରବେଶ କଲେ।

ତତ୍ପରେ ସମସ୍ତଙ୍କ ଉପସ୍ଥିତିରେ ଜ୍ୟୋତିଷ ମହାଶୟ ପୁନର୍ବିବାହ ତାରିଖ ନିର୍ଦ୍ଧାରିତ କଲେ। ତିନି ମାସ ପରେ ଏକ ବିରାଟ ରାଜକୀୟ ମଣ୍ଡପରେ ଶ୍ରୀମାନ ମନୋଜ କୁମାର ଏବଂ ସୁମିତା ଦେବୀଙ୍କର ବୈଦିକ ନୀତିରେ ବିବାହ କର୍ମ ଶେଷ ହେଲା। ଚତୁର୍ଥୀ କର୍ମ ମଧ୍ୟ ଉପଯୁକ୍ତ ନୀତି ନିୟମରେ ସମାପନ ହେଲା। ଶାନଦାର ଭୋଜିର ଆୟୋଜନ କରାଗଲା। ସହର ଓ ମଫସଲର ସମସ୍ତ ଜ୍ଞାତି କୁଟୁମ୍ବଙ୍କୁ ନିମନ୍ତ୍ରଣ କରାଯାଇ ଥିଲା। ଆବାଳ ବୃଦ୍ଧ ବନିତା ଦରି ଉପରେ ବସି ଆମିଷ ଓ ନିରାମିଷ ଭୋଜନର ସ୍ୱାଦୁ ମନ ପ୍ରାଣ ଢାଳି ଉପଭୋଗ କଲେ ।

ବାସର ରାତିର ଅୟମାରମ୍ଭରେ ସୁମିଦେବୀଙ୍କ ହତଭାଗା ନିଶାପ୍ରେମୀ ଅତୀତ ସ୍ୱାମୀ ଅଶୋକ, ଯେ କି ନିଶାବସ୍ତ ଓ ତାର ମାଧ୍କକୁ ନିଜର ଧର୍ମପତ୍ନୀ ରୂପେ ବାଛି ନେଇ ଥିଲେ ସେଇ ଅଶୋକ ବାବୁ ନିଜର ଓଷ୍ଠରେ ଅନୁତାପ ପ୍ରଣୋଦିତ ଏକ ଅନ୍ତିମ ସୁସ୍ନ ପ୍ରେମୀଳ ଚୁମ୍ବନ ସୁମି ଦେବୀଙ୍କ ଗଣ୍ଡ ଦେଶରେ ଆଙ୍କି ଦେଇଥିଲେ। ନିଜ ଯୋଗ୍ୟ ସାନ ଭାଇ ମନୋଜ ଓ ସୁମି ଦେବୀଙ୍କୁ ଶୁଭାଶୀଷ ପ୍ରଦାନ କରି ନବ ଦମ୍ପତି ଯୁଗଳଙ୍କର ମୋବାଇଲରେ ସ୍ନାପ ସଟ୍ ନେଇ ନିଜ ରୁମକୁ ଫେରି ଆସିଲେ।

ଅନୁତାପ ଅନଲରେ ନିଜ ଅନ୍ତରାମ୍ମାକୁ ଶୁଦ୍ଧ କରି ଚାଲିଲେ ଅଶୋକ ବାବୁ। କ୍ରମେ କ୍ରମେ ସଂସାର ପ୍ରତି ନିରାସକ୍ତ ଭାବ ମନରେ ଉଦ୍ରେକ ହେଲା। ଚାକିରିରୁ ଇସ୍ତଫା ଦେଇଦେଲେ। ସ୍ୱଗୃହ ସମୀପସ୍ଥ ସ୍ୱାମୀ ଶିବାନନ୍ଦ ଆଶ୍ରାମରେ ଦୀକ୍ଷା ଗ୍ରହଣ କଲେ। ଅଶୋକ ବାବୁଙ୍କ ଭୋଗାସକ୍ତ ପାର୍ଥିବ ଶରୀର ଓ ମନ ଯୋଗାସକ୍ତ ତନୁମନରେ ରୂପାନ୍ତରିତ ହୋଇ ତାଙ୍କୁ ଶାଶ୍ୱତ ଆନନ୍ଦ ପ୍ରଦାନ କରିଥିଲା। ସ୍ୱଶରୀରକୁ ସେ ଗୈରିକ ବସନରେ ଆବୃତ କଲେ। ବେକରେ ଏକ ମୁଖୀ ରୁଦ୍ରାକ୍ଷ ମାଳା ପରିଧାନ କରି ଓଁ ନମୋ ଶିବାୟ ଜପ କରି ଚାଲିଲେ ଶହେ ଆଠ ଥର। ମସ୍ତକ ମୁଣ୍ଡନ ପୂର୍ବକ ସ୍ୱଗୃହରୁ ବହିର୍ଗତ ହେବା ପୂର୍ବରୁ ନିଜର ପିତା ମାତାଙ୍କୁ ଶେଷ ଥର ପାଇଁ ସାଷ୍ଟାଙ୍ଗ ପ୍ରଣିପାତ କଲେ। ତାପରେ ହିମାଳୟ ପର୍ବତମାଳା ବେଷ୍ଟିତ ସ୍ୱାମୀ ଶିବାନନ୍ଦ ଆଶ୍ରମ ଅଭିମୁଖେ ରେଲ ଯାତ୍ରା ଆରମ୍ଭ କଲେ।

ଗଜେନ୍ଦ୍ର ବାବୁ ଓ ଗାୟତ୍ରୀ ଦେବୀଙ୍କ ଚକ୍ଷୁରୁ ଆନନ୍ଦ ଓ ନିରାନନ୍ଦ ମିଶ୍ରିତ ଅଶ୍ରୁ ବିନ୍ଦୁ ପତିତ ହୋଇ ସେମାନଙ୍କ ଚିତ୍ତକୁ ନିର୍ମଳ କରି ଥିଲା, କାରଣ ଅଶୋକ ବାବୁ ଯଥା କ୍ରମେ ସନ୍ୟାସ ଗ୍ରହଣ କରି ନିଜର ପିତୃ ମାତୃକୁଳକୁ କଲୁଷ ମୁକ୍ତ ତଥା ପିତା ମାତାଙ୍କ ମନର ପାର୍ଥିବ ସତ୍ତାକୁ ଆଘାତ ପ୍ରଦାନ କରିବାରେ ସକ୍ଷମ ହୋଇ ପାରିଥିଲେ।

କୁମାରୀର ବାସ୍ତବ ପ୍ରଣୟ ଭେଟି

ଏକ ବିଂଶ ଶତାବ୍ଦୀୟ ଉତ୍କଳର ଏକ ସହର ତଳି ପଲ୍ଲୀ। ନାଁ ତାର ଅଭିସାରପୁର। ପ୍ରାଚୁର୍ଯ୍ୟରେ ଭରପୁର। ଦିଗନ୍ତ ବିସ୍ତାରୀ ଶସ୍ୟ କ୍ଷେତ୍ର। ପାଖରେ ବଣ ପାହାଡ଼ ଆଉ ଝରଣା। ବିସ୍ତୀର୍ଣ୍ଣ ଫଳ ବଗିଚା। ଗୋ ଆଉ ଶସ୍ୟ ସମ୍ପଦ ସେହି ପଲ୍ଲୀ ବାସୀମାନଙ୍କ ପ୍ରଧାନ ଜୀବିକା। ବନ୍ୟ ସମ୍ପଦ ଏକ ଆନୁସଙ୍ଗିକ ଆୟ ପନ୍ଥା। । ଗାଁର ମୁଖିଆ, ସରପଞ୍ଚ ଏବଂ ଶିକ୍ଷିତ ଜମିଦାର ପରିବାର ଅଶିକ୍ଷିତ ଗ୍ରାମବାସୀଙ୍କ ଭାଗ୍ୟ ନିୟନ୍ତ୍ରକ କିନ୍ତୁ ନ୍ୟାୟ ବାଟରେ।

ଜମିଦାର ପରେଶ ବାବୁଙ୍କ ଦୁଇଟି ପୁଅ ଗୋଟିଏ ଝିଅ। ବଡ଼ ପୁଅ ଆଶୁତୋଷ ମେରାଇନ ଇଞ୍ଜିନିୟର ଫ୍ଲୋରିଡ଼ାରେ ପ୍ରତିଷ୍ଠିତ। ସାନ ପୁଅ ରାଜେଶ ସଫ୍ଟୱେର ଇଂଜିନିୟରିଙ୍ଗ କୋର୍ସ ସମ୍ପୂର୍ଣ୍ଣ କରିଛନ୍ତି। ମାତ୍ର ଚାକିରି ମିଳିଲାନି। ତେଣୁ ଏ କ୍ଲାସ କଣ୍ଟ୍ରାକ୍ଟର ଭାବେ କାର୍ଯ୍ୟରତ। ଆଜୀବନ ନିଷ୍କଳଙ୍କ ଚରିତ୍ର ଧାରଣ କରି ବାପା ମାଙ୍କ ପାଖରେ ରହି ସେମାନଙ୍କ ସେବାରେ ଦିନ କାଟିବାକୁ ବଦ୍ଧ ପରିକର। ବିଲ ବାଡ଼ି ଦେଖା ରେଖା କରି ହାତ ଚାଷକୁ ଆହୁରି ମଜବୁତ କରିବା ତାଙ୍କ ଜୀବନର ଆଉ ଏକ ଲକ୍ଷ୍ୟ। ଏତେ ଗୁଡ଼ା ଦାୟିତ୍ୱ ମଧ୍ୟରେ ନିଜର ପ୍ରୌଢ଼ ବାପାମାଙ୍କ ସୁସ୍ଥ ସବଳ ଚଳତକ୍ଷମ ଦେହ ମନ ରାଜେଶ ବାବୁଙ୍କ ମନରେ ଟିକେ ଶାନ୍ତି ଆଣେ କାର୍ଯ୍ୟବ୍ୟସ୍ତ ଜୀବନରେ। ସାନ ଝିଅ ସୁମିତା ଉଚ୍ଚ ଶିକ୍ଷିତ ଏବଂ ସୁଗୃହିଣୀ। ସ୍ୱାମୀଙ୍କ ସହିତ ଖାପ ଖୁଆଇ ଚାଲିବା ତାଙ୍କର ଆଦର୍ଶ। କିନ୍ତୁ ରାଜେଶଙ୍କ ପିତାମାତା ପାଖ ଗାଁର ସରପଞ୍ଚଙ୍କ ଝିଅ ରୂପାଲୀ ସହିତ ତାଙ୍କର ବିଭାଘର ଠିକ କରି ଥିଲେ।

ରୂପାଲୀ ଏମ.ଏ. ପାସ କରି ଗୋଟାଏ କମ୍ପାନୀରେ ମ୍ୟାନେଜର ଚାକିରି କରୁଥିଲେ। ରାଜେଶ ନିଜ ପିତାମାତାଙ୍କ ମନରେ ଦୁଃଖ ଦେବାକୁ ଚାହୁଁ ନଥିଲେ। ତେଣୁ ରୂପାଲୀ ସହିତ ବନ୍ଧୁତା ସ୍ଥାପନ କରିଥିଲେ ଯେହେତୁ ଆସନ୍ତା ବର୍ଷ ତିଥିରେ ବିବାହ ତିଥିରେ ଜ୍ୟୋତିଷ ମହାଶୟଙ୍କ ପରାମର୍ଶ

ଅନୁଯାୟୀ ପରେଶ ବାବୁ ଦିନ ଠିକ କରିଥିଲେ। ଅଥଚ ଆଜିକାଲି ଦୁନିଆର ଯୁବକ ହେଲେ ସୁଦ୍ଧା ରୂପାଲୀ ସହିତ ବିବାହ ପୂର୍ବରୁ ଶାରୀରିକ ସମ୍ପର୍କ ରଖିବା ରାଜେଶ ବାବୁଙ୍କ ନୀତି ବିରୁଦ୍ଧ ଥିଲା। ଏପରି ପରସ୍ଥିତି ଭିତରେ ଓ ସଂସାରର ଝଡ଼ ଝଞ୍ଜା ଭିତରେ ଚାହୁଁ ଚାହୁଁ ଏମିତି କିଛିବର୍ଷ ବିତି ଗଲା।

ଦିନେ ଏକ ଟାକ୍ସି ଗାଁ ଛକରେ ପହଞ୍ଚିଲା। ଟାକ୍ସିରୁ ଜଣେ ସୁନ୍ଦରୀ ଆମେରିକୀୟ ତରୁଣୀ ଓହ୍ଲାଇ ଆସିଲେ। ଗାଁ ଲୋକେ ଚୁଣ୍ଟ ହୋଇ ପଡ଼ିଲେ। ତରୁଣୀଙ୍କ ଇଂରାଜୀ ଭାଷା କେହି ବୁଝି ପାରିଲେ ନାହିଁ। କାରଣ ଗାଁରେ ଉଚ୍ଚ ଶିକ୍ଷିତ ଥିଲେ ବି ରାଜେଶଙ୍କ ବ୍ୟତୀତ ଅନ୍ୟ କେହି ଇଂଲିଶ ସ୍ପିକିଙ୍ଗ କୋର୍ସ କରି ନ ଥିଲେ। ଗାଁ ଲୋକେ ତାଙ୍କୁ ଡାକି ଆଣିଲେ।

ରାଜେଶ ଓ ମେମ୍ ସାହିବାଙ୍କ ସହ ବାର୍ତ୍ତାଳାପରୁ ଜଣା ପଡ଼ିଲା ଯେ ସେ ହାର୍ଭାର୍ଡ଼ ବିଶ୍ୱବିଦ୍ୟାଳୟରୁ ଓଡ଼ିଶାର ଗ୍ରାମପଲ୍ଲୀ ଅଞ୍ଚଳର ଲୋକମାନଙ୍କ ଚଳଣି ଧର୍ମ ଓ ପରମ୍ପରା ଉପରେ ଗବେଷଣା କରିବା ତାଙ୍କର ଉଦ୍ଦେଶ୍ୟ। ସେ ଜଣେ ସୋସିଓଲୋଜି ଅଧ୍ୟାପିକା ତାଙ୍କ ନାଁ ଲୁସି ମାର୍ଗରେଟ୍। ତାପରେ ରାଜେଶ ତାଙ୍କର ଫାର୍ମ ହାଉସ ପାଖରେ ଏକ ଘରେ ଲୁସିଙ୍କ ରହିବା ବନ୍ଦୋବସ୍ତ କରିଦେଲେ। ନିଜ ସହକାରୀ ପୁରୁଷ ଦୁଇ ଜଣଙ୍କ ସହ ଲୁସି ରାଜେଶଙ୍କ ଘରେ ରହିଲେ।

ପ୍ରାୟ ଏକ ମାସ ରହଣି ମଧ୍ୟରେ ଲୁସି ଆଉ ରାଜେଶଙ୍କ ମଧ୍ୟରେ ବନ୍ଧୁତ୍ୱ ବଢ଼ିଗଲା। ପରେଶ ବାବୁ ମଧ୍ୟ ନିଜ ଗାଁର ମର୍ଯ୍ୟାଦା ଦୃଷ୍ଟିରୁ ଲୁସିଙ୍କୁ ବହୁତ କିଛି ସାହାଯ୍ୟ କଲେ। ତୁଣ୍ଡ ବାଇଦ ସହସ୍ର କୋଶ। ଏ ବିଷୟ ରୂପାଲୀଙ୍କ କାନରେ ପଡ଼ିଲା।

ଦିନେ ଲୁସିଙ୍କୁ ସାଥିରେ ନେଇ ତାଙ୍କ ଗାଁ ଜଙ୍ଗଲ ଭିତରେ ଥିବା ଏକ ଅଭୟାରଣ୍ୟକୁ ବୁଲିଯାଇଥିଲେ। ବଣର ଜୀବ ଜନ୍ତୁ ଓ ପ୍ରାକୃତିକ ସୌନ୍ଦର୍ଯ୍ୟ ଦେଖି ମୁଗ୍ଧ ଲୁସି କେତେ କଣ କହି ଯାଉଥାନ୍ତି ପ୍ରେମିଲ ଭଙ୍ଗୀରେ। ଲୁସିଙ୍କ ଆମେରିକୀୟ ଢାଞ୍ଚାରେ ବାର୍ତ୍ତାଳାପ ଓ ବ୍ୟବହାର ରାଜେଶଙ୍କ ପରି ଜଣେ ନୈଷ୍ଠିକ ଭାରତୀୟ ତରୁଣଙ୍କ ମନରେ ଅଲୋଡ଼ନ ସୃଷ୍ଟି କଲା। ତାଙ୍କ ଅଙ୍ଗରେ

ଶିହରଣ ଖେଳିଗଲା। ଏଣେ ରାଜେଶଙ୍କୁ ତାଙ୍କ ଜନ୍ମ ଦିନର ଅଭିନନ୍ଦନ ଜଣାଇବା ପାଇଁ ରୂପାଲୀ ହାତରେ କେକ୍ ଓ ଉପହାର ଧରି ପରେଶ ବାବୁଙ୍କ ଘରକୁ ରାଜେଶଙ୍କୁ ଦେଖା କରିବାକୁ ଆସିଥିଲେ ଠିକ ସେହି ଦିନ। ଖବର ପାଇ ରାଜେଶଙ୍କୁ ଦେଖା କରିବାକୁ ରୂପାଲୀ ଅଭୟାରଣ୍ୟରେ ପହଞ୍ଚିଲେ। ସେଠି ଦୁଇଜଣଙ୍କୁ ଏକାଠି ଠିଆ ହୋଇ ମୋବାଇଲରେ ମୁଭି ଦେଖୁ ଥିବାର ଦେଖି ରୂପାଲୀଙ୍କ ମନ ଓ ବିବେକ ମଧ୍ୟରେ ତୁମୁଳ ସଂଘର୍ଷ ସୃଷ୍ଟି ହେଲା।

ରାଜେଶ କଣ ସତରେ ତାଙ୍କୁ ଭୁଲିଗଲେ? ଏ ପ୍ରଶ୍ନର ସମାଧାନ ଆଶାରେ ସେ ଦୁଇ ଜଣଙ୍କ ପାଖକୁ ଆଗେଇଯାଇ ପଚାରିଲେ, "ଏ କଣ ରାଜେଶ! ତୁମେ ଏ ସବୁ କଦାପି ଠିକ କରୁନ? ଏହି ତରୁଣୀ ଆମେରିକାର ଆଉ ଅନ୍ୟ ଧର୍ମୀ। ଆଜି ଅଛି କାଲି ପଳେଇବ। କିନ୍ତୁ ମୁଁ ତୁମ ପାଖରେ ସବୁଦିନ ରହିବି। ଭଲ କରି ଭାବିନିଅ।" ରାଜେଶ କହିଲେ, " ତୁମ ଅପେକ୍ଷା ଲୁସି ମୋ ପାଖରେ ବେଶୀ ଅନ୍ତରଙ୍ଗ। କାରଣ ଆମ ଘରେ ଥିବାରୁ ସକାଳ ହେଲେ ମୁହଁ ଚାହାଁ ଚାହିଁ। ତୁମେ ତୁମ ବାଟରେ ମୁଁ ମୋ ବାଟରେ। ହଁ ଏଣିକି ମୁଁ ଲୁସିଙ୍କୁ ବେଶୀ ଭଲ ପାଉଛି। ବିବାହ ପାଇଁ ଇଚ୍ଛା କରିଛି ଯାହା ଏକ ଆଦର୍ଶ ବିବାହ।"

ରୂପାଲୀ କହିଲେ, " ଆଛା ଠିକ ଅଛି ତୁମ ଇଚ୍ଛା। ମାତ୍ର ମୁଁ ତୁମକୁ ବର୍ଷ ବର୍ଷ ଧରି ମୋର ହୃଦୟ ଦେଇ ଆସିଥିଲି। ତୁମେ ମୋ ସହ ବିଶ୍ୱାସଘାତକତା କଲ କିନ୍ତୁ ମୋ ମନରେ ତିଳେ ମାତ୍ର ଅବସାଦ କିମ୍ବା ଅନୁଶୋଚନା ନାହିଁ ବରଂ ମୁଁ ନିଜକୁ ଗର୍ବିତ ମନେ କରୁଛି ଯେ ମୁଁ ଜଣେ ହିନ୍ଦୁ ଯୁବତୀ। ମୋର ସଂସ୍କୃତି ଓ ପରମ୍ପରା ମୋ ପାଇଁ ଭୂସ୍ୱର୍ଗ। ମୁଁ ତୁମ ଘରକୁ ସନାତନୀ ଦିବ୍ୟ ଚେତନାରେ ଉଦବୃଦ୍ଧ କରିଥାନ୍ତି ଯଦି ତୁମ ଖାନଦାନର ବୋହୁ ସାଜିଥାନ୍ତି ଛାଡ ମୋ ଭାଗ୍ୟରେ ନାହିଁ। ଯେହେତୁ ତୁମେ ମୋର ଅତି ଆପଣାର ଥିଲ ଓ ଗୁରୁଜନଙ୍କ ପ୍ରତିଶ୍ରୁତି ବଳବତ୍ତର ଥିଲା ଓ ସେମାନେ ଆମ ପଛରେ ଥିଲେ ତୁମ ପ୍ରତି ମୋର ପ୍ରେମାସକ୍ତି ଖୁବ ପ୍ରବଳ ହୋଇ ପଡ଼ିଥିଲା ଆଜି ଯାହାକୁ ମୁଁ ତୁମର ମଙ୍ଗଳ ପାଇଁ ଆଜି ଭୁଲିଯିବାକୁ ବାଧ୍ୟ ହେଲି। ହେଲେ ତୁମର ବ୍ୟବହାର ଦେଖି ମୁଁ ଆଜି ଲଜ୍ଜିତ, କାରଣ ଜଣେ ଶିକ୍ଷିତ ହିନ୍ଦୁ ଯୁବକ ହୋଇ ନିଜର ଅଭିଜାତ୍ୟରେ କଳଙ୍କ ଲଗାଇଦେଲ। ଆଶା କରୁଛି ଲୁସି ଆଉ ତୁମର

ବିବାହ ଆଡ଼ମ୍ବର ସହକାରେ ପାଳିତ ହେଉ ଓ ଉଭୟଙ୍କ ଦାମ୍ପତ୍ୟ ଜୀବନ ସୁଖ ମୟ ହେଉ। ମୁଁ ଯାଉଛି। "ଏତିକି କହି ନିଜ ହାତରେ ଧରିଥିବା କେକ ଆଉ ଫୁଲ ତୋଡ଼ା ଅରଣ୍ୟର ଘଞ୍ଚ ବୁଦା ମଧ୍ୟରେ ନିକ୍ଷେପ କରି ଅଶ୍ରୁପୂର୍ଣ୍ଣ ନୟନରେ ସେଠାରୁ ପ୍ରସ୍ଥାନ କରି ନିଜର ସ୍କୁଟି ଚଢ଼ି ନିଜର କର୍ମ କ୍ଷେତ୍ରରେ ପ୍ରବେଶ କଲେ।

ଅସ୍ତଗାମୀ ସୂର୍ଯ୍ୟଙ୍କ ନିଷ୍ପ୍ରଭ ଗୋଲାପୀ କିରଣରେ ଲୁସି ଆଉ ରାଜେଶ ନିଜର ଯୁବ ସୁଲଭ ଉନ୍ମାଦନା ପ୍ରଣୋଦିତ ଗୁରୁତର ଭୁଟି ଯୋଗୁଁ ଭୀଷଣ ଅନୁତପ୍ତ ପ୍ରାଣରେ ଅଭିସାରପୁରକୁ ପ୍ରତ୍ୟବର୍ତ୍ତନ କଲେ। ରାଜେଶ ନିଜର ପିତା ମାତାଙ୍କୁ କ୍ଷମା ମାଗି ନିଜକୁ ସୁଧାରିବାର ଚେଷ୍ଟା ବିଫଳ ହେଲା କାରଣ ସେତେବେଳକୁ ନେଡ଼ି ଗୁଡ଼ କହୁଣିକୁ ବହି ଯାଇ ଗୁଡ଼ ପାଣିର ଖର ସୁଅ ସାଧ୍ୱୀ ରୁପାଲୀକୁ ଶାଶ୍ୱତ ପ୍ରେମିଳ ସାଗରରେ ଭସାଇ ବୈକୁଣ୍ଠ ଧାମରେ ଅବସ୍ଥାପିତ କରି ସାରିଥିଲା।

ନୂଆ ଦୁନିଆର ନୂଆ ତରୁଣୀ

ରାତି କରି ସାତଟା। "ବୋଉ ବୋଉ ମୁଁ କଲେଜରୁ ଆସିଗଲି ଟିକେ ଡେରି ହେଇଗଲା। ମୋର ସ୍କାଉଟ କ୍ୟାମ୍ପରେ ମିଟିଂ ଥିଲା। ତୁ କଣ କରୁଛୁ ଜବାବ ଦଉନୁ ଯେ", କହି କହି ସୀମାନୀ ସ୍କୁଟିଟିକୁ ଗେଟ ବାହାରେ ରଖି ଘର ଭିତରକୁ ପଶି ଆସିଲା। ହେଲମେଟ, ଚଷମା ଓ ମୁଖା କାଢ଼ି ଡ୍ରଇଂ ରୁମ ସୋଫା ଉପରେ ପାଖ ରୁମ ଭିତରକୁ ଚାହିଁ ବୋଉ ସାରିକାଙ୍କୁ ଖୋଜି ଖୋଜି। ମାତ୍ର ସେ ଆଶ୍ଚର୍ଯ୍ୟ ହେଇଗଲା, ଯେତେବେଳେ ସେ ଦେଖିଲା ଭଗବାନ କୃଷ୍ଣଙ୍କ ମୂର୍ତ୍ତି ସାମ୍ନାରେ ମୀରାବାଈଙ୍କ ପରି ଧ୍ୟାନରତ ତାର ବୋଉ ସାରିକା। ବୋଉଙ୍କୁ ଆଉ ନଡ଼ାକି ଯାଇ ଢୁକିଲା ସିଧା ୱାଶ ରୁମରେ। ଠିକ କୋଡ଼ିଏ ମିନିଟ ପରେ ବାହାରି ଆସିଲା ରିଫ୍ରେସ ହେଇ ନିଜର ଦୁଇ ହାତ ଲମ୍ବା କବରୀକୁ ତଉଲିଆରେ ଝାଡ଼ି ଝାଡ଼ି। ବୋଉ ଧ୍ୟାନଭଙ୍ଗ। ପଚାରିଲା, "ତୋର ଆଜି ଏ କି ରୂପ। ମୁଁ ତ ପିଲାବେଳୁ କେବେ ଦେଖିନି ତୋର ଏପରି ଭାବ ଆଉ କୃଷ୍ଣ ଭକ୍ତି। କିଛି ଗୋଟାଏ ହେଇଛି ନିଶ୍ଚୟ। ମୋତେ ଟିକେ ଶୁଣା କଣ ହେଇଛି।"

ଥିଏର ଅଲିରେ ସ୍ତମ୍ଭିତ ହେଲେ ସାରିକା। ଆଉ କୃଷ୍ଣମୂର୍ତ୍ତି ପାଦକୁ ଛୁଇଁ ନିଆ ମୁଣ୍ଡକୁ ଛୁଇଁଲେ। ତାଙ୍କ ଆଖିରୁ ଦୁଇ ଟୋପା ଲୁହ ଝରି ପଡ଼ିଲା ଗାଲ ଉପରେ। ସଜଳ ଆଖିରେ କହିଲେ, "ହଁ ମା ସୀମାନୀ। ଆଜି ଯାଏଁ ତତେ ଏ ବିଷୟରେ କିଛି କହିନି। କହୁଛି ଶୁଣା। ତୁ ବର୍ଷକର ହେଇଥିଲୁ ତୋ ବାପା ଆମକୁ ଛାଡ଼ି ଚାଲିଗଲେ ସେପାରିକୁ। ଘରେ ତୋର ଅନ୍ଧବିଶ୍ୱାସୀ ଦାଦା ଓ ଖୁଡ଼ୀ ମୋତେ ଦୂର ଦୂର ଛୁର ଛୁର କଲେ। କାରଣ ତାଙ୍କ ମୁଣ୍ଡରେ ଅଜ୍ଞାନ ଭୂତ ପଶିଥିଲା। ସେ ମୋତେ ସବୁବେଳେ ଗାଲି ଦେଇ, କୁବାକ୍ୟ ପ୍ରୟୋଗ

କରି "ରାଣ୍ଡ ପିଶାଚୀ ଅଲକ୍ଷିଣୀ ବୋଲି କହି ମୋତେ ଘର ଆଉ ବାହାରେ ବେଜିତ୍ କରୁଥିଲେ। ଆଉ ମଧ କହୁଥିଲେ ଯେ, ବିବାହର ଦୁଇ ବର୍ଷ ନହେଉଣୁ ତୋ ଘଇତାକୁ ଖାଇଲୁ। ତୋ ମୁହଁ ଦେଖିଲେ ଆମକୁ ଖାଇବାକୁ ମିଳିବନି। ତୁ ତୋ ବାପ ଘରକୁ ପଳା ତୋ ଝିଅକୁ ସାଙ୍ଗରେ ନେଇ। ସେ ଝିଅ ଆମର ଦରକାର ନାହିଁ। ପୁଅଟା ହେଇଥିଲେ ଆମେ ରଖ୍ଥାନ୍ତୁ।" ଏମିତି ଯାହା ପାଟିକି ଆସିଲା ବକି ଗଲେ। ମୋର କେତେ ଆଶା ଥିଲା, ତୋର ବାପା ଗଲା ପରେ ମୁଁ ମୋର ଶଶୁର ଘରେ ଡାଇରୀ ଫାରମ ବା ମଧୁ ଚାଷ ହଉ କିମ୍ୱା ସିଲେଇ ମେସିନ ଖଣ୍ଡେ ପକେଇ କିଛି ରୋଜଗାର କରି ତୋତେ ପାଳିବି। ଆମ ପରିବାର କହିଲେ କେବଳ ତୁ ମୁଁ ତୋର ଦାଦା ଖୁଡ଼ୀ। ସୁଖୀ ପରିବାର। ଏକାଠି ମିଳିମିଶି ଚଳିଯିବା। କିଛି ଅଭାବ ରହିବନି। ହଉ ମୋ ମୁଣ୍ଡଟା ଟିକେ ବିନ୍ଧିଲାଣି। ଚା' ଦୁଇ କପ କରି ଆଣ ତ ମା' ପିଇବା। ବୋଉଙ୍କ ଆଜ୍ଞା। ତତକ୍ଷଣାତ୍ ପାଳନ କଲା ସୀମାନୀ।

ଦଶ ମିନିଟ ପରେ ଫଟା ଫଟ୍ ଦୁଇ କପ ଚା' ଧରି ପହଞ୍ଚିଲା ସୀମାନୀ। "ବୋଉ ନେ" କହି ଗୋଟାଏ କପ ବଢ଼ାଇ ଦେଲା ସୀମାନୀ ବୋଉ ହାତକୁ। ସାରିକା କପବୋର୍ଡ଼ ଉପର ଠାକୁର ବ୍ରିଟାନିଆ ବିସ୍କୁଟ ଡବାରୁ ଛଅଟା ଆଣି ତାରିଠା ଝିଅକୁ ଦେଇ ନିଜେ ଦୁଇଟା ଚାହାରେ ବୁଡ଼ାଇ ଖାଇଲେ। ସମ ତାଳରେ ବାକି ଜୀବନ କାହାଣୀ ଆରମ୍ଭ ହେଲା।

ତାପରେ ଘରେ ସେମାନେ ମତେ ରଖେଇ ଥୋଇ ଦେଲେନି। ଗାଳି ଗୁଲଜ ସାଙ୍ଗକୁ ସ୍ୱାମୀ ସ୍ତ୍ରୀ ମିଶି ମୋତେ ବିଧା ଚାପୁଡ଼ା ମାରି ଚାଲିଲେ। ଦିନକୁ ଦିନ ଅତ୍ୟାଚାର ବଢ଼ି ଚାଲିଲା। ମୁଁ ଗୋଟାଏ ଘରର ବଡ଼ ବୋହୂ। କୁଳ ମର୍ଯ୍ୟାଦା ରଖ୍ବାକୁ ଯାଇ ମୁଁ କୌଣସି ପ୍ରତିକ୍ରିୟା ପ୍ରକାଶ ନକରି ଚୁପ ରହେ।

ମୋ ବାପା ବୋଉ ଭାଇଙ୍କୁ ବି ଖବର ଦେଲିନି। କାରଣ ସାଇ ପଡ଼ିଶା ହସିବେ। ଏମିତି ବର୍ଷେ ବିତିଗଲା। ଥରେ ଅଚାନକ ମୋ ବଡ଼ ଭାଇ ଆସି ପହଞ୍ଚିଲେ। ଭାଇଙ୍କ ସାମ୍ନାରେ ମୋତେ ଗାଳିଦେଇ ମାଡ଼ ମାରିଲେ ମୁଁ ଇଶାରାରେ ମନା କରିବା ସ‌ତ୍ତେ। ଏ ସବୁ ଅମାନୁଷ ବ୍ୟବହାର ଦେଖି ଭାଇ ରାଗିଗଲେ - ଚାଲ୍ ସାରିକା ମୋ ସାଙ୍ଗରେ। ଧିକ ତାଙ୍କର ଜମିଦାରୀ

ଏଗୁଡ଼ାକ ବିବେକ ହୀନ ପଶୁ ଆମ ଘରେ ଶାନ୍ତିରେ ରହିବୁ। ଛାଡ଼ିଦେ ତୋର ଆଦର୍ଶ। ଆ ଚାଲିଆ ମୋ ସାଙ୍ଗରେ। ଭାଇନାଙ୍କ ଆଦେଶ ମୁଁ କାଟି ପାରିଲିନି। ତାଙ୍କ ସହିତ ଏଠିକି ପଳେଇ ଆସିଲି।

ମୋର ଶିକ୍ଷା ଦୀକ୍ଷା ଏଠି କାମରେ ଲାଗିଲା। ଘର କାମ ଛଡ଼ା ସାହି ପଡ଼ିଶାଙ୍କ ଛୁଆ ପିଲାଙ୍କୁ ଟିଉସନ କରେ। ତୋ ମାମୁଁ ମୋ ପେଇଁ ଦୁଇଟି ମହୁ ବାକ୍ସ ଓ ଗୋଟିଏ ସିଲେଇ ମେସିନ ଆଣିଦେଲେ। ସେଇଥିରୁ ଯାହା ରୋଜଗାର ସେଥିରୁ ଘର ଖର୍ଚ ଯାଇ ବଳେ। ସେଇ ପଇସାକୁ ଆମ ଗାଁରେ ଥିବା ଗ୍ରାମ୍ୟ ବ୍ୟାଙ୍କରେ ରଖିଦିଏ। ତୁ ଆସ୍ତେ ଆସ୍ତେ ବଡ଼ ହେଲୁ। ଭଲ ପାଠ ପଢ଼ି ବୃତ୍ତି ପାଇଆସୁଛୁ ଆଜି ଯାଏଁ। ମୁଁ ସବୁ କିଛି ମୋର ଇଷ୍ଟ ନନ୍ଦ କିଶୋରଙ୍କୁ ସମର୍ପଣ କରିଦେଇଛି। ତାଙ୍କୁ ଧ୍ୟାନ କରିବା ଆଜିଠୁ ଆରମ୍ଭ କଲି। ତୋର ନିଜର ଭବିଷ୍ୟତ ବର୍ତ୍ତମାନ ତୋ ହାତରେ। ତୋର ଅଜା ଆଈ ଯଦି ବଞ୍ଚିଥାନ୍ତେ ତତେ ଦେଖି ତାଙ୍କ ଛାତି କୁଣ୍ଡେ ମୋଟ ହୁଅନ୍ତା।

ବୋଉଙ୍କ ଦୁଃଖ ଭରା କାହାଣୀ ସୀମାନୀ ହୃଦୟକୁ ଉଦବେଲିତ କଲା। ଛାଏଁ ଛାଏଁ ଆଖି ଛଳ ଛଳ ହେଇଗଲା। ସିଏ ସାରିକାଙ୍କୁ ମୁଷ୍ଟିଆ ମାରି କହିଲା, "ମୋ ମନ ହାଲୁକା ହେଲା ଆଜି ତୋର ସବୁକଥା ଶୁଣି ବୋଉ। ବଡ଼ ଆଶା ଅଛି ବିମାନ ବାହିନୀରେ ଯୋଗ ଦେଇ ଦେଶ ମାତୃକାର ସେବା କରିବା ପାଇଁ। ଫାଇଟର ପ୍ଲେନ ଉଡ଼େଇବା ପାଇଁ ମୋର ଭାରି ଇଚ୍ଛା। ସେଥିପାଇଁ ଏବର୍ଷ ବିଏସସି ପାସ କଲାପରେ ନାସିକ ତାଲିମ କେନ୍ଦ୍ରରେ ନାଁ ଲେଖେଇ ଦେବି। ମୁଁ ଜଣେ ଇଣ୍ଡିଆନ ଏୟାର ଫୋର୍ସର ପାଇଲଟ ହେବାକୁ ଚାହେଁ ମୁଁ ଚେଷ୍ଟା କରିବି ତେଣିକି ତୋର ଶୁଭାଶିଷ ଆଉ ଭଗବାନ କୃଷ୍ଣଙ୍କ ଇଚ୍ଛା।" ହଁ ଠିକ ଅଛି ଝିଅ ତୋ ନିଜ ପାଇଁ ଯେଉଁଟା ଭଲ ସେଇଟା କର। ସମସ୍ତଙ୍କ ଆଶୀର୍ବାଦ ତୋ ଉପରେ ଅଛି। "ହଉ ବୋଉ ରାତି ଏଗାରଟା ବାଜିଲାଣି ଶୋଇ ପଡ଼ିବା ଚାଲ ହାଇ ଆସିଲାଣି ଆଉ ଗପି ହବନି।"

ପାହାନ୍ତାରୁ ଉଠି ନିତ୍ୟକର୍ମ ସାରି ଛାତ ଉପରେ ସୂର୍ଯ୍ୟ ନମସ୍କାର, ଅନ୍ୟାନ୍ୟ ବ୍ୟାୟାମ, ଯୋଗାସନ ଅଭ୍ୟାସ କରିବା ସହିତ ପ୍ରାତଃ ଭ୍ରମଣ କରିବା ନିୟମିତ କାର୍ଯ୍ୟ କ୍ରମ ସୀମାନୀର। ପେଷ୍ଟା ବାଦାମ ଆଉ ଗୋଟିଏ

ସେଓ ଖାଇ ପଢ଼ାପଢ଼ିରେ ଲାଗିଯାଏ। ତାପରେ ମୋବାଇଲ ଫୋନରେ ଅତି ଅନ୍ତରଙ୍ଗ ବନ୍ଧୁ ବାନ୍ଧବୀମାନଙ୍କ ସହିତ ଟିକେ ବାର୍ତ୍ତାଳାପ କରି ମନଟାକୁ ଖୁସି କରେ। ସକାଳ ଆଠଟା ବେଳେ ମା' ହାତ ତିଆରି ରୁଟି ଚାରିଟି ଓ ଅଣ୍ଡା ଆମଲେଟ ଖାଇ ନିଜ ସ୍କୁଟି ଚଢ଼ି ପ୍ରାୟ ଦୁଇ କିଲୋମିଟର ଦୂରରେ ଥିବା କଲେଜ ଯାଏ।

ଏମିତି ଦିନ ଗୁଡ଼ିକ କଟି ଚାଲିଲା। ବାର୍ଷିକ ପରୀକ୍ଷାରେ ପ୍ରଥମ ଶ୍ରେଣୀରେ ପାସ୍ କଲା ସୀମାନୀ। ବାର୍ଷିକ ପରୀକ୍ଷାରେ ପ୍ରଥମ ଶ୍ରେଣୀରେ ପାସ୍ କଲା ସୀମାନୀ। ମାମୁଁ ମାଇଁ ପଡ଼ୋଶୀ ଓଗେର ସମସ୍ତେ ଖୁସି। ଇଣ୍ଡିଆନ ଏୟାର ଫୋର୍ସରେ ଯୋଗ ଦେବାକୁ ସମସ୍ତଙ୍କ ପ୍ରୋତ୍ସାହନ ମିଳିଲା। ମାସେ ଘରେ ରହି ଆନୁସଙ୍ଗିକ ଯୋଗାଡ଼ ଯନ୍ତ କରି ଫ୍ଲାଇଟରେ ନାସିକ ଚାଲିଗଲା। ଟ୍ରେନିଂ କ୍ଲାସ ଆରମ୍ଭ। ମନଧ୍ୟାନ ଦେଇ ଟ୍ରେନିଂ ନେଲା।

ପ୍ରାଥମିକ ପାଠ୍ୟକ୍ରମ ପରେ ଆହୁରି ତିନି ବର୍ଷ ଫାଇଟର ପାଇଲଟ କୋର୍ସ ଶେଷ କଲା ସୀମାନୀ। ଶିକ୍ଷକଙ୍କ ତତ୍ତ୍ୱାବଧାନରେ ଲଢ଼ୁଆ ବିମାନ ଉଡ଼ାଣ ବିଦ୍ୟାରେ ଦକ୍ଷତା ଅର୍ଜନ କରି ଭାରତୀୟ ବିମାନ ବାହିନୀ କାର୍ଯ୍ୟାଳୟରେ ଆବେଦନ ପତ୍ର ଦାଖଲ। ତାପରେ ଟେଷ୍ଟ ଓ ଇଣ୍ଟରଭ୍ୟୁରେ ସଫଳତା ହାସଲ। ପରେ ପରେ ଲଦାଖରେ ପ୍ରଥମ ପୋଷ୍ଟିଙ୍ଗ ପାଇ ମିସ ସୀମାନୀ ସ୍ୱର୍ଗ ସୁଖ ପ୍ରାପ୍ତି କଲେ। ତାଙ୍କର ଦୁଃସାହାସିକ ବିମାନ ଚାଲନା ସମସ୍ତ ଉଚ୍ଚ ପଦସ୍ଥ ଅଧିକାରୀଗଣଙ୍କୁ କଳ୍ପନାତୀତ ବିସ୍ମିତ କରିପାରିଥିଲା।

ତାଙ୍କର ଦେଶପ୍ରେମ ଭିଭିକ ବୈମାନିକ ରଣନୀତି ପ୍ରତ୍ୟେକ ସୀମାନ୍ତରକ୍ଷୀ ଅଧିକାରୀ ବୃନ୍ଦଙ୍କୁ ଆଶାତୀତ ପ୍ରେରଣା ପ୍ରଦାନ କରି ପାରିଥିଲା। ଫଳତଃ ସ୍ୱର୍ଣ୍ଣ ପଦକ ଲାଭ ତଥା ଉତ୍କର୍ଷତା ପ୍ରମାଣ ପତ୍ର ଭାରତୀୟ ସେନାଧିକାରୀଙ୍କ ମନ ପ୍ରାଣରେ ଗଭୀର ଦେଶ ପ୍ରେମ ସଞ୍ଚାର ପୂର୍ବକ ଭାରତୀୟ ରାଷ୍ଟ୍ରପତି ମଧ୍ୟ ପ୍ରଭାବିତ। ରାଷ୍ଟ୍ରପତିଙ୍କ ପ୍ରଶଂସା ପତ୍ର ଓ ସ୍ୱର୍ଣ୍ଣ ଫଳକ ମିସ ସୀମାନୀଙ୍କୁ ସର୍ବୋଚ୍ଚ ରାଷ୍ଟ୍ରୀୟ ମର୍ଯ୍ୟାଦାରେ ଅଭିଷିକ୍ତ କରି ନିଜ ପରିବାର ବର୍ଗଙ୍କ ଠାରୁ ଆରମ୍ଭ କରି ସମଗ୍ର ବିଶ୍ୱ ଜନତାଙ୍କୁ ଆକାଶ ଜାଲ ମାଧ୍ୟମରେ ଗୌରବାନ୍ୱିତ କଲା। ତାଙ୍କର ଅବସର ସମୟ ଉପନୀତ ଦୀର୍ଘ ଦଶ ବର୍ଷ ମାତୃଭୂମିର ଜଣେ

ସୁନାମ ଧନ୍ୟ ମାତୃଭୂମିର ସେବିକା ଭାବେ। ବର୍ତ୍ତମାନ ସେ ନିଜ ଜନ୍ମ ସ୍ଥାନ ବରୁଣେଇ ପାହାଡ଼ ତଳି ଗାଁରେ ବିରାଜମାନ। ଅବସର ପ୍ରାପ୍ତ ଜୀବନକୁ ଅତିବାହିତ କରିପାରୁଛନ୍ତି ଶାନ୍ତି ପୂର୍ଣ୍ଣ ଭାବରେ ସ୍ୱଗ୍ଥାପିତ ଜନକଲ୍ୟାଣ କେନ୍ଦ୍ର ଓ ଏକ ବେସରକାରୀ ସାମରିକ ଶିକ୍ଷା କେନ୍ଦ୍ରରେ ନିଜକୁ ସର୍ବଦା ନିୟୋଜିତ ରଖି।

ବିଶେଷ କରି ଏକ ବିଂଶ ଶତାବ୍ଦୀର ଅନୁନ୍ନତ ଅବହେଳିତ ଯୁବକ ଯୁବତୀମାନଙ୍କୁ ଯଥାସମ୍ଭବ ଥଇଥାନ କରିବା ତାଙ୍କ ଜୀବନର ମୁଖ୍ୟ ଉଦ୍ଦେଶ୍ୟ। ପରିବାରର ବୟୋଜ୍ୟେଷ୍ଠ ବୋଉ ମାମୁଁ ମାଇଁଙ୍କ ପ୍ରତି ତଥା ସମାଜର ପ୍ରତ୍ୟେକ ବରିଷ୍ଠ ନାଗରିକଙ୍କ ମଙ୍ଗଳ ସାଧନ ମିସ ସୀମାନୀଙ୍କ ଜୀବନ ବ୍ରତ। ଜଣେ ଶିଖ ଆର୍ମି ଅଫିସରଙ୍କୁ ଗାନ୍ଧର୍ବ ନୀତିରେ ବିବାହ କରି ଦୁଇଟି ପୁତ୍ର ଓ ଦୁଇଟି କନ୍ୟା ସନ୍ତାନ ସମ୍ମିଳିତ ନିଜ ପରିବାର ଗଠନ, ତାଙ୍କୁ ପାରିବାରିକ ଆନନ୍ଦରେ ବଶୀଭୂତ କରିପାରିଛି।

ପରିଶେଷରେ ତାଙ୍କର ବୃଦ୍ଧ ଦାଦା ଓ ବୃଦ୍ଧା ଖୁଡ଼ୀ ଅତୀତର ଅମାନବୀୟ କର୍ମ ସକାଶେ ଅନୁତପ୍ତ। ଦୈବୀମାନବୀୟ ଶାଶ୍ୱତ ଗୁଣଧାରିଣୀ ସୀମାନୀ କେବେ ବି ନିଜର ଦୁରାଚାରୀ ରକ୍ତସମ୍ପର୍କକୁ ହୀନ ଦୃଷ୍ଟିରେ ଦେଖିନାହାନ୍ତି ଆଜି ସୁଦ୍ଧା। ବରଂ ଦାଦା ଖୁଡ଼ୀଙ୍କ ପ୍ରତି ଯଥୋଚିତ କନ୍ୟା ତୁଲ୍ୟ କର୍ମ ସମ୍ପାଦନ ଓଡ଼ିଆ ସମାଜ ଦୃଷ୍ଟିରେ ଆହୁରି ଉନ୍ନତ ଉଚ୍ଚତର ସୋପାନକୁ ଉନ୍ନୀତ କରିପାରିଛି ଅବସରପ୍ରାପ୍ତ ଭାରତମାତାଙ୍କ ବରପୁତ୍ରୀ ଶ୍ରୀମତୀ ସୀମାନୀ ମହାଶୟାଙ୍କୁ ପ୍ରଭୂତ ଘାତ ପ୍ରତିଘାତ ଅତିକ୍ରମ କରାଇ।

ପ୍ରକୃତ ପକ୍ଷରେ ନିଜକୁ ସଶସ୍ତ୍ରୀକରଣ କରିବା ସହିତ ଆଜି ସେ ଆଧୁନିକ ଓଡ଼ିଆ ନାରୀ ସମାଜକୁ ଏକ ଆଦର୍ଶର ପଥ ପ୍ରଦର୍ଶନ କରାଇବାରେ ପଶ୍ଚାଦ୍ପଦ ହୋଇ ନାହାନ୍ତି। ଏପରି ଆଧୁନିକ ନାରୀ ଆମର ଚିର ନମସ୍ୟା।

କ୍ରୋଧ ରିପୁର ସଦୁପଯୋଗ

ଷଡ଼ ରିପୁ, କାମ କ୍ରୋଧ ଲୋଭ ମୋହ ମଦ ମାସ୍ସର୍ଯ୍ୟ ମଣିଷର ଅଙ୍ଗେ ଅଙ୍ଗେ ସତ୍ତା ସହିତ ଜଡ଼ିତ। ଏହି ଅବଗୁଣ ରାଜି ମଣିଷର ମଣିଷ ପଣିଆ ଛଡ଼ାଇ ନେଇ ତା ଭିତରେ ନକାରାମ୍ଯକ ଭାବ ଧାରାର ବୀଜ ବପନ କରିଥାଏ। ମାତ୍ର ସେଗୁଡ଼ିକୁ ଜନ ସମାଜର ମଙ୍ଗଳ ନିମିତ୍ତ ବ୍ୟବହାର କରାଗଲେ ସେହି ଅବଗୁଣ ଗୁଡ଼ିକ ସକାରାମ୍ଯକ ଭାବଧାରାରେ ରୂପାନ୍ତରିତ ହୋଇଥାଏ। ସେଗୁଡ଼ିକ ଜରିଆରେ ସକାରାମ୍ଯକ ମାଙ୍ଗଳିକ କର୍ମ ସାଧନ ନିମିତ୍ତ ଅନୁକୂଳ ମାନସିକତା ପୋଷଣ ଫଳପ୍ରଦ ହୋଇଥାଏ।

ପ୍ରାୟ ଦୁଇ ଦଶଣ୍ଡି ପୂର୍ବେ ଯେତେବେଳେ ନୂଆ ନୂଆ ଆକାଶ ଜାଲ କେନ୍ଦ୍ରୀକ ଉପକରଣ ସାମଗ୍ରୀ ଏବଂ ତଦ୍ ସମ୍ବନ୍ଧୀୟ ବ୍ୟବହାରିକ ଜ୍ଞାନ ଓଡ଼ିଆ ସମାଜରେ ପ୍ରଚଳିତ ହେବାକୁ ଲାଗିଲା ସେତେବେଳେ ଗୋଟିଏ ଧନାଢ଼୍ୟ ପରିବାର ରାଉରକେଲା ଉପକଣ୍ଠରେ ବାସ କରି ଆସୁଥିଲେ। ବାସ ଗୃହର ନାମ "କମଳିନୀ"। ପରିବାରର ମୁରବୀ ଅର୍ଥାତ ଧନୀ ବ୍ୟକ୍ତି ଜଣେ ଶିକ୍ଷପତି। ତାଙ୍କ ନାମ ଗିରିଶ ଚନ୍ଦ୍ର। ନିଜର ପତ୍ନୀଙ୍କ ନାମ ସହ ସାମଞ୍ଜସ୍ୟ ରଖି ବାସଗୃହର ନାମକରଣ କରିଥିଲେ। ତାଙ୍କର ଏକମାତ୍ର ପୁତ୍ର ସନ୍ତାନ ସନତ ଦ୍ୱିତୀୟ ବାର୍ଷିକ ବାଣିଜ୍ୟ ଛାତ୍ର ଥିଲେ ଓ ପାଠ ଖୁବ ଭଲ ପଢ଼ି କଲେଜର ନା ରଖିଥିଲେ। ଖେଳ କସରତ ଇତ୍ୟାଦିରେ ନିପୁଣ। ବାପାଙ୍କ ଅଜସ୍ର ଧନର କୁପ୍ରଭାବ ତାଙ୍କ ଉପରେ ଆଦୌ ପଡ଼ି ନଥିଲା କହିଲେ ଚଳେ।

କ୍ରମେ କ୍ରମେ ସନତ ତାଙ୍କ ମହାବିଦ୍ୟାଳୟର ପରିଗଣିତ ହେବାକୁ ଲାଗିଲେ ଜଣେ ମେଧାବୀ ଛାତ୍ର ଭାବେ। ସେ ପ୍ରଥମ ଶ୍ରେଣୀରେ ପାସ କଲେ ଗ୍ରାଜୁଏଶନ। ତାପରେ ଲାଗି ପଡ଼ିଲେ ଏମ. ବି.ଏ. କରିବାକୁ। ପିତା ଗିରିଶ ପ୍ରାୟ ଅଧିକାଂଶ ସମୟ ଘର ବାହାରେ ବିତାନ୍ତି। ମାତ୍ର ଦିନେ ବିଜନେସ ଟୁର୍

ସାରି ରାତି ପ୍ରାୟ ଆଠଟା ବେଳେ ଘରକୁ ଫେରି ଆସି ଯାହା ଦେଖିଲେ କରି ପାରିଲେନି ବିଶ୍ୱାସ ନିଜ ଆଖି ଦୁଇଟିକୁ। ପୁଅ ସନତ ଓ ମାତା କମଳା ଦେବୀଙ୍କ ମଧ୍ୟରେ ତୀବ୍ର ପାଟି ତୁଣ୍ଡ ହେଉଥାଏ। ଗିରିଶ ବାବୁ କାରଣ ପଚାରି ବୁଝିଲେ ଯେ, ସନତ ଜଣେ ସାଙ୍ଗ ସହିତ ମଦ ପିଇ ଘରକୁ ଫେରିଥିଲା। ବୋଉ ପ୍ରତିବାଦ କରିବାରୁ ତାଙ୍କୁ ଦଣ୍ଡିଆ ମାରିଥିଲା। ଫଳରେ ସେଦିନ ମା' ପୁଅଙ୍କ ମଧ୍ୟରେ ଝଗଡ଼ା ସୃଷ୍ଟି ହୋଇଥିଲା। ଯାହାବି ହେଉ ପିତା ଗିରିଶ ଦୁଇ ଜଣଙ୍କୁ ବୁଝାଇ ସୁଝାଇ ଝଗଡ଼ା ବନ୍ଦ କରି ଦେଲେ।

ତାପରେ ପୁତ୍ର ସନତକୁ ବୁଝାଇ କହିଲେ, "ଦେଖ ସନତ ତୁ ଆଉ ଛୋଟ ପିଲା ନୋହୁଁ। ସାବାଳକ। ତୁ ମୋର ଗୋଟିଏ ପୁଅ। ତୋ ଉପରେ ଆମ ପରିବାରର ଭବିଷ୍ୟତ ନିର୍ଭର କରୁଛି। କିନ୍ତୁ ତୁ ଏପରି ପିଆ ପିଇରେ ଅଭ୍ୟସ୍ତ ହୋଇଗଲେ ମୋର ସବୁ ଆଶା ବିଶ୍ୱାସ ବର୍ବାଦ ହେଇଯିବ। ଆଜି ଠୁଁ ହୁସିଆର ରହ। କୁସଙ୍ଗ ଆଉ ମଦ୍ୟ ପାନ ମଣିଷକୁ ଅମଣିଷ କରେ। ମୋ ବିଷୟ ଟିକେ ଭାବ। ମୁଁ ଏ ସହରର ଜଣେ ଧନୀ ବ୍ୟକ୍ତି ହେଲେ ବି ମଦ ପିଏନି କି କୁସଙ୍ଗ କରେନି। ତୁ ମୋର ପୁଅ ହେଇ ଏପରି କାମ କଲେ ମୋର ଆମ୍ୟାକୁ ଖୁବ ବାଧିବ। ଆଉ ମୋର ଇଜ୍ଜତ ଉପରେ ଆଞ୍ଚ ଆସିବ। ଯାହା ହେଲା ହେଲା। ଏଣିକି ଆଉ ମଦ ପିଇବୁନି ବୋଲି ମୋର ଓ ତୋ ବୋଉର ମୁଣ୍ଡ ଛୁଇଁ ଶପଥ କର।"

ସନତ ବାପାଙ୍କ କଥାରେ ମୁଣ୍ଡ ଛୁଇଁ ଶପଥ ସିନା କଲା ତାର କୁଅଭ୍ୟାସ ପରିତ୍ୟାଗ କରିବାକୁ କିନ୍ତୁ ପ୍ରବୃତ୍ତିର ନିଶା ଏତେ ବଢ଼ି ଯାଇଥିଲା ଯେ ସେଥିରୁ ଓହରି ଆସିବା ପାଇଁ ଏତେ ଶୀଘ୍ର ସମ୍ଭବ ନଥିଲା ତା ପକ୍ଷରେ।

ଗିରିଶ ବାବୁ ସେହି ଦିନ ଠାରୁ ନିଜ ପୁଅ ଉପରେ ରଖି ଚାଲିଲେ ସର୍ବଦା ସତର୍କ ଦୃଷ୍ଟି। ସେ ଧନବାନ ହେଲେ ସୁଧ୍ୟା ଜଣେ ବିଚକ୍ଷଣ ସଂସାରୀ। କିଛି ଟଙ୍କା ମାସିକ ବେତନ ଓ ପାରିଶ୍ରମିକ ଦେଇ ସନତ ଉପରେ କଡ଼ା ନଜର ରଖିବାକୁ ନିୟୁକ୍ତ କଲେ ଏକ ବେସରକାରୀ ଗୁଇନ୍ଦା ସଂସ୍ଥା। କୁସଙ୍ଗରେ ଥରେ ପଶିଗଲେ ବାହାରିବା ଭାରି କଷ୍ଟ। ଉଦ୍ଦାମ ଯୌବନ ଆନ୍ତର୍ଜାତୀୟ ଆକାଶ ଜାଲ ସହିତ ସମ୍ପର୍କ ମୋବାଇଲ ଫୋନ ମାଧ୍ୟମରେ ସନତର

ଯୁବ ମାନସରେ ଯଥେଷ୍ଟ ଯୁଗାନୁଯାୟୀ ପ୍ରଭାବ ପକାଇବାରେ ସଫଳ ହୋଇ ପାରିଥିଲା। ବାପାଙ୍କୁ ଅନୁରୋଧ କରିଥିଲା ଗୋଟିଏ ଚର୍ମସ୍ପର୍ଶକାତର ଭ୍ରାମ୍ୟମାଣ ଦୁରଭାଷ ଯନ୍ତ ତା ପାଇଁ କିଣି ଦେବାକୁ।

ପୁଅର ତୀବ୍ର ଅଭିଳାଷ ଗିରିଶ ବାବୁ ପୂର୍ଣ୍ଣ କରିଥିଲେ। ମୋବାଇଲ ଫୋନଟି ପାଇଲା ପରେ ତା' ର ମନ ଆକାଶ ଛୁଆଁ ହେଲା। ସନତ ନିଜର କୌତୁହଳକୁ ଚାପି ରଖି ପାରିଲାନି। ଅଧିକାଂଶ ସମୟ ମୋବାଇଲ ଦେଖି ଦେଖି ସମୟ ବିତାଉଥାଏ। କୁସଙ୍ଗରେ ପଡ଼ି ଅଶ୍ଳୀଳ ଚଳଚିତ୍ର ବି ଦେଖିବାକୁ ଲାଗିଲା। କ୍ରମେ କ୍ରମେ ଲୁଚି ଛପି ଲଫଙ୍ଗା ସାଙ୍ଗମାନଙ୍କ ସହ ହୋଟେଲକୁ ଯାଇ ସୁରା ପାନ ସହିତ କଲ୍‌ଗାର୍ଲ ଉପଭୋଗ କରିବାକୁ ସେ ଜୀବନର ପ୍ରକୃତ ଉପଭୋଗ ଭାବେ ଧରିନେଲା।

କ୍ରମେ କ୍ରମେ ତାର ମେଧାବୀ ଛାତ୍ର ଜୀବନାକାଶରେ ଅନୀତିର କଳା ବାଦଲ ଛାୟା ସୃଷ୍ଟି କରିବାକୁ ଆରମ୍ଭ କଲା। ସମ୍ବେଦନଶୀଲ ଗୁରୁଜନଗଣ ଓ ହିତାକାଂକ୍ଷୀ ବନ୍ଧୁବାନ୍ଧବୀ ଗଣ ସବୁ ଦେଖି ଜାଣି ସୁଦ୍ଧା ସନତକୁ ବାରଣ କରି ପାରି ନଥିଲେ। କାରଣ ସେମାନଙ୍କ ସହରର ଜଣେ ବିଶିଷ୍ଟ ଶିକ୍ଷ୍ତପତି ଗିରିଶ ବାବୁଙ୍କ ଥିଲା ସିଏ ଏକ ମାତ୍ର ଅଲିଅଳ ସନ୍ତାନ। ନିୟମିତ ହୋଟେଲରୁ ଆସି ମୁହଁ ହାତ ଧୋଇ ଦେହରେ ପରଫ୍ୟୁମ ସ୍ପ୍ରେ କରି ଖିଲି ପାନ ଚୋବେଇ ଘରକୁ ଫେରେ।

ଗିରିଶ ବାବୁ ସବୁ ଜାଣି ଶୁଣି ଚୁପ୍ ରହିଥିଲେ। କାରଣ ଗୋଟିଏ ମାତ୍ର ପୁଅ। ଉଚ୍ଚ ଶିକ୍ଷିତ। ପୁଅ ପାଇଁ ଅନ୍ତରରେ ଗଭୀର ସ୍ନେହ। କେତେଦିନ ବା ପୁଅକୁ ତାଗିଦ୍ ନକରି ରହିପାରିବେ। ବିବେକ ଓ ମନର ସଂଘର୍ଷ ମଧରେ ଉବେଇ ଟୁବେଇ ହେଉ ଥିଲା ଶିକ୍ଷ୍ତପତି ଗିରିଶ ବାବୁଙ୍କ ଦୋଦୁଲ୍ୟମାନ ପିତୃତ୍ୱ। ଶେଷରେ ଭବିଷ୍ୟତ ଦୃଷ୍ଟି ରଖି ସେ ନିଜ ବିବେକର ପରାମର୍ଶ ମାନିଲେ।

ଦିନେ ସନତ ଏକ ଫାଇଭ ସ୍ଟାର ହୋଟେଲରେ ଜଣେ ବିଦେଶୀ କଲ ଗାର୍ଲ ସହ ମଦ୍ୟ ପାନକରି ନୃତ୍ୟ ରତ ଥିଲା । ପିତା ଗିରିଶ ବାବୁଙ୍କବେସରକାରୀ

ଗୁଇଦା ମୃତ୍ୟୁନ ବିଷୟରେ ସେ ସମ୍ପୂର୍ଣ ଅନଭିଜ୍ଞ ଥିଲା। ଦୀର୍ଘ ଦିନ ନିଜ ପୁଅର କାର୍ଯ୍ୟ କଳାପ ପ୍ରତି ନଜର ରଖିଥିବା ଗିରିଶ ବାବୁ ସେଦିନ ହଠାତ୍ ହୋଟେଲ ରୁମ ମଧ୍ୟରେ ପ୍ରବେଶ କରି ପୁଅ ସନତର ଏପରି ମର୍ଯ୍ୟାଦାହାନୀ ତଥା ବିପଥଗାମୀ କାର୍ଯ୍ୟକଳାପ ନିଜ ଆଖିରେ ଦେଖି ଗିରିଶ ବାବୁ ତାଡ଼ନା ମିଶ୍ରିତ ସଂସ୍କାରମୂଳକ କ୍ରୋଧରେ ଜର୍ଜରିତ ହୋଇ ପଡ଼ିଥିଲେ। ତାଙ୍କ ଆଖି ଦୁଇଟିରୁ ସତେ ଯେପରି ଅଗ୍ନି ସ୍ଫୁଲିଙ୍ଗ ବହିର୍ଗତ ହୋଇ ପଡୁଥିଲା।

ସେ ମାନସିକ ଭାରସାମ୍ୟ ହରାଇ ବସି ସନତର ରସିକିଆ ଗାଲରେ ଢୋ ଢା ଦୁଇଟି ଚଟକଣ ବସେଇଦେଲେ ଓ ଉଚ୍ଚ ସ୍ୱରରେ ଚିକ୍କାର କରି ଉଠିଲେ, "ତୁ ଗୋଟାଏ ନିହାତି କୁଲାଙ୍ଗାର ପିଲା। ସେଦିନ ତୋ ବେଉ କଥାକୁ ବିଶ୍ୱାସ କରି ନଥିଲି। ଆଜି ମୁଁ ଆଖିକୁ ବିଶ୍ୱାସ କରୁଛି। ତୋ ଭଳିଆ ଅଯୋଗ୍ୟ ଚରିତ୍ରହୀନ କୁଲାଙ୍ଗାର ପୁଅ ମୋର ଦରକାର ନାହିଁ। ତୋ ମୁହଁ ଆଉ ଦେଖିବାକୁ ଚାହୁଁନି। ନେ ଏଇ କୋର୍ଟର ଡାଇଭର୍ସ ପେପରରେ ଦସ୍ତଖତ କରିଦେ। ଆଜିଠାରୁ ମୁଁ ତୋ ବାପ ଆଉ ତୁ ମୋ ପୁଅ ନୁହେଁ। ଓକିଲ ବାବୁ ମୋ ସହିତ ଆସିଛନ୍ତି। ଜଲଦି ସାଇନ କରା। ଡେରି କରନା।"

ଗିରିଶ ବାବୁଙ୍କ ଏପରି ଉଗ୍ର ରୂପ ଦେଖି ହୋଟେଲ କର୍ମଚାରୀ, ମ୍ୟାନେଜର ଓ କଲ ଗାର୍ଲ ଯୁବତୀ ଇତ୍ୟାଦି ସ୍ଥାଣୁବତ ସ୍ତମ୍ଭିତ ରହିଗଲେ। କଲ ଗାର୍ଲକୁ ପାଞ୍ଚ ହଜାର ଟଙ୍କା ଦେଇ ବିଦାୟ କରିଦେଲେ ଗିରିଶ ବାବୁ। ପଞ୍ଚ ତାରକାଯୁକ୍ତ ହୋଟେଲରେ ମୁହୂର୍ତ୍ତକ ମଧ୍ୟରେ ହଲ ଚଲ ସୃଷ୍ଟି ହେଇଗଲା। ସମସ୍ତେ ତଲ ମହଲା ସନତ ରୁମରେ ଲିଫ୍ଟରେ ଆସି ରୁଣ୍ଡ ହେଇଗଲେ।

ଏଣେ ସନତର ମଦନିଶା କୁଆଡ଼େ ଉଭେଇ ଗଲା। ବାପାଙ୍କ ଗୋଡ଼ ତଲେ ଲମ୍ବ ହୋଇ ମୁହଁ ମାଡ଼ି ଶୋଇ ଶିଶୁ ପରି କେଇଁ କେଇଁ କାନ୍ଦିବାକୁ ଆରମ୍ଭ କଲା। ପୁଣି ଗିରିଶ ବାବୁ ତାଗିଦ୍ କଲେ, "କାନ୍ଦୁଛୁ କଣ ପିଲା ଭଳିଆ। ଶୀଘ୍ର ପେପରରେ ସାଇନ ଦେ ଆମେ ଯିବୁ ଡେରି ହେଇ ଗଲାଣି। ଆଜି ତୁଁ ତୋ ମୁହଁ ଚାହିଁବିନି। ତୁ ଆଜି ମୋର ନାକ କାଟିଦେଲୁ।" ପରେ ପରେ ଗିରିଶ ବାବୁଙ୍କ ଧର୍ମ ପତ୍ନୀ କମଲା ଦେବୀ ଆସି ତାଙ୍କ କାରରେ ପହଂଜିଲେ। ସେ ମଧ୍ୟ ପୁଅକୁ ଭୀଷଣ ଗାଲି ଦେଇ ଦି ବିଧା ବସେଇ ଦେଲେ।ବର୍ତ୍ତମାନ ସନତ

ତାହାର ଭୁଲ ବୁଝି ପାରିଲା। ବାପା ମା'ଙ୍କ ସମ୍ମୁଖରେ ବିନମ୍ର ଭାବେ ଠିଆ ହୋଇ ନିଜର ନୈତିକତା ହାନୀ ଭୁଲ ପାଇଁ ହାତ ଯୋଡ଼ି କ୍ଷମା ପ୍ରାର୍ଥନା କଲା। ତାପରେ କହିଲା, "ମୋତେ ଶେଷ ଥର ପାଇଁ କ୍ଷମା କରି ଦିଅ ଡାଡ଼ି ମମି। ମୋତେ ଥରେ ନିଜକୁ ସୁଧାରିବାକୁ ସୁଯୋଗ ଦିଅନ୍ତୁ। ଏଥର ଠିକ ବାଟକୁ ନଆସିଲେ ମୋତେ ଆଇନତଃ ତେଜ୍ୟପୁତ୍ର କରିଦେବେ। ଏହା ମୋର ତ୍ରିବାର ସତ୍ୟ ଘୋଷଣା ସମସ୍ତଙ୍କ ସାମ୍ନାରେ।"

ନିଜ ପୁଅର ଏତାଦୃଶ ବିନମ୍ର ବ୍ୟବହାରରେ ଗିରିଶ ବାବୁ ଓ କମଳା ଦେବୀଙ୍କ ହୃଦୟ ତରଳି ଗଲା। କମଳା ଦେବୀ ଉଚ୍ଚ ଶିକ୍ଷିତା ଓ ସୁଗୃହିଣୀ ଥିଲେ। ପ୍ରାଚୁର୍ଯ୍ୟପୂର୍ଣ୍ଣ ଅଭିଜାତ୍ୟର ଅବିବେକୀ ଗାରିମା ତାଙ୍କର ପବିତ୍ର ମାନସ ପଟରେ କେବେ ହେଲେ ପ୍ରଭାବ ବିସ୍ତାର କରି ପାରି ନଥିଲା। ସେ ନିଜ ପୁଅକୁ ଏକ ଅହଂକାରୀ, ଧନଗର୍ବୀ, ନୀତିଭ୍ରଷ୍ଟ ଏବଂ ଚରିତ୍ରହୀନ ନବ ଯୁବକ ରୂପେ ସମାଜରେ ପ୍ରତିଷ୍ଠିତ କରିବାକୁ ଆଦୌ ଆଶା ପୋଷଣ କରି ନଥିଲେ। ବରଂ କଠୋର ଅନୁଶାସନ ମଧ୍ୟରେ ମାନବୀୟ ଗୁଣ ସହିତ ଏକ ଶୃଙ୍ଖଳିତ ଜୀବନ ଯାପନ ଶୈଳୀ ଶିଖାଇବାକୁ ସର୍ବଦା ଶ୍ରେୟସ୍କର ମନେ କରୁଥିଲେ।। ଅନାବିଳ ମାତୃ ବାସ୍ତଲ୍ୟତାର ବେଗକୁ ରୋକି ନପାରି ନିଜର ସୁମାତୃତ୍ୱର ପ୍ରମାଣ ସାମାଜିକ ବ୍ୟକ୍ତିଗଣଙ୍କ ସମ୍ମୁଖରେ ପ୍ରତିପାଦିତ କରିବାର୍ଥେ ସେ ପୁଅକୁ ଦୁଇ ବିଧା ମାରିଥିଲେ। ମାତୃ ହୃଦୟ ପର କ୍ଷଣରେ ତରଳି ଯାଇଥିଲା। କାରଣ ପୁତ୍ର କର୍ତ୍ତୃଦ୍ଧ ଯେତେ ଅପମାନିତ ହେଲେ ସୁଦ୍ଧା ଜଣେ ସନାତନୀ ମାତା ଆଦୌ ଜଣେ କୁମାତା ରୂପେ ଦୁନିଆଁରେ ଦଣ୍ଡାୟମାନ ହେବା ସମ୍ଭବପର ନୁହେଁ।

ଯାହାବି ହେଉ ସ୍ୱାମୀଙ୍କ ସହାୟତାରେ କମଳା ଦେବୀ ତଳୁ ଉଠାଇ ସନତକୁ ହୋଟେଲ ରୁମର ସୋଫା ଉପରେ ବସେଇ ଦେବାରେ ସକ୍ଷମ ହୋଇ ପାରିଥିଲେ। ବୟ୍ କୁ ତନ୍ଦୁର ଚିକେନ ଆଉ ବ୍ରେଡ଼ ଆଣିବାକୁ ଅର୍ଡ଼ର ଦେଲେ। ପାର୍ସଲ ଆସିଲା ପରେ ପୁଅକୁ ନିଜ ହାତରେ ଖୁଆଇସାରି ନିଜ ଗାଡ଼ିରେ ବସାଇ ଘରକୁ ନେଇଗଲେ। ବାଟରେ ଜଗନ୍ନାଥ ମହାପ୍ରଭୁଙ୍କୁ ମନେ ମନେ ଭକ୍ତି ଅର୍ଘ୍ୟ ଅର୍ପଣ କରୁଥିଲେ। ଗିରିଶ ବାବୁ କମଳା ଦେବୀଙ୍କ ଗାଡ଼ି ପଛେ ପଛେ ଯାଇ ନିଜ ପ୍ରାସାଦରେ ପଦାର୍ପଣ କଲେ।ଘରେ ପ୍ରୈଣ୍ୟ

ଭୋଜନ ସାରି ନିଦ୍ରା ଦେବୀଙ୍କ କୋଳରେ ଆଶ୍ରୟ ନେଲେ।

ପରଦିନ ପ୍ରତ୍ୟୁଷରେ ସନତର ନିଦ ଭାଙ୍ଗି ଗଲା। ପ୍ରଥମେ ଶୟନରତ ମାତାପିତାଙ୍କ ପାଦ ସ୍ପର୍ଶ କରି ସ୍ନାନ ରୁମରେ ପ୍ରବେଶ କରିଥିଲା। ନିତ୍ୟ କର୍ମ ସମାପ୍ତି ପରେ ସେ ମହାପ୍ରଭୁ ଜଗନ୍ନାଥ, ବଳଭଦ୍ର ଓ ମହାଦେବୀ ସୁଭଦ୍ରାଙ୍କ ଫଟୋ ଆଗରେ ସାଷ୍ଟାଙ୍ଗ ପ୍ରଣିପାତ କରି ପିତାମାତାଙ୍କର ନିଦ୍ରାଭଙ୍ଗ କରିଥିଲା। ଲଙ୍କାରେ ରାମ ନାମ ଶୁଭିଲା ପରି ଗିରିଶ ବାବୁ ଏବଂ କମଳା ଦେବୀ ନିଜ ଘରେ ଅନୁଭବ କଲେ ଅଜସ୍ର ମାନସିକ ଶାନ୍ତି।

ସନତ ଚରିତ୍ରର ଅଭୂତପୂର୍ବ ପରିବର୍ତ୍ତନ ଲକ୍ଷ୍ୟ କରି ସ୍ବଚକ୍ଷୁରୁ ଦମ୍ପତି ଯୁଗଳ ନିର୍ଗତ କଲେ ଆନନ୍ଦାଶ୍ରୁ। ପୁଅ ସନତକୁ କୋଳାଗ୍ରତ କରି ଶୁଭାଶିଷ ସନ୍ନିହିତ ହସ୍ତ ଯୁଗଳ ସ୍ଥାପନ ପୂର୍ବକ ତାହାର ଶିର ମଣ୍ଡିତ କଲେ। ତାପରେ ଅନୁତପ୍ତ ସ୍ବରରେ ସନତ କହିଲା, "ହଁ ଡାଡ଼ି ମମି ଆପଣ ଦୁଇ ଜଣଙ୍କ ସୁତାଡ଼ନା ବଳରେ ଆଜି ମୋ ମଧରେ ମାନବିକତାର ଉଦ୍ରେକ ହୋଇ ପାରିଛି। ସେଥିପାଇଁ ମୁଁ ଚିର ରଣୀ। ଏଣିକି ଉପଯୁକ୍ତ ମଣିଷ ହୋଇ ଆପଣମାନଙ୍କ ପବିତ୍ର ଆମ୍ୟ ଯୁଗଳକୁ କାୟ ମନ ବାକ୍ୟରେ ସନ୍ତୁଷ୍ଟ କରିବି।"

ସମସ୍ତଙ୍କ ନିତ୍ୟକର୍ମ ସରିଲା। ପରେ ଗିରିଶ ବାବୁଙ୍କ ପୂର୍ବ ନିର୍ଦ୍ଧାରିତ ଅନୁଯାୟୀ ଜଣେ ବୈବାହିକ ମଧ୍ୟସ୍ଥି ଭଦ୍ରଲୋକ ଘରେ ପୂର୍ବାହ୍ନ ଏଗାର ଘଟିକାରେ ପଦାର୍ପଣ କଲେ। କନ୍ୟାଟିର ଫଟୋଟିକୁ ସନତକୁ ଦେଖେଇ କହିଲେ, "କଣ ପୁଅ କନ୍ୟା ପସନ୍ଦ ଆସୁଛି। ତୁମେ ତ ଆଜିକାଲିକା ପିଲା। ଖୋଲା କଥା କୁହ। ଆମେ ଆଗେଇଯିବା।" ସନତ ବିନମ୍ର ସହକାରେ ଉତ୍ତର ଦେଲା, " ମୋର ଫଟ ଦେଖିବା ଦରକାର ନାହିଁ। କି ମୋର ପସନ୍ଦ ନାପସନ୍ଦ କିଛି ନାହିଁ। ମୋର ଡାଡ଼ି ମମିକୁ ଦେଖାନ୍ତୁ। ସେମାନେ ଯଦି ରାଜି ମୁଁ ମଧ ରାଜି।"

ସନତର ଅନୁରୋଧ ଅନୁସାରେ ମଧ୍ୟସ୍ଥି ମହାଶୟ ସେଇୟା କଲେ । ସ୍ବାମୀ ସ୍ତ୍ରୀ ଦ୍ବୟଙ୍କ ଆନନ୍ଦର ସୀମା ରହିଲାନି ସନତର ଅନୁରୋଧ ଅନୁସାରେ ମଧ୍ୟସ୍ଥି ମହାଶୟ ସେଇୟା କଲେ। ସ୍ବାମୀ ସ୍ତ୍ରୀ ଦ୍ବୟଙ୍କ ଆନନ୍ଦର ସୀମା

ରହିଲାନି। ପୁତ୍ର ସନତର ମୁଣ୍ଡ ଆଉଁସି ଦେଇ କହିଲେ, ଆଜି ଆମେ ପ୍ରକୃତ ସନ୍ତାନ ଫେରି ପାଇଲୁ ସନତ ବେଟା। ଆସନ୍ତା ତିଥିରେ ତୋ ବିଭାଘର ଖୁବ ଯାକ ଜମକରେ କରିବୁ। ତୋ ମୁହଁରୁ ସେଟିକି ଶୁଣିବାକୁ ଆଜିଯାଏଁ ଅପେକ୍ଷା କରିଥିଲୁ।

ସନତ ମୁକ୍ତ କଣ୍ଠରେ କହି ଉଠିଲା, "ମୁଁ କିଛି ନୁହେଁ। ଆପଣ ଦୁଇ ଜଣ ମୋର ସବୁ କିଛି। ଆପଣମାନଙ୍କ ମୁହଁରେ ଟିକେ ହସ ଦେଖିଲେ ମୋ ଭାବୀ ସଂସାରଟି ବି ହସି ଉଠିବ ନିର୍ଦ୍ବନ୍ଦରେ। ମୋର ଯାହାବି ଆଜି ଚାରିତ୍ରିକ ପରିବର୍ତ୍ତନ ଘଟିଛି କେବଳ ମୋର ପୂଜ୍ୟ ଆଉ ପ୍ରିୟ ଡାଡ଼ିଙ୍କ ସୌଜନ୍ୟତାରୁ। ଆଉ ମଧ ପୂଜ୍ୟା ସନ୍ତାନ ବସ୍ସଲା ମମିଙ୍କ ବିଧା ମାଡ଼ର ପ୍ରଭାବରେ।

ସେଦିନ ଡାଡ଼ି ତାଙ୍କର ସଂସ୍କାର ଭିତ୍ତିକ କ୍ରୋଧର ନିଆଁ ପିଣ୍ଡୁଲାକୁ କୁ ମୋ ଉପରେ ସର୍ବ ସାଧାରଣଙ୍କ ଆଗରେ ନିକ୍ଷେପ କରି ମୋ ଜୀବନକୁ ଧନ୍ୟ କରିଦେଇଛନ୍ତି। ମୋତେ ନର୍କ କୁଣ୍ଡରୁ ଉଦ୍ଧାର କରି ସ୍ବର୍ଗ ଭୂମିରେ ଆସ୍ଥାନ ଦେଇଛନ୍ତି। ଡାଡ଼ି ତାଙ୍କର କ୍ରୋଧର ନିଆଁର ସଦ ବ୍ୟବହାର କରି ମୋତେ ନବ ଜୀବନ ପ୍ରଦାନ କରିଛନ୍ତି। ଆଉ ମଧ ବିଷାକ୍ତ ଦୁନିଆଁ କବଳରୁ ମୋତେ ମୁକ୍ତ କରି ମୋର ଜୀବନ ପଥ ସୁଗମ୍ୟ କରି ଜଣେ ଉପଯୁକ୍ତ ପିତାଙ୍କ ଭୂମିକାକୁ ସୁଦୃଢ ଭାବେ ଚରିତ୍ରାର୍ଥ କରିପାରିଛନ୍ତି ବର୍ତ୍ତମାନ ଆମ ଖାନଦାନ୍‌ ର ଭବିଷ୍ୟତ ଦାୟ୍ୟାଦ ସୃଷ୍ଟି କରି ବଂଶ ରକ୍ଷଣ ମୋର ପରମ ଧର୍ମ।

ପ୍ରାୟ ଏକ ମାସ ପରେ ବିବାହ ତିଥି। ଏହା ଥିଲା ଏକ ଆଦର୍ଶ ବିବାହ। ବିନା ଜାତକ ଦେଖାରେ ତଥା ବିନା ଯୌତୁକ ଦାବିରେ ସର୍ବ ମଙ୍ଗଲ ଜଗନ୍ନାଥଙ୍କ ନାମରେ ବିବାହ କାର୍ଯ୍ୟ ସମାପନ ହୋଇଥିଲା, ଭାଇ ବନ୍ଧୁ କୁଟୁମ୍ୟ ସାହି ପଡ଼ିଶା ସମସ୍ତଙ୍କ ପ୍ରତ୍ୟକ୍ଷ ତତ୍ତ୍ୱ ଅବଧାନରେ। ସମସ୍ତ ଖର୍ଚ୍ଚ ଗିରିଶ ବାବୁ ବହନ କରିଥିଲେ। ବିରାଟ ଭୋଜିର ଆୟୋଜନ କରାଗଲା ଯେଉଁଥିରେ ବଫେ ପ୍ରଥାର ଅନୁକରଣ ଆଦୌ ହୋଇ ନଥିଲା। ସମସ୍ତଙ୍କ ସଦିଚ୍ଛା ଓ ଆଶୀର୍ବାଦରେ ନବ ଦମ୍ପତି ସନତ ଓ ସୁନିତାଙ୍କ ସୁଖ ସଂସାର ଗଢ଼ି ଉଠିଲା। ଭବିଷ୍ୟତରେ ଦୁଇଟି ପୁତ୍ର ଓ ଦୁଇଟି କନ୍ୟାଙ୍କର ପିତାମାତା ରୂପେ ନିଜ ବଂଶର ସ୍ଥିତିକୁ ମଜବୁତ କରି ଗିରିଶ ବାବୁ ଓ କମଲା ଦେବୀଙ୍କ ନାମ

ଆଲୋକିତ କଲେ।

    ପରିବାର ଓ ଶିକ୍ଷ ଅନୁଷ୍ଠାନର ସମସ୍ତ ଦାୟିତ୍ୱ ବହନ କରି ତିନୋଟି ସନ୍ତାନଙ୍କ ପିତା ଭାବେ ଗୌରବ ମଣ୍ଡିତ କରିପାରିଲେ ନିଜକୁ। ଇସ୍ପାତ ନଗରୀର ସମସ୍ତ ବାସିନ୍ଦାଙ୍କ ମୁହଁରେ ସ୍ୱର୍ଗତ ଶିକ୍ଷ ପତି ଗିରିଶ ବାବୁଙ୍କ ଯୋଗ୍ୟ ପୁତ୍ର ସନତବାବୁଙ୍କ ଭୂରି ଭୂରି ପ୍ରଶଂସା। ଅଦ୍ୟାବଧ୍ ଇସ୍ପାତ ନଗରୀ ଉପକଣ୍ଠକୁ ମୁଖରିତ କରି ଚାଲିଛି।

ଛାତ୍ର ଜୀବନର ଦୁଃଖଦ ସ୍ମୃତି

୧୯୭୫ ମସିହା କଥା। ମୁଁ ସେତେବେଳେ ଡି.ଏ.ଭି.କଲେଜ କୋରାପୁଟରେ ପ୍ରଥମ ବାର୍ଷିକ ବିଜ୍ଞାନ ଛାତ୍ର ଥିଲି। ୧୯୭୬ ମସିହା ଜାନୁଆରୀରେ ଆମ କ୍ଲାସ ପିଲା ସମସ୍ତେ ନୂଆ ବର୍ଷ ଉପଲକ୍ଷେ ଏକ ବଣ ଭୋଜି କରିବାକୁ ମନସ୍ଥ କଲୁ। ବାଗ୍ରା ଜଳ ପ୍ରପାତ ହେଲା ଆମର ପିକ୍‌ନିକ୍‌ ସ୍ଥଳ। କୋରାପୁଟ ସଦରରୁ ରୋଷେୟା, ରୋଷେଇ ସରଞ୍ଜାମ ଇତ୍ୟାଦି ଯୋଗାଡ଼ କରି ରଖିଲୁ। ସମସ୍ତଙ୍କୁ ମିଶାଇ ଠିକ ୬୦ ଜଣ ଯିବା ପାଇଁ ଦୁଇଟି ଟ୍ରକ ଯୋଗାଡ଼ କଲୁ। କଲେଜ ପାଖରୁ ସକାଳ ଆଠଟା ବେଳେ ଟ୍ରକ ଛାଡିଲା। କୋରାପୁଟର ହାଡ଼ ଭଙ୍ଗା ଶୀତ ଦାଉରୁ ରକ୍ଷା ପାଇବାକୁ ଆମେ ଶୀତ ପୋଷାକ ପିନ୍ଧି ଥିଲୁ। ଦିନ ୧୧ଟା ବେଳେ ବାଗ୍ରାରେ ପହଞ୍ଚିଲୁ।

ପ୍ରପାତର ଉପରମୁଣ୍ଡରେ ରୋଷେଇ ଆରମ୍ଭ ହେଲା। ପ୍ରଥମେ ଉପମା ଆଉ ଚା' ଜଳଖିଆ କଲୁ। ତାପରେ ଆମ ମଧ୍ୟରୁ ପ୍ରାୟ ଅଧେ ପିଲା ବଣ ବୁଲିବାକୁ ବାହାରିଲୁ। ମୁଁ, ଆନନ୍ଦ ଶ୍ରୀବାସ୍ତବ ଓ ଡ଼ି. ରାଜେନ୍ଦ୍ର କୁମାର ପାହାଡ଼ ତଳକୁ ଯାଇ ପ୍ରପାତ ଧାର କୂଳରେ ଠିଆ ହୋଇ ପ୍ରାକୃତିକ ସୌନ୍ଦର୍ଯ୍ୟ ଉପଭୋଗ କରିବାକୁ ଲାଗିଲୁ। ମୋର ପ୍ରିୟବନ୍ଧୁ ଆନନ୍ଦ ନିଜ କ୍ୟାମେରା ସାଙ୍ଗରେ ନେଇଥିଲା ଗ୍ରୁପ ଫଟୋ ଉଠେଇଲା। ଆଉ ଜଣେ ବନ୍ଧୁ ରାଜେନ୍ଦ୍ର କୁମାର ଜଣେ ଅଭୁତ ପ୍ରକାରର ପିଲା ଥିଲା। କୁଞ୍ଚୁ କୁଞ୍ଚିଆ ଭୁଙ୍ଗର ବାଳ ଘନ କଳା ରଙ୍ଗର। ତାର ଦେହ ରଙ୍ଗ କଳା। ଚାଲିଚଲନ ପିଲାଳିଆମୀ। ନିଗ୍ରୋ ଭଳି ଦିଶେ। ଆମେ ତାକୁ ଅତି ଭଲ ପାଉଥିଲୁ ଓ ତାକୁ ଗେଲେରେ ବ୍ଲାକ ଗାୟ ଡାକୁ। ମୋର ଅଧିକାଂଶ ସାଙ୍ଗ ବେଲ ବଟମ ପ୍ୟାଣ୍ଟ ପିନ୍ଧି ଥିଲୁ। ରାଜେନ୍ଦ୍ର କୁମାର ଘର କୋରାପୁଟ ଟାଉନରେ। ତାର ଜୀବନ କାଳରେ ଦୁଇଥର ନଈରେ ଗାଧୋଇଲା ବେଳେ ବୁଡ଼ି ଯାଇଥିଲା। ତାକୁ ପହଁରା ଆସେନି। ମରୁ ମରୁ ବଞ୍ଚି ଥିଲା।

ସେଦିନ ରାଜା ମୁଣ୍ଡରେ କଣ ଢୁକିଲା କେଜାଣି, ପ୍ରପାତ ଝରଣା କୂଳରେ ନିଜ ପ୍ୟାଣ୍ଟ ସାର୍ଟ ଫିଙ୍ଗି କେବଳ ଅଣ୍ଡରୱେର ଗଞ୍ଜି ପିନ୍ଧି ଅଣଓସାରିଆ ଝରଣା ମଝିରେ ଥିବା ଏକ ଗୋଲେଇ ପଥର ଉପରକୁ ଡିଆଁ ମାରି ଠିଆ ହୋଇ ପଡ଼ିଲା । ପ୍ରକାଶ ଥାଉକି ସେତେବେଳେ ଆମ କ୍ଲାସର କୌଣସି ଝିଅ ପିଲାଙ୍କୁ ସାଥିରେ ନେଇ ନ ନଥିଲୁ । ତେଣୁ ରାଜା ପୁରା ଲଗାମ ଛଡ଼ା ହୋଇ ଆନନ୍ଦକୁ ତାହାର ଫଟୋ ଉଠାଇବାକୁ କହିଲା । ପାହାଡ଼ିଆ ସୁଅ ପ୍ରଖର ଓ ପାଣି ଗଭୀର । ଝରଣା ଭିତରେ ଥିବା ବଡ଼ ବଡ଼ ପଥର ଉପରେ ଶିଉଳି ଥାଏ । ଫଟୋ ଉଠାଇଲା ପରେ ସରୁଆ ପାଣି ଧାର କୂଳକୁ ଡେଇଁ ପଡ଼ିଲା ବେଳେ ହଠାତ ଶିଉଳିରେ ଗୋଡ଼ ଖସିଗଲା ରାଜାର । ପହଁରା ଜାଣିନି । ପାଣି ଭିତରେ ତା'ର ଅସ୍ତିତ୍ୱ ଲୋପ ପାଇଗଲା । ପାଖ ଆଖରେ ବୁଲୁଥିବା ଛାତ୍ରମାନେ ଦୌଡ଼ି ଆସିଲେ ।

ଆମ ଆଖିରେ ଲୁହ ଆସିଗଲା । ବିକଳରେ ରାଜା ରାଜା ଚିତ୍କାର କରି ପ୍ରପାତ ଧାରା କୂଳେ କୂଳେ ଚିତ୍କାର କରି ଖୋଜିବାକୁ ଲାଗିଲୁ । ମାତ୍ର ରାଜାର କୌଣସି ପତ୍ତା ମିଳିଲାନି । ଚିରଦିନ ପାଇଁ ରାଜା ହଜିଗଲା । ଆମେ ନିରାଶ ହୋଇ ରୋଷେଇ ପାଖକୁ ଫେରି ଆସିଲୁ । ଯେଉଁ ପିଲାମାନେ ଉପର ମୁଣ୍ଡରେ ଥିଲେ ସେମାନେ ବି ବହୁତ ଖୋଜିଲେ । କିନ୍ତୁ ରାଜା ବାବୁଙ୍କ ପତ୍ତା ମିଳିଲାନି । ରନ୍ଧା ଜାଗାରେ ଚାରିଟି ବଡ଼ ବଡ଼ ପିତଳ ହଣ୍ଡାରେ ଥିବା ଖାଦ୍ୟକୁ ପାଣିରେ ଫୋପାଡ଼ି ଦେଇ ଆମେ କଲେଜକୁ ଫେରି ଆସିଲୁ ।

ସେଦିନ ଆମ କଲେଜର ବାର୍ଷିକ ନାଟ୍ୟ ଉସ୍ତବ ଅନୁଷ୍ଠିତ ହେଉଥିଲା । ଆମ ପ୍ରିନସିପାଲ କ୍ୟାପଟେନ ପି.କେ. ଶତପଥୀ ଆମକୁ ନୀରବ ପ୍ରାର୍ଥନା କରିବାକୁ ନିର୍ଦ୍ଦେଶ ଦେଲେ । ଆମେ ଆଖି ବୁଜି ଦୁଇ ମିନିଟ ପାଇଁ ଆମ ଘନିଷ୍ଟ ସହପାଠୀ ବନ୍ଧୁ ସ୍ୱର୍ଗତ ଡି.ରାଜେନ୍ଦ୍ର କୁମାର ଆମ୍ୟାର ସଦଗତି ପାଇଁ ନୀରବ ପ୍ରାର୍ଥନା କଲୁ । ସାଂସ୍କୃତିକ କାର୍ଯ୍ୟକ୍ରମ ମଧ ସ୍ଥଗିତ କରାଗଲା ।

ପରଦିନ ସକାଳୁ ଆନନ୍ଦ ଓ ମୁଁ ପୁଣି ଟ୍ରକରେ ସ୍ୱର୍ଗତ ବନ୍ଧୁ ରାଜାର ପରିବାରର ଚାରି ଜଣ ଲୋକଙ୍କ ସହିତ ବାଗ୍ରା ପ୍ରପାତର ଖରସ୍ରୋତା ଝରଣାର ଗଭୀର ଗଣ୍ଡିକୁ ଲମ୍ବା ଲମ୍ବା ବାଉଁଶରେ ଖୋଲି ତାଡ଼ି ପରିଶେଷରେ

ତାହାର ଶବକୁ, ସେ ଯେଉଁ ପଥର ଉପରେ ଠିଆ ହୋଇ ଫଟୋ ଉଠାଉ ଥିଲା ସେଇ ଅର୍ଦ୍ଧ ଗୋଲାକାର ପଥର ସନ୍ଧିରୁ ଉଦ୍ଧାର କରିଥିଲୁ ଆଉ ତାଙ୍କ ଘରେ ପହଞ୍ଚାଇଥିଲୁ। ତା'ର ଅନ୍ତ୍ୟେଷ୍ଟି କ୍ରିୟା ଏବଂ ଶୁଦ୍ଧି କ୍ରିୟାରେ ଯୋଗଦାନ କରିଥିଲୁ।

ଓଡ଼ିଆ କାଗଜ(ସମାଜ, ପ୍ରଜାତନ୍ତ୍ର, କଳିଙ୍ଗ ଓ ମାତୃଭୂମି)ର ପ୍ରଥମ ପୃଷ୍ଠାରେ ତାହାର ଫଟୋ ସହିତ ମୃତ୍ୟୁ ସମ୍ବାଦ ପ୍ରକାଶ କରାଇଥିଲୁ। ସେଇ ଛାତ୍ର ଜୀବନର ପୁରୁଣା ଦୁଃଖଦ ସ୍ମୃତି ଆଜି ମଧ୍ୟ ଆମର ସ୍ମୃତି ପଟଳରେ ଗତ କାଲି ପରି ଭାସି ଉଠୁଛି।

ମାଆଙ୍କୁ ବାର୍ତ୍ତା

ପୂଜନୀୟା ମା'

ଭୂମିଷ୍ଠ ପ୍ରଣାମ ଆଶା ଗାଁରେ ତୁ ଭଲ ଥିବୁ ନିଶ୍ଚୟ। ସାନ ପୁଅ ବୋହୁଙ୍କ ସେବାରେ ତୋର ଦିନଗୁଡ଼ିକ ଶାନ୍ତିରେ କଟୁଥିବ। ଆମେ ଏଠି ଦିଲ୍ଲୀରେ ଅଛୁ। ଆମେ ସମସ୍ତେ ତୋର ଆଶୀର୍ବାଦରୁ କୁଶଳରେ ଦିନ ଗୁଡ଼ିକ କାଟୁଛୁ।

ମୋ ପୁଅ ଝିଅମାନେ ସବୁବେଳେ ତୋ ବିଷୟରେ ପଚାରୁଛନ୍ତି। ତତେ ମୁଁ ଏଠିକି ସାଙ୍ଗରେ ନେଇ ଆସନ୍ତି। କିନ୍ତୁ ବାପା ହଇରାଣ ହେବେ। ଆଉ ମଧ ଘରଟିର ରକ୍ଷଣ ବେକ୍ଷଣ କରିବାରେ ଅସୁବିଧା ହେବ। ମୁଁ ଜାଣିଛି ବାପା ତୋ ବିନା ମୁହୂର୍ତ୍ତେ ବି ରହି ପାରିବେ ନାହିଁ। କାରଣ ତୋର ସ୍ୱଭାବ, ଚରିତ୍ର ଓ ମାନବୀୟ ଗୁଣ ତାଙ୍କୁ ବିଶେଷ ଭାବେ ପ୍ରଭାବିତ କରୁଛି। ମୋର କାର୍ଯ୍ୟ ବ୍ୟସ୍ତ ଜୀବନ ଭିତରେ ଟିକେ ଅବସର ମିଳିଲେ ମୋ ପିଲାଦିନ କଥା ମନେ ପଡ଼େ।

ଆମ ଦୁଇ ଭାଇ ଓ ଗୋଟିଏ ଭଉଣୀଙ୍କୁ କେତେ ଝଡ଼ ଝଞ୍ଜା ମଧରେ ଉଚ୍ଚ ଶିକ୍ଷିତ କରିଛୁ ତାହାର ଟିକି ନିକି ବର୍ଣ୍ଣନା କରିବା ଅସମ୍ଭବ। ବାପାଙ୍କ ସ୍ୱଳ୍ପ ବେତନରେ ଆମକୁ ମଣିଷ କରିଛୁ। ତୁ ନିଜେ ଉଚ୍ଚ ଶିକ୍ଷିତ ହେଲେ ମଧ ନିଜର ସମସ୍ତ ପ୍ରତିଭାକୁ ଜଳାଞ୍ଜଲି ଦେଇ ସମସ୍ତ କଷ୍ଟ ହସି ହସି ଆମର ଭବିଷ୍ୟତ ଗଢ଼ିବା ପାଇଁ ସର୍ବଦା ଉଦ୍ୟମ ରତ ହୋଇ ଆସିଛୁ। ଆମ ପରିବାରଟିକୁ ଗଢ଼ିବା ସକାଶେ ତୋ ନିଜର ସୁଖ ଶାନ୍ତି ତ୍ୟାଗ କରିଛୁ, ଯାହାକି ସମସ୍ତ ନାରୀ ଜାତି ପାଇଁ ଏକ ଆଦର୍ଶ। ଯାହା ଫଳରେ ଆମେ ତିନି ଜଣ ଭାଇଭଉଣୀ ଆଜି ସାମାଜିକ ପ୍ରତିଷ୍ଠା ଲାଭ କରିଛୁ ଏବଂ ଗର୍ବିତ ଅନୁଭବ କରୁଛୁ।

ଯାହାବି ହେଉ ଏଣିକି ତୋର ବୟସ ବଢ଼ି ଗଲାଣି ।

ପଚାଶ ବର୍ଷର ତୁ ବର୍ତ୍ତମାନ ପ୍ରୌଢ଼। ଏ ବୟସରେ ତୁ ବିଶ୍ରାମ କରିବା ବଦଳରେ ସବୁ ଘର କାମ ତୁ ନିଜେ ବୁଝୁଛୁ। ଯାହା ମୁଁ ଆମ ପଡ଼ିଶା ଦାମ କକେଇଙ୍କ ଠାରୁ ଖବର ପାଇଲି। ବାପାଙ୍କ ଉଚ୍ଚ ରକ୍ତ ଚାପ ଥିବାରୁ ତାଙ୍କ ମନରେ ତୁ ଆଦୌ କଷ୍ଟ ଦେବାକୁ ପସନ୍ଦ କରୁନୁ। ପରିବାରର ଆର୍ଥିକ ଅବସ୍ଥାକୁ ତୁ ବେଶୀ ଗୁରୁତ୍ୱ ଦେଉଛୁ। ସେଥିପାଇଁ ତ ମୁଁ ପ୍ରତି ମାସରେ ତିରିଶ ହଜାର ଟଙ୍କା ତୋ ନାଁରେ ପଠାଉଛି। ବାପାଙ୍କ ଔଷଧ ଓ ସୁଷମ ଖାଦ୍ୟ ପାଇଁ ଯଥେଷ୍ଟ। ବୁନୁ ମଧ୍ୟ କିଛି ଟଙ୍କା ପଠାଉଛି। ଏଣୁ ମୁଁ ବଡ଼ ପୁଅ ହିସାବରେ ବିନମ୍ର ପ୍ରାର୍ଥନା କରୁଛି କି ବର୍ତ୍ତମାନ ଯୁଗ ଅନୁସାରେ ତୁ ନିଜକୁ ଟିକେ ଖାପ ଖୁଆଇ ଚାଲୋ। ଅତି ରକ୍ଷଣଶୀଳତା ଆଦୌ ଭଲ ନୁହେଁ।

ତେଣୁ ମୁଁ ମନସ୍ଥ କରିଛି ଆସନ୍ତା ମାସରେ ଜଣେ ମେଧାବୀ ଗରିବ ଛାତ୍ରକୁ ଗାଁ କୁ ସାଥିରେ ନେଇ ଯିବି। ସେ ଏଠି ନବମ ଶ୍ରେଣୀରେ ପଢ଼ୁଛି। ତା ନାଁ ସନ୍ତୋଷ ଭାରି ଭଲ ଚରିତ୍ରର ପିଲା। ଆର୍ଥିକ ଅବସ୍ଥା ଦାରିଦ୍ର୍ୟର ସୀମାରେଖା ତଳେ ଥିବାରୁ ତାର ବାପା ମା' ମୋ ଜିମା ଛାଡ଼ିଦେଲେ। ମୁଁ ତାକୁ ମଣିଷ କରି ମାନବିକତାର ପରିଚୟ ନିଶ୍ଚୟ ଦେବି। ତୋ ନାଁ ରଖିବି। ତାକୁ ଆମ ଗାଁ ସ୍କୁଲରେ ନାଁ ଲେଖେଇ ଦେବି। ତୁମ ଦୁଇଜଣଙ୍କ ପାଖରେ ନାତି ଭଳିଆ ରହିବ। ଘର କାମ ସବୁ ବୁଝିବ। ତୋର ଶ୍ରମ ଲାଘବ ହେବ। ଆଉ ଏଠି ତାର ବାପାଙ୍କୁ ଆମ ଅଫିସରେ କାମ ଦେଇଛି।

ଆଶା କରେ ତୁ ମୋ ବିନତି ନିଶ୍ଚୟ ଶୁଣିବୁ। ତୋର ରଣ ଆମେ ଭାଇ ଭଉଣୀ ଜନ୍ମାନ୍ତରେ ମଧ୍ୟ ସୁଝି ପାରିବୁ ନାହିଁ। ମୋର ଏତିକି ଟିକେ ଗୁହାରି ରଖ ନିଜକୁ ଆଜିକାଲିର ଦୁନିଆ ସହିତ ମେଳ ଖାଇ ଚାଲିବାକୁ ଚେଷ୍ଟା କର। ମୋ ମନ ପ୍ରାଣରେ ଶାଶ୍ୱତ ଆନନ୍ଦ ଏବଂ ଆନ୍ତରିକ ଶାନ୍ତି ମୁଁ ପାଇ ପାରିବି। ମୁଁ ପିଏଲ ଆପ୍ଲାଇ କରିଛି ପନ୍ଦର ଦିନ ପାଇଁ। ଗାଁକୁ ଗଲେ ସବୁ କହିବି। ବାପାଙ୍କୁ ମୋର ସଭକ୍ତି ସାଷ୍ଟାଙ୍ଗ ପ୍ରଣିପାତ ଜଣାଇ ଦେବୁ। ମୋତେ ଫୋନ କରିବାକୁ କହିବୁ।

ଫାଲେ ପାଉଁରୁଟି

ରୁଟି ଘରେ ତିଆରି। ପାଉଁରୁଟି ବାହାରେ। ଦୁଇଟି ଯାକ ରୁଟି ମଣିଷର ଭୋକ ମେଣ୍ଟାଏ। ଭୋକବେଳେ ଖଣ୍ଡେ ବାସିରୁଟି ବା ଫାଲେ ପାଉଁରୁଟି ଜୀବନ ବଞ୍ଚାଏ। ସାଗର ଜଣେ ଭଲ ମେକାନିକ୍। ବାପ ମାଙ୍କ ଗୋଟିଏ ବୋଲି ପୁଅ। ବି.ଏ. ପାସ ପରେ ରୋଜଗାର ପାଇଲନି। ଘର ପାଖ ଗ୍ୟାରେଜରେ କାମ ଶିଖିଲା। ବାପମାଙ୍କ ଏପରି ଥାତି ନ ଥିଲା ଯେ ସାଗର କାମ ନ କଲେ ବି ଗୁଜୁରାଣ ମେଣ୍ଟି ଯାଇ ଥାଆନ୍ତା। ବାପା ମା' ଓ ନିଜ ପେଟ ପୋଷିବା ତାର ମୁଖ୍ୟ ଉଦ୍ଦେଶ୍ୟ ଥିଲା। ଯାହାବି ହଉ ବାହା ହେଇ ନ ଥିଲା। ଅଧିକା ମୁଣ୍ଡ ବଥାରୁ ତ୍ରାହି ପାଇଗଲା।

ସାଗରର ଚରିତ୍ର ଭଲ। କାହା ସହିତ ବେଶୀ ମିଳାମିଶା ନାହିଁ। ତାର କାମ ଭଲ ତ ସିଏ ଭଲ। ଗ୍ୟାରେଜର ମାଲିକ ଜଣେ ମାରୱାଡ଼ି। ସାଗରକୁ ପୁଅ ପରି ଦେଖେ। ଦିନେ ଗ୍ୟାରେଜରେ କେତେକ ଗୁଣ୍ଡା ମାଲିକକୁ ନିଷ୍ଠୁକ ମାଡ଼ ମାରି ସବୁ ଜିନିଷ ଲୁଟି ନେଲେ। ସେଦିନ ସାଗର ଅସୁସ୍ଥ ଥିବାରୁ କାମକୁ ଯାଇ ପାରି ନ ଥିଲା। ପରେ ଜାଣି ପାରି ଗୁଣ୍ଡା ସର୍ଦ୍ଧାରକୁ ଖୋଜି ବାହାର କଲା। ସାଗର ପିଲାବେଳୁ ବ୍ୟାୟାମ କାରେଟ ଜୁଡ଼ୋ ଅଭ୍ୟାସ କରିଥିଲା। ତେଣୁ ତାର ଏହି ବିଦ୍ୟା ପ୍ରୟୋଗ କରି ଗୁଣ୍ଡାକୁ ଜବତ କରି ଲୁଟି ନେଇ ଥିବା ଜିନିଷକୁ ତାର ମାଲିକଙ୍କୁ ଫେରାଇ ଦେଲା। ମାଲିକ ଖୁବ ଖୁସିରେ ସାଗରକୁ କୁଣ୍ଢାଇ ପକାଇଲେ ଓ ନିଜର ଏକ ମାତ୍ର ଝିଅ ସହିତ ସାଗରକୁ ବିବାହ ଦେଲେ।

ମେକାନିକ ସାଗର ଘର ସଂସାର କରି ନିଜ ବୋଉଙ୍କ ସହ ଶାନ୍ତି ପୂର୍ଣ୍ଣ ଜୀବନ ଯାପନ କଲେ। ଶଶୁର ଘର ସମ୍ପତ୍ତି ଓ ନିଜ ପୈତୃକ ଧନର ମାଲିକ ବର୍ତ୍ତମାନ ସାଗର ଓସ୍ତାଦ ରୂପେ ସାମାଜିକ ପ୍ରତିଷ୍ଠା ଲାଭ କଲେ।

ଶଶୁରଙ୍କୁ ପାଖରେ ରଖି ନିଜର ଦିବଂଗତ ପିତାଙ୍କ ସ୍ମୃତିକୁ ପାସୋରି ପକାଇଲେ। ଗୋଟିଏ ପୁଅ ଓ ଗୋଟିଏ ଝିଅର ପିତା ଭାବରେ ଗର୍ବ ଅନୁଭବ କଲେ।

ଦିନେ ତାଙ୍କର କୁଳଗୁରୁ ତାଙ୍କ ଘରକୁ ଆସି ସବୁ ବିଷୟ ଜାଣି କହିଲେ, "ତୁମର ପରିବାରର ବଂଶାନୁକ୍ରମିକ ମୁଁ କୁଳଗୁରୁ। ତୁମେଇ କେବଳ ଜଣେ ମାତ୍ର ସଦସ୍ୟ ଯିଏ କି ସମୂର୍ଣ୍ଣ ନିପାତନ। ବାପା ଚାଲିଗଲା ପରେ ତୁମେ ଖଣ୍ଡେ ପାଉଁରୁଟି ପାଇବା ପାଇଁ ପ୍ରାଣ ପଣେ ସଂଘର୍ଷ କରି ଆଜି ତୁମେ ତୁମ ପୂର୍ବ ପୁରୁଷଙ୍କ ନାମକୁ ପୁନଃଜୀବିତ କରିପାରିଛ। ସେଥିପାଇଁ ମୁଁ ତୁମକୁ କଲ୍ୟାଣ କରୁଛି କି ତୁମେ ଦୀର୍ଘଜୀବୀ ହୁଅ। ଆଉ ଆଜୀବନ ଖଣ୍ଡେ ପାଉଁରୁଟି ସତ୍ ପଥରେ ଅର୍ଜନ କରିବା ନିମିତ୍ତ ସମାଜର ଅନେକ ବେକାର ଯୁବଗଣଙ୍କୁ ପ୍ରେରଣା ପ୍ରଦାନ କର। ସମସ୍ତଙ୍କ ପାଳନ କର୍ତ୍ତା ଈଶ୍ୱର ତୁମର ମଙ୍ଗଳ କରନ୍ତୁ।"

କୁଳଗୁରୁ ଏତିକି ଉପଦେଶ ଦେଇ ସାଗରଙ୍କ ଅତିଥି ସତ୍କାରତାରେ ବଶୀଭୂତ ହୋଇ ନିଜ ଆଶ୍ରମକୁ ପ୍ରସ୍ଥାନ କଲେ।

ମାତା କଲ୍ୟାଣ ମୟୀ

ଶରତ ରତୁର ଶୁଭ୍ର ଜ୍ୟୋସ୍ନା ବିଧୌତ ରାତି। ଅଫିସରୁ ଫେରୁ ଫେରୁ ରାତି ଏଗାରଟା। ଦାମ ବାବୁ ଘର ମୁହାଁ। ହାତରେ ମିଠା ହାଣ୍ଡି ଧରି କଲିଂ ବେଲ ଟିପିଲେ। କବାଟ ଖୋଲିଲା। "ଏଇ ଧର ମିଠା ବେଗଟା" ସ୍ତ୍ରୀଙ୍କ ହାତରେ ବେଗଟି ଧରେଇ ଦାମ ବାବୁ ୱାଶ ରୁମରେ ଗୋଡ଼ ହାତ ମୁହଁ ହାତ ସାବୁନରେ ସଫା କରି ନିଜର ମାସ୍କ ମୁହଁରୁ ଓ ଡ୍ରେସ ଦେହରୁ କାଢ଼ି ୱାଶିଙ୍ଗ ମେସିନ ଭିତରେ ପକାଇ ଦେଲେ। ନାଇଟ ଡ୍ରେସ ପିନ୍ଧି ଡ୍ରଇଂ ରୁମର ସୋଫା ଉପରେ ବସିଲେ। ସ୍ତ୍ରୀ ରମା ମିଠା ହାଣ୍ଡିଟି ବ୍ୟାଗରୁ ବାହାର କରି ଫ୍ରିଜ ଭିତରେ ରଖିଦେଇ କହିଲେ, "ମୁଁ କହିଥିଲି କିଛି ପରିବା ଆଣିବା ପାଇଁ ଆଣିଲନି ତ ?ମୁଁ ପାର୍ବଣ ପାଳୁଛି ଆଉ ଦୁର୍ଗାଷ୍ଟମୀ ଉପାସ ଆଗକୁ ଅଛି।" ରମାଙ୍କ ବାଣୀ ଶୁଣି ଦାମ ବାବୁଙ୍କ ମୁହଁଟି ଟିକେ ମଲିନ ଦେଖା ଗଲା। ନିଜର କ୍ରୋଧୀ ଭାବକୁ ଚପାଇ କହିଲେ, "ହଁ କାଲି ଆଣିବି। କିନ୍ତୁ ତୁମ ସ୍ୱାସ୍ଥ୍ୟ ପାଇଁ ମୁଁ ଚିନ୍ତିତ। ତୁମେ ଜଣେ ହାଇ ବ୍ଲଡ ପ୍ରେସର ରୋଗୀ ତା ସାଙ୍ଗକୁ ଅଜୀର୍ଣ୍ଣ ରୋଗା। ବାର ମାସର ତେର ପର୍ବ ପାଲି ଲାଭ କଣ। ଉପାସ ରହି ନିଜ ଦେହକୁ କାହିଁକି ଜାଣି ଶୁଣି ଖରାପ କରୁଛ। ତୁମର ମାଟ୍ରିକରେ ସ୍ୱାସ୍ଥ୍ୟ ବିଜ୍ଞାନ ଅପସନାଲ ଥିଲା। କଣ ସବୁ ଭୁଲିଗଲ।"

ସ୍ୱାମୀଙ୍କର ଏପରି ପ୍ରବଚନ ଶୁଣି ରମା ମାଡ଼ାମ ଖୁବ ରାଗି ଗଲେ । ଆଉ କହିଲେ, "ତୁମେ କଣ ବେଧର୍ମୀ । ଜଗତର ମାତାଙ୍କ ଉପରେ ତୁମର କଣ ବିଶ୍ୱାସ ନାହିଁ ? ମାଙ୍କ ପାଇଁ ଟିକେ ପାଲିଲେ ଖରାପ କଣ? ତୁମେ ମୋତେ ଆଉ ଦିନେ ମୋର ଧର୍ମ ଭାବ ଉପରେ କିଛି କହିବନି।" "ହଉ ଠିକ ଅଛି ଆଜି ତୁ ଆଉ କହିବିନି କିନ୍ତୁ ଗୋଟାଏ ସର୍ତ। ଏବର୍ଷ ପାର୍ବଣ ଗଲା ପରେ ଉପାସ ଫୁପାସ ସବୁ ଛାଡ଼ି ଦବା। ପ୍ରମିଣ କରା।" ରମା ମାଡ଼ାମଙ୍କ ମୁଣ୍ଡକୁ ପୋକ ଚଢ଼ି ଗଲା ଓ ଦାମ ବାବୁଙ୍କୁ ଭୀଷଣ ଗାଲି ଦେଲେ।

କିନ୍ତୁ ଦାମ ବାବୁ ଜଣେ କର୍ମ ଯୋଗୀ ଏବଂ ବିଚାରବନ୍ତ ସ୍ଵାମୀ। ସ୍ତ୍ରୀଙ୍କ ଗାଳିକୁ ମୁଣ୍ଡ ପାତି ସହିନେଲେ। କାରଣ ସେ ଜାଣନ୍ତି ଜଣେ ରକ୍ତଚାପ ରୋଗୀଙ୍କୁ ରଗେଇ ଦେଲେ ଅବସ୍ଥା ଶୋଚନୀୟ ହୋଇ ପଡ଼ିବ। ତାପରେ ରମା ମାଡ଼ାମ ରୁଟି ତିଆରି କଲେ। ସ୍ଵାମୀ ସ୍ତ୍ରୀ ଦୁଇଜଣ ରସଗୋଲା ଓ ସିରା ଲଗେଇ ରୋଟି ଖାଇ ବେଡ଼ରୁମରେ ପ୍ରବେଶ କଲେ। ବିଭାଘର ଦୀର୍ଘ ଆଠ ବର୍ଷ ପୁରିଗଲେ ବି ଏ ପର୍ଯ୍ୟନ୍ତ କୋଳ ଶୂନ୍ୟ। ଦମ୍ପତିଙ୍କ ମନରେ ବିଷାଦର ଛାୟା। ଦାମବାବୁ କିଛିକାଂଶରେ ନାସ୍ତିକ ହେଲେ ମଧ ସ୍ତ୍ରୀଙ୍କ ଉପରେ ତାଙ୍କର ଆସ୍ଥା ଅଛି। ନିଜ ସ୍ତ୍ରୀଙ୍କ ଦେବୀ ଦୁର୍ଗା ମାଙ୍କ ପ୍ରତି ନିଷ୍ଠା ଆଉ ଦୃଢ଼ଭକ୍ତି ତାଙ୍କୁ ସନ୍ତାନ ମୁଖ ଦର୍ଶନର ସୁଖ ବୋଧେ ଦେଇ ପାରିବ।

ବିଶ୍ଵାସେ ମିଳଇ ହରି ତର୍କେ ବହୁ ଦୂର। ରମା ମାଡ଼ାମଙ୍କ ଗଭୀର ଭକ୍ତି ଓ ଶକ୍ତି ସାଧନା ଅତୁଳନୀୟ। ପର ଦିନ ସକାଳୁ ନିତ୍ୟ କର୍ମ ସାରି ଖାଇ ପିଇ ନିଜ ଗାଡ଼ି ଧରି ଦାମ ବାବୁ ଅଫିସ ବାହାରିଗଲେ। ପାଖ ଦେବୀ ପୀଠରୁ ଘଣ୍ଟ ଧ୍ଵନି ଶୁଭୁଥିଲା।

ପାର୍ବଣ ସପ୍ତା। ପ୍ରାୟ ଦୁଇ ଘଣ୍ଟା ପରେ ଫୋନ ଆସିଲା। ସେ ଘର ଲ୍ୟାଣ୍ଡ ଫୋନର ରିସିଭର ଉଠାଇଲେ, "ହେଲୋ ହେଲୋ କିଏ କହୁଛନ୍ତି?" ଉତ୍ତର ମିଳିଲା, "ଆଜ୍ଞା ମୁଁ ବଡ଼ ଡାକ୍ତରଖାନାରୁ କହୁଛି," ଆପଣ ଦାମ ବାବୁଙ୍କ କଣ ହୁଅନ୍ତି? "ମୁଁ ତାଙ୍କର ମିସେସ କହୁଛି କଣ ହେଲା?" "ମୁଁ ଡାକ୍ତର କହୁଛି। ଆପଣଙ୍କ ସ୍ଵାମୀଙ୍କ ଅବସ୍ଥା ଖରାପ। ଶୀଘ୍ର ମେଡ଼ିକାଲ ଆସନ୍ତୁ" ରମା ମାଡ଼ାମ ଅନୁଭବ କଲେ ସତେ ଯେପରି ଅକାଲେ ବଜ୍ରପାତ। ମା' ଦୁର୍ଗାଙ୍କ ଉପରେ ଅଗାଧ ବିଶ୍ଵାସ ତାଙ୍କ ମନରେ ଅପାର ଶକ୍ତି ଦେଲା। ମନକୁ ମଜବୁତ କରି ନିଜ ସ୍କୁଟି ଚଢ଼ି ଡାକ୍ତରଖାନାକୁ ଆଗେଇ ଚାଲିଲେ। ପଚାରି ପଚାରି ମେଡ଼ିସିନ ୱାର୍ଡ଼ ଭିତରେ ପଶିଗଲେ। ଦାମ ବାବୁ ଖଟିଆ ଉପରେ ନିଷ୍ଚଳ ଭାବେ ପଡ଼ି ରହି ଥିବାର ଦେଖିଲେ। ତାଙ୍କ ମୁହଁରେ ସାଲାଇନ ଲାଗିଛି। ଡାହାଣ ହାତ ଆଉ ଗୋଡ଼ରେ ବାଣ୍ଡେଜ ଗୁଡ଼ା ହୋଇଛି। ଦାମ ବାବୁ ବେହୋସ। ଆକ୍ସିଡେଣ୍ଟ କେସ୍। ବାଟରେ ଗଲାବେଳେ ଗୋଟାଏ ଟ୍ରକ ଧକ୍କାରେ ଦାମ ବାବୁଙ୍କ ଅବସ୍ଥା ଏମିତି ହୋଇଛି ବୋଲି ଜାଣିବାକୁ ପାଇଲେ। ମନେ ମନେ ମା' ଦୁର୍ଗାଙ୍କୁ ଚିନ୍ତା କରି ଡାକ୍ତରଙ୍କୁ ପଚାରିଲେ, "କେତେ ଦିନ

ଲାଗିବ ସମ୍ପୂର୍ଣ୍ଣ ଆରୋଗ୍ୟ ହେବା ପାଇଁ କୁହନ୍ତୁ।" ଡାକ୍ତର ଉତ୍ତର ଦେଲେ,
"ଆଜ୍ଞା। ଏ ପର୍ଯ୍ୟନ୍ତ ହୋସ ଆସିନି। ସମୟ ସାପେକ୍ଷ। ମୁଁ ପ୍ରେସକ୍ରିପସନ
ଲେଖିଦେଉଛି। ଆପଣ ଦୟାକରି ଇଞ୍ଜେକ୍ସନ ଆଉ ମେଡ଼ିସିନ କିଣି ଆଣନ୍ତୁ।
ଆମେ ଚେଷ୍ଟା କରିବା।"

କିଛି ସମୟ ପରେ ରମା ମାଡ଼ାମ ମେଡ଼ିସିନ ଆଉ ଇଞ୍ଜେକ୍ସନ ଧରି
ୱାର୍ଡକୁ ଯାଇ ଡାକ୍ତରଙ୍କୁ ଦେଲେ। ଡାକ୍ତରଙ୍କ ନିର୍ଦ୍ଦେଶ ଅନୁଯାୟୀ ୱାର୍ଡ
ବାହାରେ ଅପେକ୍ଷା କଲେ। ବାହାରେ ପଡ଼ିଥିବା ଚେୟାର ଉପରେ ଆଖି
ବୁଜି ଧାନ ମଗ୍ନ ହେଲେ। ଜଗନ୍ନାତା ଦୁର୍ଗତି ନାଶିନୀ ଦୁର୍ଗାଙ୍କୁ ସ୍ୱାମୀଙ୍କ ଆଶୁ
ଆରୋଗ୍ୟ କାମନା କରି କାନ୍ଦିବାକୁ ଲାଗିଲେ।

ପ୍ରାୟ ଏକ ଘଣ୍ଟା ବିତିଗଲା ପରେ ଡାକ୍ତର ହଠାତ ୱାର୍ଡ ରୁମ ବାହାରକୁ
ଆସି ହସ ହସ ମୁହଁରେ ରମା ମାଡ଼ାମଙ୍କୁ କହି ପକାଇଲେ, "ମାଡ଼ାମ
କନଗ୍ରାଚୁଲେସନ। ସବୁକିଛି ଠିକେ। ସ୍ୱାମୀ ଆପଣଙ୍କୁ ଖୋଜୁଛନ୍ତି। ଯାଆନ୍ତୁ
ଦେଖିବେ। ସତକୁ ସତ ଦେଖିଲା ବେକକୁ ଦାମ ବାବୁ ଖଟ ଉପରେ ଉଠି
ବସିଛନ୍ତି। ସାଲାଇନ ଓ ଅକ୍ସିଜେନ କଢ଼ା ହେଇଯାଇଛି। ତାଙ୍କ ମୁହଁରେ
ମୁଚୁକି ହସ। କେବଳ ଗୋଡ଼ରେ ପଟି ଲାଗିଛି। ଦାମ ବାବୁ ଠିଆ ହୋଇ
ପଡ଼ି କହିଲେ, "ଚାଲ ଘରକୁ ଯିବା।" ଏକଥା ଶୁଣି ଅନ୍ୟାନ୍ୟ ନର୍ସ ଓ
ଡାକ୍ତରମାନେ ଆଶ୍ଚର୍ଯ୍ୟ ହେଇ କହିଲେ, "ଆଜ୍ଞା ହସ୍ପିଟାଲ ଆଣିଲା ବେଳେ
ଆପଣଙ୍କ ସ୍ୱାମୀଙ୍କ ଅବସ୍ଥା ଦେଖି ଆମେ ଭାବିଥିଲୁ ଯେ ତାଙ୍କର ଆୟୁଷ
ଭଗବାନଙ୍କ ହାତରେ। ଭଗବାନ ଆପଣଙ୍କ ଡାକ ଶୁଣିଲେ। ଆମେ ଆଜି
ଯାଏଁ ଏପରି କେସ୍ ଦେଖି ନଥିଲୁ। ବଡ଼ ଚମତ୍କାର ଆଜ୍ଞା। ଏବେ ସ୍ୱାମୀଙ୍କୁ
ଘରକୁ ନେଇଯାଆନ୍ତୁ। ଆମେ ଇଞ୍ଜେକ୍ସନ ଦେଇଦେଇଛୁ କେବଳ ଆପଣ
ମେଡ଼ିସିନ ଠିକ ସମୟରେ ଖୁଆଇବେ।"

" ରମା ମାଡ଼ାମଙ୍କ ମନରେ ଆଶାର ଓ ଆନନ୍ଦର ଆଲୋକ ଭରି ଉଠିଲା
ସେ କହି ପକାଇଲେ, "ଆପଣଙ୍କୁ ଅଶେଷ ଧନ୍ୟବାଦ। ସବୁ ସେହି ଆଦି
ମାତାଙ୍କ କରୁଣା। ତାଙ୍କରି ଶୁଭ ଦୃଷ୍ଟିରୁ ଆଜି ମୋର ସ୍ୱାମୀଙ୍କୁ ଫେରି ପାଇଛି।"

ତାପରେ ନିଜ ସ୍କୁଟିରେ ବସେଇ ଦାମ ବାବୁଙ୍କୁ ଘରକୁ ଆଣିଲେ। ସେଦିନ ଦୁର୍ଗା ସପ୍ତମୀ। ପାଖ ଦେବୀ ମନ୍ଦିରର ହୁଳହୁଳି ଜୟ ମା' ଓ ଘଣ୍ଟା ଧ୍ୱନି କାନରେ ବାଜି ରମା ଦେବୀଙ୍କ ମନରେ ଦିବ୍ୟ ଚେତନାର ଉଦବୁଦ୍ଧ ହେଉଥିଲା। ପର ଦିନ ଦୁର୍ଗାଷ୍ଟମୀ ଉପବାସ କଲେ ଓ ଦେବୀ ମନ୍ଦିରରେ ଭୋଗ ଲଗାଇଲେ। ନିୟମିତ ପଥ୍ୟ ଓ ଔଷଧ ସେବନ ପରେ ଦାମ ବାବୁଙ୍କୁ ପ୍ରାୟ ଏକ ସପ୍ତାହ ଲାଗିଗଲା ସମ୍ପୂର୍ଣ୍ଣ ସୁସ୍ଥ ଅନୁଭବ କରିବା ପାଇଁ। ତାପରେ ସେ ନିଜର କର୍ମ କ୍ଷେତ୍ରକୁ ପ୍ରତ୍ୟାବର୍ତ୍ତନ କରି ନାସ୍ତିକ ମନରେ ଅସ୍ତିକତା ସଞ୍ଚାର ପୂର୍ବକ ନିଜର ସହକର୍ମୀମାନଙ୍କୁ କଲ୍ୟାଣମୟୀ ମାତାଙ୍କ ଗୁଣ କୀର୍ତ୍ତନ କରିବାକୁ ଆରମ୍ଭ କଲେ। ମାତା ଦୁର୍ଗାଙ୍କ ଡାକ୍ତରଖାନାରେ ଚମତ୍କାର ପ୍ରଭାବ ଓ ତାଙ୍କର ମରଣ ମୁହଁରୁ ବଞ୍ଚିବା କଥା ବଖାଣି ଚାଲିଲେ।

ସେହି ଦିନଠାରୁ ଦାମ ବାବୁଙ୍କ ମୁହଁରୁ "ଜୟ ମା' ଭବାନୀ ଜୟ ମା' ଭବାନୀ" ଉଚ୍ଚାରଣ ଶବ୍ଦ ଶୁଣି ସମସ୍ତେ ହତବାକ୍ ହୋଇପଡ଼ିଲେ। ବିଶେଷ କରି ସ୍ୱାମୀଙ୍କ ମୁହଁରୁ ମାତାଙ୍କ ଜୟ ଧ୍ୱନି ଶୁଣି ରମା ଦେବୀ ସ୍ୱର୍ଗ ସୁଖ ଲାଭ କରିପାରିଲେ।

ଏମିତି ଏମିତି ତିନି ମାସ ବିତିଗଲା। ସ୍ୱାମୀ ସ୍ତ୍ରୀ ଦୁଇ ଜଣ ହସ୍ପିଟାଲ ଗଲେ। ଦାମ ବାବୁ ରମା ମାଡ଼ାମଙ୍କ ଗ୍ରାଭିଣ୍ଡେକ୍ସ ଟେଷ୍ଟ କରାଇଲେ। ଟେଷ୍ଟ ପଜିଟିଭ ବାହାରିଲା। ଦମ୍ପତିଙ୍କ ଜୀବନରେ ପ୍ରଥମ ଥର ନିମିତ୍ତ ସମାଜରେ ମାତା ପିତାରୂପେ ପରିଚୟ ଲାଭ କରିବାର ସୌଭାଗ୍ୟ ଉଦୟ ହୋଇ ପାରିଥିଲା। ଜଗତର ଜନନୀ ଦୁର୍ଗାଙ୍କ ଅପାର କରୁଣାର ମହକରେ ସେମାନଙ୍କ ତନୁ ମନରେ ଭକ୍ତି ଭାବର ଶିହରଣ ଖେଳିବାକୁ ଆରମ୍ଭ କଲା।

ଆଲୁଅ ଓ ଅନ୍ଧାର

ଆଜିକୁ ପ୍ରାୟ ଦୁଇ ଦଶନ୍ଧି ତଳର କଥା। ଗୋଟିଏ ଗାଁରେ ଜନୈକ କୁଲୀନ ଭଦ୍ର ବ୍ୟକ୍ତି ବାସ କରୁଥିଲେ। ତାଙ୍କର ଦୁଇଟି ପୁତ୍ର ଓ ଗୋଟିଏ କନ୍ୟା ଥିଲେ। କନ୍ୟାକୁ ବିଭା ଦେଲା ପରେ ସେ ବଡ଼ ଦୁଇ ପୁତ୍ରଙ୍କୁ ପାଖକୁ ଡାକି କହିଲେ, 'ଦେଖ ପୁଅମାନେ ମୁଁ ବୁଢ଼ା ହେଇଗଲି ଏଣିକି ତୁମମାନଙ୍କର ଦାୟିତ୍ୱ ଘର ସମ୍ଭାଳିବା। ଜୀବନ ତମାମ ମୁଁ ସତ୍ ବାଟରେ ରୋଜଗାର କରି ତୁମକୁ ରଜାପିଲା ପରି ବଢ଼େଇ ଆଣିଛି। ଆଖପାଖ ମୌଜାରେ ମୋର ସୁନାମ ଅଛି। ତୁମ ବୋଉ ବି ଜଣେ ପତିବ୍ରତା ସୁଗୃହିଣୀ। ଆମର ପର୍ଯ୍ୟାପ୍ତ ସମ୍ପତି ପଡ଼ିଛି ସେଇଥିରୁ ବୁଦ୍ଧି ଖେଳେଇ ରୋଜଗାର କରିବ। ଆମେ ଦୁଇ ଜଣ ପାଚିଲା ଆମ୍ବ କେତେବେଳେ ଝଡ଼ି ପଡ଼ିବୁ କହି ହବନି। ଆଜିକାଲି ଦୁନିଆଟା ବିଷାକ୍ତ ଅନୈତିକ ପରିବେଶରେ ପରିବେଷ୍ଟିତ। ଦୁର୍ଜନ ସଙ୍ଗେ ମିଳନ ଅକାଲେ ମୃତ୍ୟୁ ଲକ୍ଷଣ। ଏହି କଥା ସବୁବେଳେ ମନେ ରଖିଥିବ। ମୁଁ ଯାଉଛି।

ସତକୁ ସତ ସେହି ଦିନ ଦୀର୍ଘକାଲ ରୋଗଶଯ୍ୟାରେ ଶାୟିତ ଶତାୟୁ ଭଦ୍ରବ୍ୟକ୍ତି ପୁତ୍ର ଦ୍ୱୟଙ୍କୁ ଅନ୍ତିମ ଉପଦେଶ ଦେଇ ଚିରଦିନ ପାଇଁ ଆଖି ବୁଜିଦେଲେ। ତା'ପରେ ବର୍ଷେ ବିତିଗଲା। ଜଣେ ବିଦେଶୀ ଶିଳ୍ପପତି ଏକ କାରଖାନା ବସେଇବା ଉଦ୍ଦେଶ୍ୟରେ ତାଙ୍କ ଗାଁକୁ ଆସିଲେ। ମୃତ ଭଦ୍ରବ୍ୟକ୍ତିଙ୍କର ଜମିକୁ ମନୋନୀତ କଲେ ଓ ଖାରିଶ୍ ଦୁଇ ଭାଇଙ୍କୁ ଡକାଇ ପଠାଇଲେ। ଏ ବିଷୟ ଜାଣିବା ପରେ ଭାଇଙ୍କ ମଧ୍ୟରେ ଆଲୋଚନା ଚାଲିଲା। ବଡ଼ ଭାଇ ପିତୃଭକ୍ତ ଓ ସ୍ୱର୍ଗତ ପିତାଙ୍କ ଉପଦେଶ ମାନି ତାଙ୍କର ଆଦର୍ଶରେ ଜୀବନ ଅତିବାହିତ କରିବାକୁ ବଦ୍ଧପରିକର ମାତ୍ର ସାନଭାଇ ସମ୍ପୂର୍ଣ୍ଣ ବିରୁଦ୍ଧ ମନୋଭାବଯୁକ୍ତ। ଫଳତଃ ଦୁଇ ଭାଇଙ୍କ ମଧ୍ୟରେ ମତଭେଦ ଘଟି ସାନଭାଇ ବିଦେଶୀଙ୍କ ଦଳରେ ମିଶିଲା ଏବଂ ବାପାଙ୍କ ଉପଦେଶ ଭୁଲି ରାତାରାତି ଅମୀର ବନିବାକୁ ଲାଗି ପଡ଼ିଲା। ପୈତୃକ ଜମି ନିଜ ଭିତରେ

ବାଣ୍ଟିନେଲେ। କିନ୍ତୁ ବଡ଼ଭାଇ ବିଭା ହୋଇ ନିଜ ଭିଟାମାଟିର ଇଜ୍ଜତ ରଖିଲା।

ଏମିତି କିଛିବର୍ଷ କଟିଗଲା ପରେ ସାନ ଭାଇ ଜଣେ କୁଖ୍ୟାତ ଆନ୍ତର୍ଜାତୀୟ ଡନ୍ ପାଲଟି ପରାର୍ଦ୍ଧପତି ଭାବରେ ନିଜର ପରିଚୟ ଦେଲା। ଆଶାତୀତ କଳାଧନ ବଳରେ ନାନା ଅସାମାଜିକ କର୍ମରେ ଲିପ୍ତ ରହିଲା। କିନ୍ତୁ ତା'ର ଗୋଟାଏ ଭଲ ଗୁଣ ଥିଲା ଯେ, ସେ ଗରିବ ଗାଁ ବାଲାଙ୍କୁ ଆର୍ଥିକ ସାହାଯ୍ୟ ଦେଇ ଥଇଥାନ କରାଇବା ଓ ଅନାଥାଶ୍ରମକୁ ଚାନ୍ଦା ଦେବା। ତା'ର ଅଧିକାଂଶ ସମୟ ବିଦେଶରେ କଟେ ଓ ମଝିରେ ମଝିରେ ବଡ଼ଭାଇର ବାରଣ ସତ୍ତ୍ୱେ ବୋଉଙ୍କୁ ଦେଖିବାକୁ ଘରକୁ ଆସେ। ଦୁଇଭାଇଙ୍କ ମଧ୍ୟରେ ଆଲୁଅ ଅନ୍ଧାରର ଖେଳ ଦୀର୍ଘ ଦଶବର୍ଷ ଧରି ଚାଲିଲା। ଦିନେ ହଠାତ୍ ରାତି ୧୨ଟାରେ ବଡ଼ଭାଇ ଗାଁରେ ଏରୋଗ୍ରାମ୍ ମାଧ୍ୟମରେ ସିଙ୍ଗାପୁରୁ ଭାଇର ମୃତ୍ୟୁ ସମ୍ବାଦ ପାଇ ମର୍ମାହତ ହୋଇ ପଡ଼ିଲା। ବୃଦ୍ଧା ମାତା ଗେଲ୍ଲା ପୁଅର ମଲା ଖବର ପାଇଲା ପରେ ତାଙ୍କର ହାର୍ଟଫେଲ୍ ଘଟିଲା। ଅନ୍ୟଜଣେ ବିଦେଶୀ ପ୍ରତିଦ୍ୱନ୍ଦୀଙ୍କ ଗୁଳିରେ ମାଗୁଣି ଚରଣ ନାମକ ଏକ ଭାରତୀୟ ଅଣ୍ଡର୍ ୱାର୍ଲ୍ଡ୍ ଡନ୍ ଗତକାଲି ସନ୍ଧ୍ୟାର ସିଙ୍ଗାପୁରରେ ପ୍ରାଣତ୍ୟାଗ କରିଛନ୍ତି। ସକାଳ ଖବର କାଗଜ ପଢ଼ି ମନକୁ ମଜବୁତ୍ କରି ବୋଉଙ୍କ ଶବ ସଂସ୍କାର ସାରି ଏକ ଦୁଃସ୍ୱପ୍ନ ଭାବି ସାନ ଭାଇର ସ୍ମୃତିକୁ ପାସୋରି ପକାଇଲା।

ମଣିଷର ଶହେଟା ପୁଣ୍ୟକର୍ମ ମଧ୍ୟରେ ଗୋଟିଏ ପାପ କର୍ମ ମଣିଷର ଧନ ଜୀବନକୁ ରକ୍ଷା କରିପାରେ ଅଥଚ ଶହେଟା ପାପକର୍ମ ମଧ୍ୟରେ ଗୋଟିଏ ପୁଣ୍ୟକର୍ମ ମଣିଷର ସାମାଜିକ ପ୍ରତିଷ୍ଠା ସହିତ ଧନଜୀବନ ରକ୍ଷା କରିବାରେ ଅକ୍ଷମ ହୋଇପାରେ ଯେପରି ସାନଭାଇ ଜୀବନରେ ଘଟିଲା। ଏତେ ଗୁଡ଼ା ଧନ ସମ୍ପତ୍ତିର ଅଧିକାରୀ ହୋଇ ସୁଦ୍ଧା ଭୋଗ କରି ନପାରି ଓଥଡ଼ା ଅବସ୍ଥାରେ ଯୁବା କାଳରେ ଅକାଳ ମୃତ୍ୟୁ ବରଣ କଲା। ତେଣୁ ଆମ ଶାସ୍ତ୍ରରେ ଅଛି, "ଅଧର୍ମ ବିଭ ବଢ଼େ ବହୁତ ଗଲା ବେଳେ ଯାଏ ମୂଳ ସହିତ।" ସୁତରାଂ, "ସନ୍ତୁଷ୍ଟସ୍ୟ ସଦା ସୁଖଂ"; ପରମେଶ୍ୱର ଆମକୁ ଯେତିକି ସମ୍ବଳ ଦେଇଛନ୍ତି ସେତିକିରେ ଖୁସି ରହି ଜୀବନଯାପନ କରିବା ବିଧେୟ। ତେବେ ଯାଇ ନିଜର ତଥା ସମାଜର ମଙ୍ଗଳ।

ଅତୃପ୍ତ ଆମ୍ଭାର ଇଚ୍ଛାପୂର୍ଣ୍ଣ

ପ୍ରାୟ ତିରିଶ ବର୍ଷ ତଳେ ଏକଦା କଟକ ଜିଲ୍ଲାର ଟାଙ୍ଗୀ ବ୍ଲକ ଅନ୍ତର୍ଗତ ଗୋଟିଏ ଗାଆଁରେ ଜଣେ ଭଦ୍ରଲୋକ ନିଜ ପରିବାର ସହ ଭଡ଼ାରେ ରହୁଥିଲେ। ମାଘ ମାସ। ରାତିରେ ଭଦ୍ରଲୋକ ପରିସ୍ରା କରିବାକୁ ବାଡ଼ି ପଟକୁ ଗଲେ। ରାତି ପ୍ରାୟ ଗୋଟାଏ। ରାସ୍ତାଘାଟ ଶୂନଶାନ୍। କେବଳ ମଝିରେ ମଝିରେ ବୁଲା କୁକୁରଙ୍କ ସ୍ୱର ଶୁଭୁଥାଏ। ଭଦ୍ରଲୋକ ପରିସ୍ରା ବସିଥାନ୍ତି। ହଠାତ ପଛରୁ ତାଙ୍କ ପୋଷା କୁକୁରର ଭୋ ଭୋ ଶବ୍ଦରେ ସେ ଚମକି ପଡ଼ିଲେ। କୁକୁରଙ୍କ ଏକ ସ୍ୱତନ୍ତ୍ର ଗୁଣ, ଯେବେ କୌଣସି ଅଶରୀରୀ ଅର୍ଥାତ ପ୍ରେତାମ୍ଭାର ଛାୟା ଦେଖନ୍ତି ସେବେ ସେମାନେ ଭୁକନ୍ତି।

ସେଦିନ ସେଇଆ ହେଲା। ଭଦ୍ରଲୋକ ବାଡ଼ିରେ ଥିବା ଏକ ସାହାଡ଼ା ଗଛକୁ ଡେରି ହୋଇ ଜଣେ କେହି ଧଳା ଧୋତି ପିନ୍ଧି ଠିଆ ହୋଇ ଥିବାର ଲକ୍ଷ୍ୟ କଲେ। ସାହସ ନହାରି ସେଇ ଛାୟା ମୂର୍ତ୍ତି ସାମ୍ନାକୁ ଗଲେ ଓ ପ୍ରାୟ ଦୁଇ ମିଟର ଦୂରରେ ଠିଆ ହୋଇ ରହିଲେ। କାରଣ ତାଙ୍କର ପ୍ରେତତତ୍ତ୍ୱ ବିଷୟରେ ଜ୍ଞାନ ଥିଲା। ସେ ଜାଣିଥିଲେ ଯଦି ପ୍ରେତକୁ ଦେଖି ଡରିଯିବ ବା ପଛକୁ ଚାହିଁ ଫେରିଯିବି ତେବେ ନିଜ ରକ୍ତ ପାଣି ଫାଟି ହାର୍ଟ ଫେଲ ହୋଇଯିବ କିମ୍ବା ପ୍ରେତ ବେକ ମୋଡ଼ିଦେବ କିମ୍ବା ପେଲି ତଳେ ପକାଇ ଦେବ।

କିଛି ସମୟ ପରେ ପ୍ରେତାମ୍ଭାଟିକୁ ପଚାରିଲୋ, "ଆପଣ କିଏ କାହିଁକି ଏଠି ଠିଆ ହୋଇଛନ୍ତି ଆଉ ଆପଣଙ୍କ ଉଦ୍ଦେଶ୍ୟ କଣ? କୁହନ୍ତୁ ମୋର ସାମର୍ଥ୍ୟ ଅନୁସାରେ ସାହାଯ୍ୟ କରିବି।" ଏ କଥା ଶୁଣିଲା ପରେ ପ୍ରେତଟି ଟିକେ ହଲଚଲ ହେଲା। ଗଛ ମୂଳକୁ ଛୁଇଁ ପୁଣି ଠିଆ ହେଇ ପଡ଼ିଲା।

ଏପରି ଦ୍ୱିବିଧା ମଧ୍ୟରେ ପ୍ରାୟ ଦଶ ମିନିଟ ବିତିଗଲା। ତାପରେ ଛାୟା ମୂର୍ତ୍ତିଟି କଥା କହିଲା, "ଆପଣ ଯେଉଁ ଘରେ ରହୁଛନ୍ତି ସେଇ ଘରର ମୁଁ

ଘର ମାଲିକ। ମୋର ଚାରିଟା ଟ୍ରକ ଏବଂ ବିରାଟ ହୋଲସେଲ ଗୋଦାମ ଥିଲା। ଟ୍ରକ ପଥର ବୁହା କାମରେ ଲାଗୁଥିଲା ଆଉ ମୋ ଗୋଦାମରେ ଭଲ ବେପାର କାରବାର ଚାଲିଥିଲା। ମାସକୁ ମୋର ଏକ ଲକ୍ଷ ଟଙ୍କା ପାଖାପାଖି ଲାଭ ବାହାରୁ ଥିଲା। ସେଇ ଟଙ୍କାରେ ଘରଟିକୁ ବାଗେଇଲି ଓ ମୋର ଦୁଇ ପୁଅ ଆଉ ଗୋଟିଏ ଝିଅକୁ ପାଠ ପଢ଼ାଇ ମଣିଷ କଲି। ବିବାହ ବୟସ ଆସିବାରୁ ସମସ୍ତଙ୍କୁ ବାହା କରାଇ ଦେଲି। ଦୁଇଜଣ ପୁଅ ପୋଷ୍ଟ ଗ୍ରାଜୁଏଟ। ବଡ଼ ପୁଅ ମୋର ବ୍ୟବସାୟ ସମ୍ଭାଳିଲା, ସାନ ପୁଅ ଭିଜିଲାନସ ଅଫିସର ହେଲା। କିନ୍ତୁ ଦଇବ ବିଡ଼ମ୍ବନା ମୋର ପୁଅ ଦୁଇ ଜଣ କୁସଙ୍ଗରେ ପଡ଼ି ମଦୁଆ ଆଉ ୟୁଆଡ଼ି ପାଲଟି ଗଲେ। ପାନ ବିଡ଼ି ଗଞ୍ଜେଇ ସିଗାରେଟ ଆଦି ମାଦକ ଦ୍ରବ୍ୟର ଦାସ ବନି ଗଲେ।ଚାକିରି କ୍ଷେତ୍ରରେ ବିଶୃଙ୍ଖଳା ସୃଷ୍ଟି କଲେ। ହିତାକାଂକ୍ଷୀଙ୍କ ଉପଦେଶକୁ ଅମାନ୍ୟ କଲେ।"

ମୋର ଦୂରଦୃଷ୍ଟି ଥିଲା। ଦୁଇ ବୋହୂଙ୍କ ନାଁରେ ସବୁ ଡିହ ଓ ଚାଷ ଜମି କରିଦେଇଥିଲି। ତେଣୁ ମୋର ହୁରମତ ରହିଗଲା। ପୁଅମାନଙ୍କ ଏପରି ଚାଲି ଚଳନ ସକାଶେ କ୍ରମେ କ୍ରମେ ସେମାନଙ୍କ ଆୟ ତୁଲନାରେ ବ୍ୟୟ ବଢ଼ିଗଲା। ପଇସାର ମୂଲ୍ୟ ଜାଣି ପାରିଲେନି। ଅନେକ ବାର ବୁଝାଇବା ସତ୍ତ୍ୱେ ବଦଭ୍ୟାସ ଓ କୁସଙ୍ଗ ଛାଡ଼ି ପାରିଲେ ନାହିଁ। ମୋର ଇଚ୍ଛା ବିରୁଦ୍ଧରେ କାମକରି ଧନ ବିନର୍ବ୍ୟୟ କରିବାକୁ ଲାଗିଲୋ। ଧାନ ଜମି ଦୁଇ ଏକର ବିକି ଦେଲେ।

ବଞ୍ଚିଥିଲା ବେଳେ ମୋର ଏଇ ବାଡ଼ିର ହତା ଭିତରେ ଗୋଟିଏ ଛୋଟ ହନୁମାନଜୀଙ୍କ ମନ୍ଦିର ନିର୍ମାଣ କରିବାକୁ ଭାରି ଇଚ୍ଛା ଥିଲା। ସେଥିପାଇଁ ପୁଅ ମାନଙ୍କୁ ଲୁଚେଇ ପ୍ରାୟ କୋଡ଼ିଏ ଭରିର ସୁନା ଅଳଙ୍କାର ଗୋଟିଏ ଲୁହା ବାକ୍ସ ଭିତରେ ଭର୍ତ୍ତି କରି ଏଇ ଗଛ ମୂଳେ ପୋତି ଦେଇଥିଲି ଯାହାକୁ ମୁଁ ଜଗି ରହିଛି। ଆପଣ ଯଦି ମୋର ଏତିକି ମନୋବାଞ୍ଛା ପୂର୍ଣ୍ଣ କରି ପାରିବେ ତେବେ ମୁଁ ଏହି ଅତୃପ୍ତ ପ୍ରେତ ଯୋନିରୁ ମୁକ୍ତି ପାଇ ପାରିବି।"

ପ୍ରେତ ମୁହଁରୁ କଥା ନ ସରୁଣୁ ରୟତ ଭଦ୍ରବ୍ୟକ୍ତି ପଚାରିଲେ, "ଆଚ୍ଛା ଆପଣ କେମିତି ମଲେ ଟିକେ କୁହନ୍ତୁ।" ପ୍ରେତାମ୍ମା ଉତ୍ତର ଦେଲା, "ପୁଅମାନଙ୍କ

ବ୍ୟଭିଚାର ମୋ ମନରେ ଭୀଷଣ ଆଘାତ ଦେଲା। ଫଳରେ ଉଚ୍ଚ ରକ୍ତଚାପ ବଢ଼ିଗଲା। ଔଷଧ ଖାଇଲି। ପ୍ରୌଢ଼ ବୟସରେ ବଡ଼ ଝିଅ ଓ ସାନ ଝିଅ ଘରେ ରହି ଜୀବନ ବିତାଇଲି। ଶେଷରେ ଅଶୀ ବର୍ଷ ବୟସରେ ଉଚ୍ଚ ରକ୍ତ ଚାପରେ ମରିଗଲି।"

ସେଦିନ ଅମାବାସ୍ୟା ରାତି। ପ୍ରେତାମ୍ବା ଧୀର ସ୍ଥିର ଭାବେ ଠିଆ ହୋଇଥାଏ। ଭଦ୍ରବ୍ୟକ୍ତି ପୁଣି ପ୍ରଶ୍ନ କଲେ, "ଆଚ୍ଛା କୁହନ୍ତୁ ବର୍ତ୍ତମାନ କଣ କରିବି।"

ଘର ମାଲିକ ଆମ୍ବା ପୁଣି କହିଲା, "ଆଜି ଠିକ ମୌକା ଅଛି। ଆମର ଅମାର ଘର ପାଖରେ ସ୍ଟୋର ରୁମ ରେ ଗଇଁତି ଅଛି ଆଣନ୍ତୁ। ଟର୍ଚ୍ଚ ବି ଆଣିବେ। ମୋର ପାଦ ଯେଉଁଠି ଅଛି ସେଇ ଜାଗା ଖୋଲନ୍ତୁ।"

ଆମ୍ବାର ଇଶାରା ଅନୁଯାୟୀ ଭଦ୍ରବ୍ୟକ୍ତି ସେଇଆ କଲେ। ସତକୁ ସତ ଗୋଟାଏ ଲୁହା ବାକ୍ସ ମିଳିଲା। ତାଲା ପଡ଼ିଥିଲା। ପ୍ରେତାମ୍ବା ଲହରୀତ ସ୍ୱରରେ କହିଲା, "ମୁଁ ମୋ କୋରଡ଼ ଭିତରକୁ ଯାଉଛି ଶୋଇବି। ବାକ୍ସକୁ ଘରକୁ ନେଇଯାଅ ଭୁଲରେ ବି କାହାକୁ କହିବେନି। ଆମ ସାହି ଛକ ଉପରେ ଜଣେ ଭଲ ବଣିଆ ଅଛି। ତା ବାପ ମୋ ସାଙ୍ଗ ସେ ମଲାଣି। ତା ପାଖକୁ ନେଇଯାଇ ବିକିବା ବ୍ୟବସ୍ଥା କରନ୍ତୁ। ମନ୍ଦିର ଖର୍ଚ୍ଚ ବାଦ ଯାହା ବଳିବ ସବୁ ଆପଣ ରଖିବେ।" ଏତିକି ପରାମର୍ଶ ଦେଇ ଆମ୍ବା ସୁଇ..ଉ..... ଉ.... ଶଧ୍ କରି କୋରଡ଼ ଭିତରେ ପଶିଗଲା। "

ତହିଁ ଆର ଦିନ ସକାଳୁ ବଣିଆ ସାଙ୍ଗରେ କଟକ ଆସି ଭଦ୍ରବ୍ୟକ୍ତି ସବୁ ଟିକ ସୁନା ବିକିଦେଲେ। ସେଇ ଟଙ୍କାରେ ମନ୍ଦିର ତିଆରି କରାଇଲେ ଏବଂ ଦଶ ଜଣ ଦୁଃଖୀ ରଙ୍କିକୁ ପେଟ ଭରା ଖାଇବାକୁ ଦେଲେ। ମନ୍ଦିର ପ୍ରତିଷ୍ଠା ଦିବସ ଖୁବ ଧୁମ ଧଡ଼ାକରେ ପାଳିଲେ।

ରାତି ବାରଟା ପରେ ଅନ୍ନ ପ୍ରସାଦ ଓ ମାଟି ପାତ୍ରରେ ଜଳ ଆଣି ପ୍ରେତାମ୍ବାକୁ ଗଛମୂଳେ ଅର୍ପଣ କଲେ। ହଠାତ୍ ଏକ ସନ୍ତୁଷ୍ଟି ସୂଚକ ଶବ୍ଦ-- ଓଃ ଓ ଓଃ ଓ..... ଓ... ଓ... ଓଁ ଶାନ୍ତି.... ରୟତ ଭଦ୍ର ବ୍ୟକ୍ତିଙ୍କ କାନରେ ବାଜିଲା।

ପୁଣି ସୁ.. ଉ.. ଉ... ଶବ୍ଦ କରି ଗଛ ଉପର ଦେଇ ଆକାଶ ଆଡ଼କୁ ଉଡ଼ିଗଲା ଏକ ଆଲୋକ ପିଣ୍ଡ। ଅର୍ଥାତ ଅତୃପ୍ତ ଆତ୍ମା ମୋକ୍ଷ ଲାଭ କରିପାରିଥ୍‌ଲା।

ଆଉ ମଧ୍ୟ ଉକ୍ତ ଭଦ୍ର ବ୍ୟକ୍ତି ଏକ ପୁଣ୍ୟ କର୍ମ ସମ୍ପାଦନ କରିଥ୍‌ବାରୁ ଆତ୍ମିକ ଶାନ୍ତି ପାଇ ପାରିଲେ। ତାପରେ ପ୍ରେତଆତ୍ମାର ଶୁଭ ଦୃଷ୍ଟିରେ ସେ ସପରିବାରେ ଧନ ଜନ ଗୋପ ଲକ୍ଷ୍ମୀ ଲାଭ କରି ମହା ଆନନ୍ଦରେ କାଳାତିପାତ କଲେ।

(ସତ୍ୟ ତୁଣ୍ଡ ବାଇଦ ଉପରେ ସମ୍ପୂର୍ଣ୍ଣ ଆଧାରିତ ଯାହାକୁ ମୋ ବାପାଙ୍କ ପିଉସୀ ନାନୀଙ୍କ ମୁହଁରୁ ଶୁଣି ଥ୍‌ଲି)

ବାଉଁଶ ପୋଖରୀ ପ୍ରେତିନୀ

ଆମ ଗାଆଁ ପାଖ ଏକ ପୋଖରୀ। ତା ନାଆଁ ବାଉଁଶପୋଖରୀ। ଆମ ଗାଆଁ ଠାରୁ ଦୁଇ କିଲୋମିଟର ବାଟ। ତା ପାଖରେ ମଣିନାଗେଶ୍ୱର ମନ୍ଦିର। ଭୂତ ପ୍ରେତ ପିଶାଚମାନଙ୍କ ଆଡ୍ଡା ସ୍ଥଳ। ଦିନେ ମୁଁ ସନ୍ଧ୍ୟା ବେଳେ ସେଇ ପୋଖରୀକୁ ଗାଧୋଇବାକୁ ଯାଇଥିଲି। କାହିଁକିନା ଜ୍ୟେଷ୍ଠ ମାସ ଖରାଦିନିଆ ମାଳଭୂମି ଚାରିବାଟିଆରେ ଭୀଷଣ ଉଭାପ ଅନୁଭୂତ ହୋଇଥାଏ। ଗାଧୋଇ ଗାଧୋଇ ସନ୍ଧ୍ୟା ହେଇଗଲା। ଗାମୁଛା ପକେଇ କିଛି କିଛି ଚୁନା ମାଛ ଧରି କୂଳ ଉପରେ ରଖ୍ ପୁଣି ପାଣିରେ ବୁଡ଼ି ପୁଣି ଧରି ପୁଣି ରଖ୍ ଏମିତି ପ୍ରାୟ କିଲୋ ମାଛ ଗାମୁଛା ଉପରେ ପୋଖରୀ ତୁଠରେ ଠୁଳ କଲି। ଚାହୁଁ ଚାହୁଁ ସନ୍ଧ୍ୟା ହେଇଆସିଲା। ବେକେ ପାଣିରେ ଠିଆ ହେଇ ଗରମ ଦାଉରୁ ନିଜକୁ ରକ୍ଷା କରୁ କରୁ ରାତି ହେଇଗଲା।

ସେଦିନ ଜ୍ୟେଷ୍ଠ ଅମାବାସ୍ୟା ତିଥି। ଆକାଶରେ କେବଳ ତାରାମାନଙ୍କ ରାଜୁତି। ମୁଁ ତୁଠ ଉପରକୁ ଉଠି ଆସିଲି। ଆଉଗୋଟାଏ ତଉଲିଆରେ ଦେହ ମୁଣ୍ଡ ପୋଛି ପକେଇଲି। ମାଛ ଗଦାକୁ ଖୋଜିବାକୁ ଲାଗିଲି। କିନ୍ତୁ ହାଏରେ କପାଳ ମାଛ ଗଦା ମିଲିଲାନି। ପୁରାପୁରି ଉଭାନ। ମୁଁ ଆଶ୍ଚର୍ଯ୍ୟ ହେଇ କାଲି ଅନ୍ଧାରି ଜହ୍ନ ଆଲୁଅରେ ଚାରିଆଡ଼କୁ ଆଖ୍ ବୁଲେଇଲି। କାନ ମୁଣ୍ଡା ଆଉଁସି ଆଉଁସି ପୋଖରୀ କୂଳ ଦୋଟା ପାଖ ଦୋଟା ଭିତର ଦେଲ ଆସୁଥାଏ। ହଠାତ୍ ମୋ ନଜର ଗୋଟାଏ ବରଗଛ ମୂଲେ ପଡ଼ିଲା।

ଦେଖ୍ଲି ଗାମୁଛାରେ ଗୁଡ଼ା ହୋଇଥିବା ମାଛ ପୁଟୁଲି ତଲେ ପଡ଼ିଛି ଆଉ ଗୋଟାଏ କଳା ଛାଇ ଗଛ ମୂଲେ ଗଛ ଗଣ୍ଡିକୁ ଡେରି ହେଇ ଠିଆ ହେଇଛି। ମୋତେ ଟିକେ ବି ଡର ଲାଗିନାନି କାରଣ ମନେ ମନେ ମହାପ୍ରଭୁ ମଣିନାଗେଶ୍ୱରଙ୍କୁ ଡାକୁଥାଏ। ଇଆଡ଼େ ମାଛ ଖାଇବା ଲାଳସା। ମାଛ

ଗାମୁଛା ପୁଡ଼ିଆଟି ହାତରେ ଧରି ମୁଁ ଆଗେଇ ଗଲି। ପଛରେ କୌଣସି ଜଣେ ସ୍ତ୍ରୀ ଲୋକର ସ୍ଵର ଶୁଭିଲା। ଅଶରୀରୀ ଦେଖ୍ ଆଗେଇ ଚାଲିଲେ ପଛକୁ ଚାହିଁବା ଉଚିତ ନୁହେଁ। କାରଣ ଜୀବନ ପ୍ରତି ବିପଦ ଥାଏ ବୋଲି ପ୍ରବାଦ ଅଛି। ତେଣୁ ମୁଁ କିଛି ସମୟ ଠିଆ ହେଇ ଶୁଣିଲି।

କିଏ ଯେମିତି ମୋ କାନ ପାଖରେ କହୁଥାଏ-ହେ ପୁଅ ମୁଁ ମଲା ପୂର୍ବରୁ ଚୁନା ମାଛ ଭଜା ଖାଇବାକୁ ଆଶା କରିଥିଲି। ମାତ୍ର ଆମ ଘରେ ମତେ କେହି ଖୁଆଇ ପାରିଲେନି। ମୋର ଇଷ୍ଟ ମଣିନାଗେଶ୍ଵରଙ୍କୁ ଡାକି ଆଖ୍ ବୁଜିଦେଲି। ତୋ ଚୁନା ମାଛ ଦେଖ୍ ମୋର ଭାରି ଖାଇବାକୁ ଇଚ୍ଛା ହେଲା। ତୁ ମୋ ଆଶା ପୂରଣ କର। ମହାପ୍ରଭୁ ତୋର ମଙ୍ଗଳ କରିବେ। ମୁଁ ଜବାବ ଦେଲି "ହଁ।"

ମନରେ ପ୍ରେତାତ୍ମାକୁ ଶାନ୍ତ କରିବା ପାଇଁ ମନରେ ଆଣ୍ଠ ବାନ୍ଧି ଘରକୁ ଫେରିଲି। ମନେ ମନେ ଭାବିଲି-ଅତୃପ୍ତ ପ୍ରେତାତ୍ମାମାନେ କୌଣସି ଏକ ମଣିଷର ଅତୃପ୍ତ ଆମ୍ଵା ଯାହାର ଲିଙ୍ଗ ଭେଦ ନଥାଏ। ସେମାନଙ୍କ ମଧରୁ ଆମର ପୂର୍ବ ପୁରୁଷ ବି ଥାଇ ପାରନ୍ତି। ତେଣୁ ଅତିଶୀଘ୍ର ବାଉଁଶ ପୋଖରୀ ପ୍ରେତାତ୍ମାକୁ ଶାନ୍ତ କରିବାକୁ ପଡ଼ିବ ଆଜି ରାତି ସୁଦ୍ଧା- ଯାହାବି ହେଉ ଦୁଇଟି ମାଛ ଆମ ଫାଟକ ବାହାରକୁ ଫିଙ୍ଗି ଘରେ ପଶିଲି।

ବୋଉଙ୍କୁ ସବୁ କଥା କହି ତାଙ୍କ ହାତରେ ମାଛଗାମୁଛା ପୁଟୁଲିଟି ଧରେଇ ଶୀଘ୍ର ଭାଜି ବାକୁ କହିଲି। ମାଛ ଭଜା ସରୁ ସରୁ ରାତି ଆଠଟା ବାଜିଗଲା। ମୁଁ ସବୁ ଭଜା ଗୋଟାଏ ପିତଳ କଂସାରେ ପୁରାଇ ତାକୁ କଦଳୀ ପତ୍ରରେ ଢାଙ୍କି ବାଉଁଶ ପୋଖରୀ ତୋଟା ଆଡ଼କୁ ଆଗେଇ ଚାଲିଲି। ହାତରେ ଟର୍ଚ ଆଉ ପାଣି ବୋତଲ ଥାଏ।

ଅମାବାସ୍ୟା ରାତି। ଚାରିଆଡ଼େ ଅନ୍ଧାର। ଟର୍ଚ ମାରି ମାରି ତଳ ଉପର ଚାରିକଡ଼କୁ ଦେଖ୍ ବାଟ ଚାଲୁଥାଏ। କାରଣ ସେଠି ବହୁତ ବିଷାକ୍ତ ସାପ ରହୁଥାନ୍ତି। ବିଲୁଆ ତୋଟା ଭିତରେ ଭୁକୁ ଥାଏ। ବିଲୁଆ ପଛେ ପଛେ ଗାଆଁର ବୁଲା କୁକୁରଗୁଡ଼ାକ ବି ଭୁକି ଭୁକି ଗୋଡ଼ାଉଥାନ୍ତି। ମୁଁ ଯାଇଁ ବର ଗଛ ପାଖରେ ପହଞ୍ଚିଗଲି। ଗଛ ମୂଲେ କଦଳୀ ପତ୍ର ବିଛେଇ ତା ଉପରେ ମାଛ

ଭଜା କୁଢ଼େଇ ଦେଲି। ପତ୍ର ପାଖରେ ପାଣି ବୋତଲ ଠିପି ଖୋଲି ରଖ୍ ଗଛ ଉପରକୁ ଟର୍ଚ ମାରିଲି। କାରଣ ଗଛ ଉପରୁ ଚୁଡ଼ିର ଝଣ ଝଣ ଶଦ ଶୁଭିଲା।

ଯାହା ଦେଖ୍ଲି ମୋ ଆଖ୍ ଖୋସି ହେଇଗଲା। ଦେହ ଶୀତେଇ ଉଠି ଦେହରୁ ଗମ୍ ଗମ୍ ଝାଳ ବୋହିବାକୁ ଲାଗିଲା। ଦେଖ୍ଲି ଗଛ ଉପରେ ଶାଖା ଉପରେ ଜଣେ ସ୍ତ୍ରୀ ଲୋକ ବର ଓହଲକୁ ଧରି କଳା ଶାଢ଼ୀ ପିନ୍ଧି ବସିଛି। ଲମ୍ବା ଲମ୍ବା କଳା ମୁଚୁ ମୁଚୁ ମୁକୁଳା ବାଲରେ ମୁହଁ ଢାଙ୍କି ହେଇ ଯାଇଛି। ତଳକୁ ମୁହଁ କରିଛି।

ମହାଦେବଙ୍କୁ ସ୍ମରଣ କରି ତାକୁ କହିଲି, "ହେ ଅଶରୀରୀ ମା' ତୁମେ ତଳକୁ ଆସି ମାଛ ଭଜା ଖାଇ ପାଣି ପିଇ ସନ୍ତୁଷ୍ଟ ହୁଅ। ତୁମ ପାଇଁ ଅତି ସରାଗରେ ମୋ ବୋଉ ହାତ ରନ୍ଧା ମାଛ ଆଣିଛି। ଜଲଦି ଖାଇଦିଅ। ନହେଲେ ବିଲୁଆ ହେଟା ଆସି ଖାଇଦେବେ।" ଏତିକି କହି ମୁଁ ଘର ମୁହାଁ ହେଲି।

ଘରକୁ ଫେରିଲା ବେଳେ ପଛରୁ ନାରୀ କଣ୍ଠ ସ୍ଵର ଶୁଭିଲା---ପୁଅ ତତେ କଲ୍ୟାଣ କରୁଛି। ଯାହା ବି ହଉ ମୋ ଆଶା ପୂରଣ କଲୁ। ମୁଁ ଆଜି ପ୍ରେତାଯୋନିରୁ ମୁକ୍ତ। ଓଃ...ଓଃ...ଓଃ...ଓଃ...... ଓଃ.... ଓଃହୋ.... ଶାନ୍ତି ---ମୁଁ ପଛକୁ ନଚାହିଁ ସିଧା ଆସି ମନ୍ଦିର ବେଢ଼ା ପାଖରେ ପହଁଞ୍ଚିଲି।

ତା ଭିତରେ ମନ୍ଦିର ନନାଙ୍କ ଚାଲ ଘର ପିଣ୍ଡାରେ ଲକ୍ଷନ ମିଞ୍ଜି ମିଞ୍ଜି ଜଲୁଥାଏ। ରାତି ଦଶଟା। ତେଣୁ ଆଉ ନନାଙ୍କ ଘରକୁ ଯିବାକୁ ମନ ବଲିଲାନି। ମନ୍ଦିର ଫାଟକ ବାହାରେ ମୁଣ୍ଡିଆଟିଏ ମାରି ଘରକୁ ଫେରି ଆସିଲି। ବଡ଼ ଚାବି ଦିଆ କାନ୍ଥ ଘଣ୍ଟାକୁ ଚାହିଁ ଦେଖ୍ଲି ରାତି ଏଗାରଟା। ଘରେ ସମସ୍ତେ ଶୋଇ ପଡ଼ିଥିଲେ। ମୁଁ ରୁଟି ଡାଲି ଖାଇ ଖାଲି ସପ ଉପରେ ଶୋଇଗଲି। କିନ୍ତୁ ମନ ଭିତରେ ପ୍ରେତାମ୍ଯାର ଛବି ଥାଏ। ମନରେ ମଧ କୌତୁହଲ ଥାଏ କଣ ହେଲା ସକାଳେ ଯାଇ ଦେଖ୍ବା ପାଇଁ।

ଏମିତି ଭାବୁ ଭାବୁ ରାତି ପାହିଗଲା। ମୁଁ ସିଧା ସପରୁ ଉଠି ଶାଳୁଆ ଦାତକାଠି ଧରି ଧୋତି ପିନ୍ଧି ଗାମୁଛା କାନ୍ଧରେ ପକେଇ ପୋଖରୀ ଆଡ଼କୁ

ଚାଲିଲି। ପୋଖରୀ ବାଟ ପାଖ ବରଗଛ ମୂଳକୁ ଗଲି ଆଉ ଦେଖିଲି କାଚ ବୋତଲଟା ଖାଲି ପଡ଼ିଛି ସେଥିରେ ବୁନ୍ଦାଏ ବି ପାଣି ନାହିଁ। କଦଳୀପତ୍ରଟି ମଧ ପୁରା ସଫା। ତା ଉପରେ ଗୋଟାଏ ହେଲେ ବି ମାଛ କଣ୍ଟା ନାହିଁ। ମୋତେ ବଡ଼ ଆଶ୍ଚର୍ଯ୍ୟ ଲାଗିଲା। ଭାବିଲି ଆମ ଗୁରୁଜନଙ୍କ ବଚନ ସମ୍ପୂର୍ଣ୍ଣ ସତ।

ମୁଁ ପିଲାବେଳୁ ଦେଖିଛି ଆମ ବାପା ଜେଜେ ମାମୁଁ ଅଜା ସମସ୍ତେ ବାହାରେ ତିଆରି ଯେ କୌଣସି ଖାଦ୍ୟ ଦ୍ରବ୍ୟ ଆଣିଲେ ସର୍ବ ପ୍ରଥମେ ତାହାର କିଛି ଅଳ୍ପ ଅଂଶ ଘର ଅଗଣା ବାହାରେ ଫୋପାଡ଼ି ଦିଅନ୍ତି। ବିଶେଷ କରି ରାତିରେ ଆଦୌ ଆମିଷ ଖାଦ୍ୟ ଘରକୁ ଆଣନ୍ତି ନାହିଁ। କାରଣ ନକାରାମ୍ୟକ ପ୍ରଭାବଯୁକ୍ତ ଅତୃପ୍ତ ପ୍ରେତାମ୍ୟାଗୁଡ଼ିକର କୁଦୃଷ୍ଟି ସେହି ଖାଦ୍ୟ ସାମଗ୍ରୀ ଉପରେ ପଡ଼ିଥାଏ ଯେହେତୁ ସେମାନଙ୍କ ଅତ୍ୟଧିକ ଆସକ୍ତି, ଘରକୁ ଆମିଷ ଖାଦ୍ୟ ବହନ କରି ଆଣୁଥିବା ଗୃହସ୍ଥ ବ୍ୟକ୍ତିଙ୍କ ପଛେ ପଛେ ଟାଣି ଆଣିଥାଏ। ସେହି ପ୍ରେତାମ୍ୟାଗୁଡ଼ିକୁ କଣ୍ଟା ଆମିଷ କିମ୍ୱା ରନ୍ଧା ଆମିଷ ଜଳ ସହିତ ଘର ବାହାରେ ଅର୍ପଣ କରିଦେଲେ ସେମାନେ ସନ୍ତୁଷ୍ଟ ହୋଇଥାନ୍ତି ଏବଂ ଆଉ ଘର ଭିତରେ ରହି ନପାରି ବାହାରକୁ ପଳାନ୍ତି। ପରିବାର ବର୍ଗ ଅତୃପ୍ତ ଆମ୍ୟାଗୁଡ଼ିକର ଅନିଷ୍ଟକାରୀ ନକାରାମ୍ୟକ ପ୍ରଭାବରୁ ମୁକ୍ତି ପାଇଥାନ୍ତି।

ବାଉଁଶପୋଖରୀ ପ୍ରେତିନୀ ମୋତେ ଉକ୍ତ ବଚନର ପ୍ରତ୍ୟକ୍ଷ ଅନୁଭୂତି ଓ ଯଥାର୍ଥତା ପ୍ରଦାନ କରି ପାରିଲା। ମୋର ଭାବନା ସମାପ୍ତ ହେଲା ପରେ ମୁଁ ପ୍ରାତଃ ନିତ୍ୟ କର୍ମ ଶେଷ କରି ଘର ବାହୁଡ଼ା ହେଲି।

ପ୍ରେତ ତତ୍ତ୍ୱ

ଆମ ସନାତନ ସାମାଜିକ ଚଳଣିରେ କେତେକ ନିୟମ ଅଛି ଯେଉଁଗୁଡ଼ିକ ଆମକୁ ସର୍ବଦା ନକାରାମ୍ନକ କ୍ଷତି କାରକ ପ୍ରଭାବରୁ ରକ୍ଷା କରେ। ଯଥା ମୃତ୍ୟୁ ପରେ ଶୁଦ୍ଧି କ୍ରିୟା, ବଡ଼ ବାଡ଼ୁଅ ଡାକ, ପିଣ୍ଡ ଦାନ, ଗଙ୍ଗା ଜଳ ସିଞ୍ଚନ ଇତ୍ୟାଦି। ସେଥି ମଧ୍ୟରୁ ଆମର ଖାଦ୍ୟ ପେୟକୁ ନକାରାମ୍ନକ କୁପ୍ରଭାବରୁ ମୁକ୍ତ କରିବା ଶୈଳୀ ଅନ୍ୟତମ। ଉକ୍ତ ତତ୍ତ୍ୱ ସମ୍ବନ୍ଧୀୟ ମୋର ଏକ ପ୍ରତ୍ୟକ୍ଷ ଅନୁଭୁତି ସମସ୍ତଙ୍କ ଗୋଚରାର୍ଥେ ଲିପିବଦ୍ଧ କରୁଛି।

୨୦୧୬ ମସିହା ଡିସେମ୍ବର ମାସ ୧୧ ତାରିଖ ଘଟଣା। ମୋର ୫ମ ଶାଶୁ ଘରୁ ଆମ ବସାକୁ ଜୋଇଙ୍କ ସହିତ ବୁଲି ଆସିଥିଲା। ରାତିରେ ଚିକିନ ଲେଗ୍ ପିସ ଓ ରୁଟି ଖାଇବା ପାଇଁ ଇଚ୍ଛା କଲା। ରାତି ସାତଟା ବେଳେ ନୂଆବଜାର ଚିକିନ ସେଣ୍ଟରକୁ ସାଇକେଲ ଚଢ଼ି ଗଲି ଓ ଘରକୁ ଆଣିଲି। ରୋଷେଇ ଆରମ୍ଭ ହେଲା। ପ୍ରାୟ ଘଣ୍ଟାଏ ପରେ ଆମ ଘରଣୀ ଅଭିଯୋଗ କଲେ ଯେ ମାଂସ ସିଝୁନି ଆଉ ମାଂସ ପରିମାଣ କମି କମି ଯାଉଛି, କଣ କରିବା? ଆଉ କିଛି ସମୟ ସିଝାଇବାକୁ କହିଲି। ତଥାପି ସିଝିଲାନି। ତଥାପି ଚେଷ୍ଟା କଲୁ ମାତ୍ର ବିକଟ ଆଇଁଷିଆ ଗନ୍ଧଯୁକ୍ତ ଦରସିଝା ମାଂସ ଖାଇ ହେଲାନି। ଶେଷରେ ସବୁ ତରକାରୀ ବାହାର ଅଳିଆ ଗଦାରେ ଫିଙ୍ଗାହେଲା।

ଏପରି ଅଘଟଣ ଦେଖି ମୁଁ ବିଚଳିତ ହୋଇ ପଡ଼ିଲି। ହଠାତ ମୁଁ ନିଜକୁ ସମ୍ଭାଳି ନେଇ କାରଣ ଖୋଜିଲି। ପୂର୍ବ ପୁରୁଷଙ୍କ ସମୟରୁ ଆମ ପରିବାରରେ ଏକ ନିୟମ ଅଛି ଯାହାକୁ ମୋର ବାପା, ଜେଜେ ମାନୁ ଥିଲେ। ସେଇଟି ହେଉଛି ବାହାର ପାକ ସିଦ୍ଧ, ଫଳମୂଳ ବ୍ୟତୀତ, ଯେକୌଣସି ଖାଦ୍ୟ ଦ୍ରବ୍ୟ କିଣି ଘରକୁ ଆଣିଲେ ସର୍ବ ପ୍ରଥମେ ସେହି ଖାଦ୍ୟରୁ ଖୁବ ଅଳ୍ପ କିଛି ଘର ଅଗଣା ବାହାରେ ଫିଙ୍ଗା ଯାଏ। ରାତିରେ ଆମ ଘରେ ଆମିଷ ପଶେନି କିମ୍ବା

ବାହାରୁ କେହି ଆଣନ୍ତିନି। ଆମିଷ କେବଳ ଦିନରେ ଆଣନ୍ତି। ଯଦି ବା କେବେ କୁଣିଆ ରାତିରେ ଆମିଷ ଆଣି ଆସନ୍ତି ତେବେ କଞ୍ଚା ମାଛ ବା ମାଂସର ଟୁକୁରା ବାହାରେ ଫିଙ୍ଗା ଯାଏ ଓ ରନ୍ଧା ସାରିଲେ ଦୁଇଟି ପତ୍ର ଠୋଲା, ଗୋଟିକରେ ତରକାରୀ ଓ ଅନ୍ୟଟିରେ ପାଣି ରଖି ଘର ହତା ବାହାରେ ରଖାଯାଏ। କିନ୍ତୁ ସେଦିନ ଝିଅ ଜୋଙ୍କଙ୍କ ମେଳରେ ମୁଁ ସେହି ନିୟମଟିକୁ ପୁରାପୁରି ଭୁଲି ଯାଇଥିଲି।

ଏହି ନିୟମକୁ ପାଳନ କରିବାର ତାପର୍ଯ୍ୟ ହେଉଛି ବାୟୁ ମଣ୍ଡଳରେ ଆମ ଚାରି ପାଖେ ଘୁରି ବୁଲୁଥିବା ଅତୃପ୍ତ ଆମ୍ଭା ବା ଅପଦେବତାଗଣଙ୍କୁ ସନ୍ତୁଷ୍ଟ କରିବା ଓ ସେମାନଙ୍କ ନକାରାମ୍ବକ ପ୍ରଭାବରୁ ଆମ ପରିବାରକୁ ମୁକ୍ତ ରଖିବା। ଆଧୁ ଭୌତିକ ବିଜ୍ଞାନ (paranormal science) ଅନୁଯାୟୀ ଅନେକ ନକାରାମ୍ବକ ଉର୍ଜା ସୃଷ୍ଟିକାରୀ ତତ୍ତ୍ବ ଅଦୃଶ୍ୟ ରୂପେ ଆମ ପାଖରେ ସର୍ବଦା ଉପସ୍ଥିତ ଅଛନ୍ତି। ଏମାନଙ୍କ ଛଡ଼ା ଅନେକ ସକାରାମ୍ବକ ସତ୍ତା ବି ଅଛନ୍ତି ଯେଉଁମାନେ ଆମର ହିତାକାଂକ୍ଷୀ।

ସୁତରାଂ ଆଜିକାଲି ଦୁନିଆରେ ହୁଏତ ଉକ୍ତ ପ୍ରସଙ୍ଗ ଅପ୍ରାସଙ୍ଗିକ କିମ୍ବା ହାସ୍ୟାସ୍ପଦ ହୋଇପାରେ। ମାତ୍ର ଆମ ପୂର୍ବ ପୁରୁଷଗଣ ମାନିଥିବା ଉକ୍ତ ନିୟମ କେବେ ସୁଦ୍ଧା ଆମ ପାଇଁ ଆଦୌ ଅମଙ୍ଗଳ ନୁହେଁ ଯେତେ ଦୂର ମୋର ବିଶ୍ବାସ। ଏହି ନିୟମ ଯଦି ଟିକେ ମାନିବା ତେବେ କ୍ଷତି କଣ?

ଭୂତରାଜାଙ୍କ କରାମତି

ପ୍ରାୟ ଦେଢ଼ ଶହ ବର୍ଷ ତଳର କଥା। କୁମୁଡ଼ା ଯଇପୁର ଗାଁ। ଘନଶ୍ୟାମ ନାଁରେ ସେଇ ଗାଁର ଜଣେ ଗରିବ ଜ୍ୟୋତିଷ। ବହୁତ କଷ୍ଟରେ ଗାଁ ଲୋକଙ୍କ ଜାତକ ଦେଖି ପାଞ୍ଜି ପଢ଼ି ଶୁଭ ଅଶୁଭ ଦିନ ଗଣନା କରି ସେ ଲୋକଙ୍କ ଠାରୁ ପନି ପରିବା ଚାଉଳ ପତ୍ର ଆଣି ପରିବାର ଚଲାନ୍ତି। ଦୂର ଗାଁକୁ ଯାଇ ମଧ ନିଜ ଜୀବିକା ଅର୍ଜନ କରନ୍ତି। ସେତେବେଳେ ଇଂରେଜ ଶାସନ। ସନ୍ଧ୍ୟା ପହରରୁ ଗାଁର ତାଟି କବାଟ ପଡ଼ିଯାଏ। ଲଣ୍ଠନ ବା ଦୀପ ଜାଲି ନିତ୍ୟକର୍ମ ସାରି ଗାଁଲୋକେ ଶୋଇ ପଡ଼ନ୍ତି। ଚୌକିଆ ହୁସିଆର ହୁସିଆର ଡାକ ଛାଡ଼ି ଗାଁ ଲୋକଙ୍କୁ ସତର୍କ କରୁ ଥାଏ। ପହରିକିଆ ବିଲୁଆ ହୁକେ ହୁକେ ହୋ ରଡ଼ି ଛାଡ଼ି ଗାଁ ମଶାଣି ପାଖ ରେ ଘୁରି ବୁଲୁଥାନ୍ତି।

ଦିନେ ଘନ ବାବୁ ଗାଁ ଠାରୁ ପାଞ୍ଚ ମାଇଲ ଦୂରରେ ଥିବା କମଲାପୁର ଗାଁକୁ ନିଜ ଜ୍ୟୋତିଷ କାମରେ ଯାଇଥିଲେ। କାମ ସାରି ଫେରୁ ଫେରୁ ଅଧ ରାତି ହେଲା। ଚାଲି ଚାଲି ନିଜ ଗାଁ ମଶାଣି ପାଖ ବରଗଛ ମୂଳେ ଆସି ପହଞ୍ଚିଲେ। ସେଇ ମଶାଣି ବାଟେ ଆସିଲେ ଗାଁରେ ପହଞ୍ଚି ବାକୁ କମ ସମୟ ଲାଗୁଥିବାରୁ ଘନ ବାବୁ ସେବାଟେ ସବୁବେଳେ ଆସନ୍ତି। କିନ୍ତୁ ସେଦିନ ବେଶୀ ଡେରି ହେଇଗଲା।

ଅମାବାସ୍ୟା ରାତି। ଚାରିଆଡ଼େ କିଟି କିଟିଆ ଅନ୍ଧାର। ବିଲୁଆ ଆଉ ବୁଲା କୁକୁରମାନଙ୍କ ବୋବାଲି ଶଢରେ ମଶାଣି କମ୍ପୁ ଥାଏ। ଶୂନ୍ଶାନ୍ ରାସ୍ତା। ଅନ୍ଧାରରେ ଘନ ବାବୁଙ୍କୁ କିଛି ଦିଶୁ ନଥାଏ। ଚାଲିଶ ବର୍ଷ ବୟସର ଲୋକ ସେ। କୋଡ଼ିଏ ବର୍ଷ ହେଲା ତାଙ୍କର ସେଇ ବାଟ ଅତି ଭଲ ରୂପେ ଜାଣି ଥିବାରୁ ସେ ଅତି ସହଜରେ ନିଜ ଘରକୁ ଯିବା ପାଦ ଚଲା ରାସ୍ତା ପାଇଯାନ୍ତି। ସେଦିନ ଘନ ବାବୁଙ୍କ ମନ ଟିକେ ଖରାପ ଥାଏ। କାରଣ ଗୋଟିଏ ବୋଲି

ଥିଏର ବିଭାଘର ମୁଣ୍ଡ ଉପରେ। ପାଖରେ ଧନ କମା ବେଦୀ କର୍ମ ସିନା ହେଇଯିବ। ବରଯାତ୍ରୀ ଓ ନିଜ କୁଟୁମ୍ବମାନଙ୍କୁ ଭୋଜି ଭାତ ଖୁଆଇବା ସମ୍ଭବ ହବନି। ଏତେ ଟଙ୍କା କୋଉଠୁ ବା ଆଣିବେ? କିଏ ବା ତାଙ୍କୁ ସାହାୟ୍ୟ କରିବେ? ନିକ ଗାଁର ସବୁ ଧନୀ ଲୋକଙ୍କୁ ସାହାୟ୍ୟ ମାଗିଥିଲୋ। କିନ୍ତୁ ସେମାନେ ମନା କଲାରୁ ସେ ନିରାଶ ହୋଇ ପଡ଼ିଥିଲେ। ତାଙ୍କର ନିଜର ଡିହ ବାଡ଼ି ଆଉ ଗୋଟାଏ ଦଶ ଦେଶୀମିଲ ଚାଷ ଜମି ବିକିଲେ ବି ବାହାଘର ଖର୍ଚ ପାଇଁ ନିଅଣ୍ଟ ପଡ଼ିବ। ତେଣୁ ବାଟ ଯାକ ଏସବୁ କଥା ଭାବି ଭାବି ଚାଲୁଥାନ୍ତି।

ବରଗଛ ପାଖରୁ କିଛି ବାଟ ଆଗେଇ ଆସିଲା ପରେ ହଠାତ୍ ପଛରୁ କାହାର ଡାକରା ଶୁଭିଲା। ପଛକୁ ଲେଉଟି ଚାହିଁ ଦେଖିଲେ ଯେ ଜଣେ ଧୋବ ଫର ଫର ଲୋକ ତାଙ୍କ ପଛେ ଡାକି ଡାକି ଆସୁଛି ଆଉ କହୁଛି "ହୋ ଭାଇ ଆମ ରାଜା ତୁମକୁ ତାଙ୍କ ବରଗଛ କଡ଼ ରାସ୍ତାରେ ଆସୁଥିବାର ଦେଖିଲେ। ସେହିବାଟେ ରାତି ଦି ପହର ପରେ ଯେ କୌଣସି ଲୋକ ଆସିଲେ ତାଙ୍କୁ ଆମ ଭୂତ ରାଜା କୈଫିୟତ୍ ମାଗନ୍ତି ଆଉ ମନକୁ ପାଇଲେ ପୁରସ୍କାର ଓ ନପାଇଲେ ଦଣ୍ଡ ଦିଅନ୍ତି। ମୋ ସାଙ୍ଗରେ ଆସ। ଜମା ଡରନା।"

ପିଆଦା-ଭୂତଟିର ଏକଥା ଶୁଣି ତାଙ୍କ ପଛେ ପଛେ ଯାଇଁ ଗଛ ତଳେ ପହଞ୍ଚିଲେ। ପିଆଦା-ଭୂତ ଗଛ ଉପରକୁ ଚଢ଼ି ଯାଇ ରାଜାଙ୍କୁ ଖବର ଦେଲା। ଘନ ବାବୁ ଗଛ ଉପରକୁ ଚାହିଁ ଦେଖିଲେ ପ୍ରାୟ କୋଡ଼ିଏ ଜଣ ଧୋବ ଫର ଫର ଭୂତ ବସିଛନ୍ତି। ସେମାନଙ୍କ ମଧ୍ୟରେ ଜଣେ ମୁଣ୍ଡରେ ବରପତ୍ର ମୁକୁଟ ପିନ୍ଧି ବସିଛି। ସେ ହଉଛି ଭୂତ ରାଜା।

ତାଙ୍କୁ ଟିକେ ଭୟ ଲାଗିଲା। ତେଣୁ ନିଜର ଥଲିରୁ ଦିଆସିଲି ଓ ମହମବତୀ କାଢ଼ି ଜଳାଇ ହାତରେ ଧରି ରଖିଲେ ଓ ସାହସ ବାନ୍ଧି ପଚାରିଲେ, "ଆଜ୍ଞା ମହାରାଜ ମତେ ଆପଣେ କାହିଁକି ଡାକିଲେ?"

ପ୍ରଶ୍ନ ଶୁଣି ଭୂତ ରାଜା ରାଗି ଯାଇ କହିଲେ, "ତୋର ତ ଭାରି ହିମ୍ମତ ଦେଖୁଛି। ମତେ ପୁଣି ପ୍ରଶ୍ନ ପଚାରୁଛୁ!! ମୁଁ ଭୂତ ରାଜା। ଏଇ ସବୁ ଇଲାକା ମୋର। ମୁଁ ଇଚ୍ଛା କଲେ ତତେ ମୋ ହାଡ଼ ବାଡ଼ିରେ ପିଟି ପିଟି ମାରିଦେବି। ତୋ ବକ୍ସେଇ ବଳିୟାର। ତୁ ଆଜି ବଞ୍ଚିଗଲୁ। ଛାଡ଼ ଅବିକା ମୋ ପ୍ରଶ୍ନର ଠିକ

ଉତ୍ତର ଦେ। ତୁ କିଏ? କୁଆଡ଼େ ଯିବୁ? ଏତେ ରାତିରେ ଏବାଟେ କିଆଁ ଆସିଲୁ? ତୋ ଘର କୋଉଠି? କହ!

ମହାରାଜାଙ୍କ ଆଦେଶ ଶୁଣି ଘନ ବାବୁ ଉତ୍ତର ଦେଲେ, "ମୋ ନା ଘନ। ମୁଁ ଜଣେ ଗରିବ ଜୋତିଷ। ମୋ ଗାଁ ନା କୁମୁଡ଼ା ଯଳପୁର। ଏଇ ଟିକେ ଆଗରେ। ଆପଣଙ୍କ ରାଜ୍ୟ ହେଉଛି ଆମ ଗାଁ ମଶାଣି ଯୋଉଠି ଆପଣ ରାଜୁତି କରୁଛନ୍ତି। ମୁଁ ଆଜି ସକାଳୁ ପାଖ ଗାଁ ମକରପୁରକୁ ନିଜ ପେଶାରେ ଯାଇଥିଲି। ଆଉ ବି ଦିମାସ ପରେ ମୋ ଝିଅର ବିଭାଘର ହବ। ଯୌତୁକ ଦବାକୁ ମୋ ପାଖରେ ଟଙ୍କା ପଇସା ନାହିଁ। ଆମ ଗାଁ ମହାଜନଙ୍କୁ ହଜାରେ ଟଙ୍କା ଉଧାର ମାଗିଥିଲି ସେ ମନା କଲାରୁ ମକରପୁର ମହାଜନଙ୍କ ପାଖକୁ ଯାଇଥିଲି। ତାଙ୍କୁ ବି ଧାର ମାଗିଲି। କିନ୍ତୁ ମୋତେ ସେ ରୋକ ଠୋକ ମନା କରିଦେଲେ। ମନ ଦୁଃଖରେ ଘରକୁ ଫେରୁଥିଲି। ଆପଣ ଡାକିଲେ। ମୁଁ ଭାରି ଗରିବ ଲୋକ ଆଜ୍ଞା। ଜାତକ ତିଆରି କରି ଆଉ ପାଞ୍ଜି ପଢ଼ି ଯାହା ରୋଜଗାର କରେ ସେଥିରେ ମୁଁ, ମୋ ସ୍ତ୍ରୀ ଓ ଝିଅ ତିନି ପ୍ରାଣୀ ଯତରେ କତରେ ଚଳିଯାଉଛୁ। ପିତୃ ପୁରୁଷଙ୍କ ଖଣ୍ଡେ ଡିହ ଥିବାରୁ ମୁଣ୍ଡ ଗୁଞ୍ଜିବା ପେଇଁ ଆମ ପରିବାରକୁ ଆଜ୍ଞା ଜାଗା ଟିକେ ମିଳୁଛି। ନ ହେଲେ ଆମେ ରାସ୍ତା କଡ଼ରେ ପଡ଼ି ରହି ଭିକ ମାଗୁଥାନ୍ତୁ।"

ଏତିକି କହିସାରି ଘନ ବାବୁ ଚୁପ ଚାପ ବାଁ କାନ୍ଧରେ ଗାମୁଛା ପକେଇ ପାଞ୍ଜି ଆଉ ସିଲଟ ଖଡ଼ି ଥିବା କନା ବ୍ୟାଗଟି ଡାହାଣ କାନ୍ଧରେ ଝୁଲେଇ ଗଛ ମୂଳେ ଠିଆ ହୋଇ ମହମବତୀ ଆଲୁଅରେ ପାଞ୍ଜି ପଢ଼ି ସେଦିନର ରାଶି ନକ୍ଷତ୍ର ଶୁଭ ଅଶୁଭ ବେଳ ବିଷୟରେ କହିବାକୁ ଲାଗିଲେ।

ସବୁ କଥା ଜାଣି ଭୂତ ରାଜା ମୁଣ୍ଡକୁ ହଲେଇ ଗୋଟାଏ ଦୀର୍ଘ ନିଶ୍ୱାସ ଛାଡ଼ିଲେ। ତାଙ୍କ ନିଶ୍ୱାସରେ ଗଛପତ୍ର ଦୋହଲି ଗଲା। କିଛି ସମୟ ନୀରବ ରହି କହିଲେ, "ତୁମ ଉତ୍ତର ଶୁଣିଲା ପରେ ମୋ ମନ ଭାରି ଦୁଃଖ। ପୁଣି ତୁମେ ମୋ ରାଜ୍ୟର ପଡ଼ୋଶୀ ଗାଁର ବାସିନ୍ଦା। ଠିକ ଅଛି। ମୁଁ ଯାହା କହୁଛି କର। ଆଗେ ଘରକୁ ଯାଇ ଶୋଇପଡ଼। କାଲି ବଡ଼ି ଭୋରରୁ ତୁମ ଗାଁ ଓ ମକରପୁର ଗାଁ ଜମିଦାରଙ୍କୁ ଦେଖା କରି କୁହ ଯେ, ଭୂତ ରଜା ମତେ ପଠେଇଛନ୍ତି। ମୋତେ ମାତ୍ର ଏକ ହଜାର ଟଙ୍କା ସାହାଯ୍ୟ କରନ୍ତୁ। ମୁଁ ମୋ

ଝିଅ ବିଭା ଘର କରିବି। "ଯଦି ସେମାନେ ନଦିଅନ୍ତି ମତେ ଆସି ଖବର ଦବ। ମୁଁ ସେମାନଙ୍କ ବ୍ୟବସ୍ଥା କରିବି। ତୁମେ ଆଦୌ ମନ ଦୁଃଖ କରନା। ତୁମ ଦୁଃଖ ଦୂର ହୋଇଯିବ।"

ତାପରେ ଘନ ବାବୁ ଭୂତ ରଜା କହିବା ଅନୁସାରେ କାମ କଲେ। ଘନ ବାବୁ ଭୂତ ରଜାଙ୍କ ଆଦେଶ ମାନି ପ୍ରଥମେ ନିଜ ଗାଁ ଜମିଦାରଙ୍କୁ ହଜାର ଟଙ୍କା ମାଗିଲେ। ଆଉ ଭୂତ ରାଜା ପଠାଇ ଛନ୍ତି ବୋଲି କହିଲେ।

ଗାଁ ଜମିଦାର ରାଗି ଯାଇ କହିଲେ, "ତମେ ଗୋଟାଏ ଡାହା ମିଛୁଆ ଜ୍ୟୋତିଷ। ଭୂତ ରାଜା ନାଁରେ ମୋତେ ଠକୁଛ। ମୁଁ ଟଙ୍କା ଦେଇ ପାରିବିନି। ଯାଆ ଭୂତ ରାଜାକୁ ଜଣେଇ ଦିଅ। ମୋ କାନ ଉଠିଲା ଦିନୁ ଏମିତିକା ସୁପର ଗୁଲି କେବେ ଶୁଣିନି। ତାପରେ ମକରପୁର ଜମିଦାରଙ୍କୁ ହଜାରେ ଟଙ୍କା ସାହାଯ୍ୟ ମାଗିଲେ। ସିଏ ବି ମିଛ ଭାବି ଦୂର୍ ଦୂର୍ ଛୁର୍ ଛୁର୍ କରି ତାଙ୍କୁ ଗାଲିଦେଇ ଖାଲି ହାତରେ ଫେରାଇ ଦେଲେ।"

"ଦୁଇଜଣ ପଇସା ବାଲା ଜମିଦାରଙ୍କ ଏପରି କଟୁ କଥା ଶୁଣି ଘନ ବାବୁଙ୍କ ଆତ୍ମାକୁ ଖୁବ ବାଧିଲା। ତାଙ୍କ ଆଖୁରୁ ଦୁଇ ଟୋପା ଲୁହ ବୋହି ପଡ଼ିଲା। ପର ଦିନ ରାତି ଶୁକ୍ଲ ପକ୍ଷ ପଞ୍ଚମୀ ତିଥିରେ ପୁଣି ରାତି ଅଧରେ ଭୂତ ରାଜାଙ୍କ ପାଖରେ ପହଞ୍ଚି ସବୁ କଥା ଜଣାଇ ଦେଲେ। ସବୁ କଥା ଶୁଣି ଭୂତ ରାଜା ଖୁବ ରାଗିଯାଇ କହିଲେ, "ଠିକ ଅଛି। ସେହି ବିବେକ ଓ ମନୁଷ୍ୟତ୍ୱହୀନ ଦୁଇ ଜଣ ଆତ୍ମଗର୍ବୀ ଜମିଦାରଙ୍କୁ ମୁଁ ଉଚିତ ଶିକ୍ଷା ଦେବି ଆସନ୍ତା ଅମାବାସ୍ୟା ତିଥିରେ। ସେପର୍ଯ୍ୟନ୍ତ ଅପେକ୍ଷା କରି ନିଶ୍ଚିନ୍ତରେ ତୁମେ ତୁମ ନିତିଦିନିଆ କାମ କରିଚାଲ। ତୁମେ ନିଶ୍ଚୟ ତୁମ ଝିଅ ବିଭାଘର କରିପାରିବ।"

"ତାପରେ ଆଶ୍ୱାସନା ପାଇ ଘନ ବାବୁ ଘରକୁ ଫେରି ଆସିଲେ।" କାନ କୁଣ୍ଠଉ କୁଣ୍ଠଉ ଦିନ ପରେ ଦିନ ବିତି ଗଲା। ପୂର୍ଣ୍ଣମୀ ଯାଇ ଅମାବାସ୍ୟା ହେଲା। ଗାଁ ଲୋକମାନଙ୍କ ନିଜ ନିଜ ଭିତରେ ଟୁପୁର ଟାପୁର କଥାବାର୍ତ୍ତା ଓ ଗାଁ ଚଉପାଢ଼ିର ମୁଖ୍ୟ ଆମାନଙ୍କ ଜମିଦାରଙ୍କ ବିଷୟରେ ଆଲୋଚନାର ବିଷୟବସ୍ତୁ ଘନ ବାବୁଙ୍କ କାନରେ ପଡ଼ିଲା।

କଥାଟା ହେଲା, ଗତ ପ୍ରାୟ ମାସେ ହେଲା ମକରପୁର ଓ କୁମୁଡ଼ା ଯଇପୁର ଜମିଦାର ଦୁଇଜଣଙ୍କ ଛାତ ଉପରେ ମଣିଷ ଖପୁରି ନାଚୁଛି ଓ ମଣିଷ ହାଡ଼ ବର୍ଷଣ ହୋଇ ଚାଲିଛି। ରାତିରେ ସେମାନଙ୍କ ପରିବାର ବର୍ଗ ଘରୁ କେହି ଭୟରେ ବାହାରି ପାରୁନାହାନ୍ତି। କିଏ ଏମିତି କାମ କରୁଛି କୌଣସି ସାହି ପଡ଼ିଶାର ଲୋକେ ଜାଣି ପାରୁନାହାନ୍ତି। ଯେଉଁଦିନ ଅମାବାସ୍ୟା ହେଲା ସେହି ଦିନ ଜମିଦାର ଦୁଇ ଜଣଙ୍କୁ ଭୂତ ରାଜା ତାଙ୍କ ଶୋଇବା ଘରେ ପଶି ସେମାନଙ୍କୁ ମଣିଷ ହାଡ଼ରେ ନିର୍ଦ୍ଧୁମ ପିଟି ପିଟି ବେହୋସ କରିଦେଲେ ଆଉ ଆଦେଶ ଦେଲେ, "ଦେଖ କୁମୁଡ଼ା ଯଇପୁରର ଗରିବ ଜ୍ୟୋତିଷ ଘନ ଶ୍ୟାମଙ୍କୁ ହଜାର ଟଙ୍କା ଲେଖାଏଁ ତୁମ ଦୁଇଜଣଙ୍କ ମଧ୍ୟରୁ ପ୍ରତ୍ୟେକ ଦାନ କର। ସେ ତା ଝିଅ ବାହାଘର କରିବ। ନଚେତ ତୁମ ଦୁଇଜଣଙ୍କ ଦଫା ରଫା ଶେଷ କରିଦେବି।" ଭୂତଗଣଙ୍କ ନାଚ ଓ ଭୂତରାଜାଙ୍କ ମାଡ଼ ଖାଇ ଜମିଦାର ଦିଜଣ ଭାରି ଡରି ଯାଇ କହିଲେ, " ହଁ ଆଜ୍ଞା ମହାରାଜ ଆମେ ଆସନ୍ତା କାଲି ତାଙ୍କ ଘରେ ଯାଇ ଦେଇ ଆସିବୁ। ଆମକୁ ଆଉ ମାରନ୍ତୁନି।"

ଏତିକି ଜବାବ ପାଇଲା ପରେ ଭୂତରାଜା ଓ ଭୂତଗଣ ଅଦୃଶ୍ୟ ହେଇଗଲେ। ଛାତ ଉପରୁ ସବୁଗୁଡ଼ା ହାଡ଼ ବି ଉଭେଇ ଗଲା। ତହିଁ ଆର ଦିନ ସକାଳୁ ଜମିଦାର ଦୁଇ ଜଣ ନିଜ ନିଜ ବାକ୍ସରେ ସୁନା ଗହଣା, ଟଙ୍କା, ସୁନା ମୋହର ଭର୍ତ୍ତି କରି ଦୁଇଟି ଶଗଡ଼ରେ ବିଭାଘର ପାଇଁ ସମସ୍ତ ଲୁଗା ପଟା ଓଗେର ସମସ୍ତ ବିବାହ ସରଞ୍ଜାମ ଲଦି ଘନ ବାବୁଙ୍କ ଘରେ ପହଞ୍ଚି ଗଲେ। ଘନ ବାବୁଙ୍କୁ କ୍ଷମା ମାଗି ଥିଲେ। ଆଉ ମୂଲିଆଙ୍କ ଦ୍ୱାରା ଜିନିଷ ଗୁଡ଼ିକ ବୁହାଇ ତାଙ୍କ ଭଣ୍ଡାର ଘରେ ଭର୍ତ୍ତି କରିଦେଲେ।

ଗହଣା ଟଙ୍କା ପୂର୍ଣ୍ଣ ବାକ୍ସ ଦେଲା ବେଳେ ଜମିଦାର ଦୁଇଜଣ ଏକା ସ୍ୱରରେ କହିଉଠିଲେ "ପ୍ରକୃତରେ ଘନବାବୁ ତୁମେ ଜଣେ ଭାଗ୍ୟବାନ ଲୋକ। ଆମେ ତୁମ କଥାକୁ ବିଶ୍ୱାସ ନକରି ବଡ଼ ଭୁଲ କଲୁ। ଭୂତିଆ ମାଡ଼ ନଖାଇଥିଲେ ଆମେ ମଣିଷ ପଣିଆ ଆଦୌ ଶିଖ୍ ପାରି ନଥାନ୍ତୁ। ଯାଅ ଧୁମ୍ଧାମରେ ଝିଅ ବିଭାଘର କାମ ବଢ଼େଇ ଦିଅ। ଆମେ ଯାଉଛୁ। ପୁଣି କାଲି ସକାଲେ ଆସିବୁ। ଆମ ପେଇଁ ଜଳଖିଆ ସର୍ବତ ରଖିଥବ।" ଏତିକି କହି ଜମିଦାର ଦ୍ୱୟ ଫେରିଗଲେ। ସତକୁ ସତ ପର ଦିନ ସକାଲେ ପହଞ୍ଚି,

ଗାଁ ମୁଖ୍ୟ, ମାନ୍ୟଗଣ୍ୟ ଲୋକ ଓ ସାଇପଡ଼ିଶା ସମସ୍ତଙ୍କୁ ଡାକି ସମସ୍ତଙ୍କୁ ସାକ୍ଷୀ ରଖି ଘନ ବାବୁଙ୍କ ନାଁରେ ପାଞ୍ଚ ଏକର ଲେଖାଏଁ ଚାଷ ଜମି କିଣା ବିକା କବଲା କରିଦେଲେ। ତାପରେ ସର୍ବତ ଆଉ ଜଳଖିଆ ସେବନ କରି ନିଜ ନିଜ ଘରକୁ ଫେରି ଗଲେ। ଦୁଇ ଦିନ ପରେ ଘନ ବାବୁଙ୍କ ଝିଅ ବିଭାଘର ସମସ୍ତ ଗାଁ ବାଲାଙ୍କ ମେଳରେ ଜାକଜମକରେ ପାଳିତ ହେଲା।

ଚତୁର୍ଥୀ ଭୋଜିପର୍ବରେ ଜମିଦାର ପରିବାରଙ୍କ ସମେତ ସମସ୍ତ ଗ୍ରାମବାସୀ, ଦୁଃଖୀରଙ୍କି ଇତ୍ୟାଦି ଯୋଗ ଦେଇଥିଲେ। ଯାହା ହେଲେବି ଘନ ବାବୁ ଭୂତ ରାଜାଙ୍କ ଉପକାର ଭୁଲିପାରି ନଥିଲେ। ମନେ ମନେ ଧନ୍ୟବାଦ ଜଣାଇ ପୁରୋହିତଙ୍କ ଜରିଆରେ ଭୂତ ରାଜାଙ୍କ ନାଁରେ ସମସ୍ତ ରୁଚିକର ଭୋଜିଖାଦ୍ୟକୁ ଗୋଟାଏ ବିରାଟ କଂସା ଥାଲିରେ ରଖି ପାଣି ଛେଡ଼େଇ ଦେଇଥିଲେ। ଚତୁର୍ଥୀ ରାତି ଅଧରେ ହାତରେ ଲଣ୍ଠନ ଧରି କୁଳ ପୁରୋହିତ ମହାଶୟଙ୍କୁ ସାଥିରେ ନେଇ ଭୂତ ରାଜାଙ୍କ ବରଗଛ ମୂଳେ ରନ୍ଧା ଖାଦ୍ୟ କଦଳୀ ପତ୍ରରେ ବାଢ଼ି ଦେଇ ଓ ମାଟି ପାତ୍ରରେ ପାଣି ଅର୍ପଣ କରି ଏକ ମୁହାଁ ଘରକୁ ଫେରିବାକୁ ବାହାରିଲେ। ପଛକୁ ନଚାହିଁ ଦଶ କଦମ ବାଟ ଆଗେଇବା ପରେ ପଛରୁ ତାଲି ଶବ୍ଦ ଓ ଉଦର ତୃପ୍ତିକର "ଓଁ ଓଁ ଓଁ ଶାନ୍ତି ଶାନ୍ତି" ସ୍ୱର ଶୁଣିବାକୁ ପାଇଲେ।

ତିନିଶହ ମିଟର ଯିବା ପରେ ଘନବାବୁ ପଛକୁ ଚାହିଁ ଦେଖିଲେ ଯେ ପ୍ରାୟ ଧୋବ ଫର ଫର କୋଡ଼ିଏଟି ମୂର୍ତ୍ତି ବରଗଛଉପରୁ ଉଠି ଆକାଶ ଆଡ଼କୁ ଉଡ଼ିଗଲେ ଓ କ୍ରମେ କ୍ରମେ ସମ୍ପୂର୍ଣ୍ଣ ଉଭେଇ ଗଲେ। ପୁରୋହିତ ମହାଶୟ ଘନବାବୁଙ୍କୁ କହିଲେ, "ଦେଖିଲେ ଘନ ବାବୁ ଆପଣ ଜଣେ ଧର୍ମାତ୍ମା। ଆପଣଙ୍କ ଜରିଆରେ ଏହି ଭୂତଗୁଡ଼ିକ ପ୍ରେତ ଯୋନିରୁ ମୁକ୍ତ ହେଲେ। ଆପଣଙ୍କ ଝିଅ ବି ଭଲ ଘରେ ବାହା ହୋଇପାରିଲା। ଆପଣ ବର୍ତ୍ତମାନ ମାନସିକ ଶାନ୍ତି ପାଇବେ ଆଉ ସ୍ୱାମୀ ସ୍ତ୍ରୀ ଦୁଲଜଣ ଖୁସିରେ ରହିବେ।" ତାପରେ ଦୁଇଜଣ ଘରକୁ ଫେରି ଆସିଲେ।

ଅହିରାଣୀର ବଦଲା

ଗୋଟିଏ ଘଞ୍ଚ ଜଙ୍ଗଲରେ ଗୋଟିଏ ମାଈ ଅହିରାଜ ସାପ ରହିଥାଏ। ସେ ପାହାଡ଼ ଖୋଲ ଭିତରେ ପିଲାଛୁଆ ସାଙ୍ଗରେ ଆନନ୍ଦରେ ଜୀବନ ବିତାଉ ଥାଏ। ଭୋକ ଲାଗିଲେ ଶିକାର କରିବାକୁ ଜଙ୍ଗଲ ଭିତରକୁ ଦୂର ବାଟ ଯାଏ। ଶିକାର କରି ଟିକେ ଶୋଇ ପେଟକୁ ହାଲୁକା କରି ଝରଣାରୁ ପାଣି ପିଇ ପାହାଡ଼କୁ ଫେରିଆସେ। ତାର ମନ ଭିତରେ ସବୁବେଳେ ଦୁଃଖ ରହିଥାଏ। କାରଣ ଶିକାରୀ ଗୁଲି ମାଡ଼ରେ ତାର ସ୍ୱାମୀ ମରି ଯାଇଥିଲା ବର୍ଷେ ପୂର୍ବରୁ। ତେଣୁ ସେ ସବୁବେଳେ ପ୍ରତିଶୋଧ ନବାକୁ ସୁଯୋଗ ଉଣ୍ଟ ଥାଏ। ତାର ସ୍ୱାମୀ ମଲା ଦିନ ଠାରୁ ମଣିଷ ଜାତି ଉପରେ ତାର ଭୀଷଣ ରାଗ। ଯେହେତୁ ସେମାନେ ତାଙ୍କ ରାଇଜରେ ପଶି ତାଙ୍କ ଜଙ୍ଗଲ ନଷ୍ଟ କରି ଜୀବ ଜନ୍ତୁ ମାରି ନେଇ ଯାଉଛନ୍ତି ଓ ତାଙ୍କ ପାଇଁ ଖାଦ୍ୟ ଅଭାବ କରୁଛନ୍ତି।

ସେ ଝରଣାରୁ ପାଣି ପିଇଲା ବେଳେ ଏଣେ ତେଣେ ଭାବିଚିନ୍ତି ଚାହେଁ କାଳେ ଗୋଟାଏ ମଣିଷ ଦେଖା ମିଳିଯିବ। ଆଉ ସେ ତାକୁ ଗିଲି ସ୍ୱାମୀ ହତ୍ୟାର ବଦଲା ନବ। କିନ୍ତୁ କେବେ ବି ଦେଖା ମିଳେନି।

ଏମିତି ଆହୁରି ବର୍ଷେ ବିତିଗଲା। ଦିନେ ପାହାଡ଼ ପାଖ ଝରଣାରୁ ପାଣି ପିଇଲା ବେଳେ ଗୋଟାଏ ଘଡ଼ ଘଡ଼ ଶବ୍ଦ ଶୁଭିଲା। ପାଣି ପିଆ ଛାଡ଼ି ଝରଣା କୂଳରେ ଥିବା ଗୋଟାଏ ଗହ୍ଲିଆ ବୁଦା ଭିତରକୁ ପଶି ତିନି ଫୁଟିଆ ଫଣା ଟେକି ଆଖି ତରାଟି ଜିଭ ହଲ ହଲ କରି ଶବ୍ଦ ଆସୁଥିବା ଆଡ଼କୁ ଲକ୍ଷ୍ୟ କଲା। ଘଞ୍ଚ ଗଛ ଲତା ସେପାଖରେ ଏକ ଜିପ୍ ଗାଡ଼ି ଆସି ଗୋଟାଏ ପିଆଶାଲ ଗଛ ବଣ ପାଖରେ ଅଟକିଲା। ଗାଡ଼ିରୁ ଚାରି ଜଣ ଲୋକ ଓହ୍ଲାଇ ମେସିନ ଦ୍ୱାରା ଗଛ କାଟିବାକୁ ଆରମ୍ଭ କଲେ। ଗଛର ଗଣ୍ଡିକୁ ଛୋଟ ଛୋଟ ଖଣ୍ଡ କରି ମେସିନରେ କାଟି ଜିପ ଡାଲାରେ ଭର୍ତ୍ତି କଲେ । ସାପ ଏସବୁ ଦେଖୁଥାଏ ଓ ଧୈର୍ଯ୍ୟ ରଖି ଅପେକ୍ଷା କରିଥାଏ କିଛି ସମୟ ପରେ ଲୋକମାନେ

ଘରୁ ଆଣିଥିବା ଜଳଖିଆ ଖାଇ ପାଣି ପିଇଲେ। ଗ୍ରୀଷ୍ମରୌତୁର ଖରାଛାଇ ଲେଉଟିଲା ଆଉ ସାପ ଆସ୍ତେ ଆସ୍ତେ କଟା ଗଛ ପାଖକୁ ଆଗେଇଲା। ଗଛ କଟାଳିମାନେ ଗୋଟାଏ ଶାଳ ଗଛ ତଳେ ଦରି ବିଛେଇ ଶୋଇଥାନ୍ତି।

ସାପଟି ଗଛକୁ ଗଛ ଉପରେ ଉପରେ ଯାଇ ତାର ବଡ଼ ପାଟିଟାକୁ ମେଲା କରି ଗଛ ଡାଳରେ ତା ଲାଞ୍ଜ ଗୁଡ଼ାଇ ତଳକୁ ଝୁଲି ରହିଲା। ଚାରିଜଣଙ୍କ ମଧ୍ୟରୁ ଜଣେ ସେଇ ଗଛ ମୂଳେ ଡେରି ହେଇ ବସି ଘୁମେଇ ପଡ଼ି ଥାଏ ତାର ମୁଣ୍ଡଟି ସାପ ମୁହଁ ପାଖରୁ ପ୍ରାୟ ଗୋଟେ ମିଟର ଦୂରରେ। ସାପକୁ ସୁବର୍ଣ୍ଣ ସୁଯୋଗ ମିଳିଗଲା। ବିରାଡ଼ି କପାଳକୁ ଶିଙ୍କା ଛିଣ୍ଡିଗଲା ପରି ସାପ ମନ ଏତେ ଦିନ ପରେ ଭାରି ଖୁସି। ତାର ଆଖି ଡୋଳାରେ ଶିକାରୀ ଛବି ଓ ମନ ଭିତରେ ସ୍ୱାମୀର ମଲା ଦେହର ସୁକୁ ସୁକୁ ଚେହେରା ତାକୁ ବ୍ୟସ୍ତ କରି ପକାଉ ଥାଏ। ବଦଲା ନବାକୁ ତା ମନ ଲକ ପକ ହଉଥାଏ।

ଆଉ ଡେରି ନକରି ଠପାକ୍ କରି ସେଇ ଗଛ ମୂଲିଆ ମଣିଷର ମୁଣ୍ଡକୁ ପାଟିରେ ପୁରେଇ ଗଛ ଉପରକୁ ଟେକି ଆଣିଲା। ବାକି ତିନିଜଣ ଦରିଉପରେ ଶୋଇ ଘୁଙ୍ଗୁଡ଼ି ମାରୁଥାନ୍ତି। ସାପ ଖୁବ ଚୁପଚାପ୍ କିଛି ଶବ୍ଦ ନକରି ଲାଗାଲାଗି ହେଇ ଠିଆ ହୋଇଥିବା ଝଙ୍କାଳିଆ ଶାଳ ଗଛ ଉପରେ ଉପରେ ଆଣି ଝରଣା କୂଳେ ଗିଲିବାକୁ ଲାଗିଲା। ଏଣେ ବାକି ତିନି ଜଣ ଆଖି ମଳି ନିଦରୁ ଉଠି ଜଣେ ସାଥୀକୁ ନପାଇ ଏଣେ ତେଣେ ଖୋଜି ନପାଇ ବିକଳରେ ବଡ଼ ପାଟିରେ ଡାକି ବାକୁ ଲାଗିଲେ। କିନ୍ତୁ କିଛି ଲାଭ ହେଲାନି। କେବଳ ସାଥୀର ବୁଟ୍ ହଳେ ଆଉ ତାର କୁର୍ତ୍ତା ଗଞ୍ଜି ଗାଡ଼ିରେ ନଦି ଘରକୁ ଫେରି ଗଲେ।

ତେଣେ ଅହିରାଣୀ ମଣିଷଟିକୁ ପୂରା ଗିଲି ସାରି ଝରଣା ପାଣି ପିଇ ପାହାଡ଼ ଉପରକୁ ଆସ୍ତେ ଆସ୍ତେ ବଙ୍କେଇ ଟଙ୍କେଇ ଉଠିବାକୁ ଚେଷ୍ଟା କଲା କାରଣ ତା ପେଟ ଭାରି ହେଇ ଯାଇଥାଏ।

ଜଣେ ଆଦିବାସୀ ଜଙ୍ଗଲୀ ଲୋକ ଜାଳେଣି କାଠ ନବାକୁ ସକାଳୁ ଆସିଥିଲା। ସେହି ଲୋକ ଏ ଘଟଣାକୁ ସବୁ ଦେଖୁଥିଲା। ଲୋକଙ୍କର ଗଛ ହଣା, ଖାଇବା ପିଇବା ଓ ସାପ ଟେକି ନବା ଦୃଶ୍ୟ ବୁଦା ଉହାଡ଼ରେ ଲୁଚି କି

ବସି। ସେହି ସହରୀ କାଠୁରିଆ ବାବୁମାନେ ଗଲା ପରେ ସେ ତାଙ୍କ ଜଙ୍ଗଲ ଦେବୀଙ୍କୁ ନିଜ ଭାଷାରେ ପ୍ରାର୍ଥନା କରି କହିଲା, "ହେ ମାଆ ମୋତିଆଲମା ତୋତେ କୋଟି କୋଟି ଦଣ୍ଡବତ। ସେହି ସହରିଆ ବାବୁଗୁଡ଼ାଙ୍କୁ ତୁ ଆଜି ଉଚିତ ଶିକ୍ଷା ଦେଲୁ। ଆଉ ଆମ ଆଦିବାସୀମାନଙ୍କ ଇଜ୍ଜତ ରଖିଲୁ। ସେହି ସହରୀ ଲୋକଗୁଡ଼ାକି ଆମ ଜଙ୍ଗଲ ଭିତରେ ଜବରଦସ୍ତି ପଶି ଗଛ ଲତା କାଟି ନିରୀହ ପଶୁ ପକ୍ଷୀ ଗୁଡ଼ାକୁ ଜୀବନରୁ ମାରି ନେଇ ଯାଉଛନ୍ତି। ତୁ ମାଆ ମୋର। ତୋର ଚମତ୍କାର କାମ ଦେଖି ମୁଁ ଆଜି ଭାରି ଖୁସି।

ଘରକୁ ଗଲେ କାଲି ସକାଳେ ତୋ ପଥର ମୁଣ୍ଡି ପାଖରେ ପାଣି କଖାରୁ ବଳି ଦେବି। ପାକେଲା ଆମ୍ ଭୋଗ ଲଗାଇବି। ଏଣିକି ଏଇମିତି ମାଆ ଆମ ଉପରେ ଆଉ ଜଙ୍ଗଲ ଉପରେ ଟିକେ ତୋର ଦୟା ଦୃଷ୍ଟି ପକଉ ଥା। ଏମିତି ଆମକୁ ଆମ ଜଙ୍ଗଲ ମାଆ କୋଳରେ ହରମିସି ଖାଇ ପିଇ ଆମ କୁଡ଼ିଆରେ ଟିକେ ଶାନ୍ତିରେ ବଞ୍ଚି ରହିବାକୁ ଏଣିକି କଲ୍ୟାଣ କରିଚାଲ ମା'।"

ମୁଁ ଆଉ ତୋତେ ଆ ଛଡ଼ା କିଛି ମାଗୁନି। ଏଇ ଧୋବ ଫର ଫର ସହରୀ ଲୋକ ଗୁଡ଼ାକ ଆମକୁ ମନ ଇଚ୍ଛା ହଇରାଣ କରି ଚାଲିଛନ୍ତି ଆଜିକୁ ବର୍ଷ ବର୍ଷ ଧରି। ଆମର ଅରଣ୍ୟ ଧନ ସବୁ କିଛି ଲୁଟି ନଉଛନ୍ତି। ଯିଏ କହୁଛି ସିଏ ମରୁଛି। ରକ୍ଷା କର ହେ ମାଆ ମୋତିଆଲମା।

ଏତିକି କହି ଦେଶିଆ ଲୋକଟି ବୁଦା କଡ଼ରେ ଲମ୍ ହୋଇ ପଡ଼ି ଗଲା। ପାଞ୍ଚ ମିନିଟ ପରେ ଉଠି ମୁଣ୍ଡ ଠେକା ଉପରେ କାଠ ଗୋଛା ଲଦି ବାଁ ହାତରେ ବେକ ପଛରେ କୁରାଢ଼ୀ ରଖି ଶାଲ ପତ୍ର ପିକା ଚାଣି ଚାଣି ତା ଗାଆଁ ଆଡ଼କୁ ଆଗେଇ ଚାଲିଲା ବୁଡ଼ି ଯାଉଥିବା ସୂର୍ଯ୍ୟ ଦେବତାଙ୍କୁ ଅନେଇ ଅନେଇ।

ସାପ ବେଙ୍ଗ କୁଆ

ପ୍ରାୟ ଶହେ ବର୍ଷ ତଳର କାହାଣୀ। ଧାରା ଶ୍ରାବଣ ମାସ। ଆକାଶରେ କଳାହାଣ୍ଡିଆ ବାଦଲ। ସୂର୍ଯ୍ୟ ଦିଶୁ ନ ଥାଏ। ତୁ ତୁ ବର୍ଷା ଗାଲୁ ଥାଏ। ବାଦଲ ଭିତରେ ବିଜୁଳି ଚିକ୍ ଚିକ୍ କରୁଥାଏ। ତା ସାଙ୍ଗକୁ ଘଡ଼ ଘଡ଼ିର ପ୍ରଚଣ୍ଡ ଶବ୍ଦ। ମହାନଦୀରେ ବନ୍ୟା ପାଣିର ସୁଅରେ ଉପର ମୁଣ୍ଡରୁ କେତେ କ'ଣ ଭାସି ଆସୁଥାଏ। କେତେ ଗାଁ ଗଣ୍ଡା ବାଟ ଦେଇ ପାଣି ସୁଅ ସୁ ସୁ ଗର୍ଜନ ଛାଡ଼ି ବଙ୍ଗୋପ ସାଗର ଆଡ଼କୁ ଛୁଟି ଚାଲିଥାଏ। ସେଇ ସୁଅରେ ଗୋଟିଏ ଅହିରାଜ ସାପ ଭାସି ଭାସି ଆସୁଥାଏ। ତା ମୁଣ୍ଡ ଉପରେ ଗୋଟିଏ ବ୍ରାହ୍ମଣୀ ବେଙ୍ଗ ବସିଥାଏ।

କିଛି ସମୟ ବିତିଗଲା ପରେ ବର୍ଷା ଟିକେ କମିଲା ଆକାଶରେ ବାଦଲ ଫାଙ୍କ ବାଟେ ସୂର୍ଯ୍ୟ ଦେବତା ଉଙ୍କି ମାରିଲେ। ନଈ ସୁଅ କିନ୍ତୁ କମି ନ ଥାଏ। ସାପଟି ଭାସି ଭାସି ଗୋଟିଏ ଗାଁ ନଈ ବନ୍ଧ କୂଳରେ ଥିବା ଏକ ଝୁଙ୍କାଳିଆ ବରଗଛ କୂଳରେ ଲାଗିଲା। ସେ ଯୁଗରେ ଗଛ ପାହାଡ଼ ପଶୁ ପକ୍ଷୀ ସମସ୍ତେ କଥା କହି ପାରୁଥିଲେ।

ଏପରି ସାପ ମୁଣ୍ଡରେ ବେଙ୍ଗ ବସିଥିବାର ଅଭୁତ ଦୃଶ୍ୟ ଦେଖ୍ କୁଆ ବିଦ୍ରୁପକରି କହିଲା, "କିଓ ସାପ ଭାଇ ତୁମେ ଜଣେ ଖାଦକ ହୋଇ କଣ ନିଜ ଖାଦ୍ୟକୁ ମୁଣ୍ଡ ଉପରେ ବୋହି ନେଉଛ। ଏ ପର୍ଯ୍ୟନ୍ତ ନ ଗିଲି ତାକୁ ରଖିଛ। ତୁମେ ଯଦି ଖାଇବନି ମତେ ଦେଇଦିଅ ମୋ ପେଟ ଭୋକରେ ଜଳୁଛି ମୁଁ ଖାଇଦେବି।"

କୁଆର ଏ ବିଦ୍ରୁପମୂଳକ ଉପଦେଶ ଶୁଣି ସାପ ଫୁ ଫୁ କରି ଦୋଫାଳିଆ ଜିଭ କୁ ହଲେଇ କହିଲା, "ଶୁଣ କୁଆ ଭାଇ ତୁମେ ଯାହା କହୁଛ ଠିକ କହିଛ।

ମୁଁ କିଂକର୍ତ୍ତବ୍ୟବିମୂଢ଼। ମୁଁ ଯଦି ଖାଇବାକୁ ଚେଷ୍ଟା କରିବି ତେବେ ମୁଁ ମରିଯିବି କାହିଁକି ନା ମୋ ମୁଣ୍ଡ ହଲଚଲ କଲା ମାନେ ମୁଁ ବୁଡ଼ି ମରିଯିବି। ଆଉ ବି ବେଙ୍ଗଟା ତାର ମୁନିଆଁ ନଖ ମୋ ଆଖି ଉପରେ ରଖି ମୋ ଫଣାକୁ ଜୀବନ ବିକଳରେ ଜାବୁଡ଼ି ଧରି ନେଇଛି। ଏଇ ପ୍ରଖର ସ୍ରୋଥରେ ମୁଣ୍ଡ ଓଲଟେଇ ତାକୁ ଗିଲିବାକୁ ଚାହିଁଲେ ତାର ନଖ ମୋ ଆଖିରେ ପଶେଇ ମୋ ଆଖି ଫୁଟେଇ ଦବ। ତେଣୁ ଯେମିତି ଅଛି ସେମିତି ଥାଉ।"

କୁଆ ସାପର ଉତ୍ତର ଶୁଣି ଚୁପ ରହିଲା। ପୁଣି ଅହିରାଜ କହିଲା, "ତୁମେ ଯାହା କହୁଛ ଠିକ।" ଦଇବ ଦଉଡ଼ି ମଣିଷ ଗାଇ। ଭଗବାନ ବେଳେ ଉଦ୍ଧତ ଆଉ ନୀତିଭ୍ରଷ୍ଟ ଜୀବକୁ ଉଚିତ ଶିକ୍ଷା ଦିଅନ୍ତି ଠିକ୍ ଯେମିତି ବେଙ୍ଗ ମୋ ମୁଣ୍ଡରେ।

ମୁଁ ଜଣେ ସାପ ରାଜା। ଜଙ୍ଗଲ ଭିତରେ ମୁଁ କାହାକୁ ଖାତିର କରେନି ମୋର ପ୍ରାଣନାଶକ ବିଷ ବଳରେ। ଛୋଟ ବଡ଼ ସାପ ନିଜର ସ୍ତ୍ରୀ ପିଲାମାନଙ୍କୁ ମଧ ମୁଁ ଖାଇ ଦେଇଛି। ଆମ ପାହାଡିଆ ଅଞ୍ଚଲରେ ପ୍ରବଲ ବର୍ଷା ହେଲା ଆଉ ମୁଁ ବନ୍ୟାରେ ଭାସି ଆସିଲି ଆଉ ପାହାଡ଼ ଖୋଲରୁ ଏଇ ବେଙ୍ଗଟି ଡେଇଁ ମୋ ମୁଣ୍ଡଉପରେ ଚଢ଼ି ବସିଲା। ମୋର ଜଲଖିଆ ପରିକା ବେଙ୍ଗ ରଜାକୁ ମୁଁ ଆଜି ଡ଼ରିକି ରହିଛି ।

ଈଶ୍ୱରଙ୍କ ଅପାର କରୁଣାରେ ବର୍ଷା ଛାଡ଼ିଗଲାଣି। ତୁମ ସାଙ୍ଗେ କଥାବାର୍ତ୍ତାର ସୁଯୋଗ ମିଲିଲା। ଏମିତି ଦୁନିଆରେ ଆମ ଭଲି ଅନେକ ଜୀବ ଅଛନ୍ତି ଯେଉଁମାନେ ଟିକେ ପ୍ରତିଷ୍ଠା ଓ କ୍ଷମତା ପାଇଗଲେ ଧରାକୁ ସରା ମନେକରି ଈଶ୍ୱରସୃଷ୍ଟ ଅନ୍ୟାନ୍ୟ ଇତର ଜୀବମାନଙ୍କୁ ଘାସ କୁଟା ପରି ମନେ କରିଥାନ୍ତି।

ସେମାନଙ୍କୁ ଈଶ୍ୱର ସେଇ ଇତର ଜୀବମାନଙ୍କ ଦ୍ୱାରା ଏମିତି ଶିକ୍ଷା ଦେଇଥାନ୍ତି। ତେଣୁ ଈଶ୍ୱର ଗର୍ବ ଗଞ୍ଜନ। ସବୁ ସହନ୍ତି ଜୀବଙ୍କ ଆମ୍ ଗର୍ବ ସହି ପାରନ୍ତିନି। ତେଣୁ ତୁମେ ଭିତର ତତ୍ତ୍ୱ ଜାଣି ନ ଥିବାରୁ ପ୍ରଥମେ ମତେ ଦେଖି ଠଗା କରୁଥିଲ। ଏବେ ବୁଝି ପାରିଲ ତ। ଯେଉଁମାନେ ଆମଠାରୁ ଦୁର୍ବଲ ଆଉ

ନିମ୍ନ ପ୍ରତିଷ୍ଠିତ ସେମାନେ ନିଜର ଗୁରୁତ୍ୱ ଜାହିର କରିବାକୁ ଆମର ଦୁର୍ବଳତା ଓ ଦୁର୍ବଳ ମୁହୂର୍ତ୍ତକୁ ଜାଣି ସୁଯୋଗ ଉଣ୍ଡନ୍ତି। ସୁଯୋଗ ମିଳିଲେ ଏଇ ବେଙ୍ଗ ଭଳିଆ ଆମ ମୁଣ୍ଡରେ ଚଢ଼ି ବସିଥାନ୍ତି ଆମର କ୍ଷମତା ଆଉ ଆମ୍ଭଗର୍ବ କୌଣସି କାମରେ ଲାଗେନି। ଆମେ ଆମର ଭୁଲ ବୁଝିପାରୁ।

"କୁଆ ଏ ସବୁ ଶୁଣି ଠିକ୍ ତତ୍ତ୍ୱ ଜ୍ଞାନ ବୁଝି ପାରିଲା ଓ ଖାଦ୍ୟ ଖୋଜି ଖୋଜି ଗାଁର ଛେଲିକଟା କଂସେଇ ଖାନାର ଛାତ ଉପରେ ଯାଇଁ ବସିଲା।"

ସାପ ଓ କୁଆ କଥାରେ ଭୋଳ ଥିବା ବେଳେ ବେଙ୍ଗଟି ଡେଇଁ ନଇ ଭିତରକୁ ପଳେଇଲା। ସାପ ନିଜର ଭୋକ ମେଣ୍ଟେଇବା ସକାଶେ ଗାଁର କୁକୁଡ଼ା ଫାର୍ମ ଭିତରକୁ ଯାଇ ଲୁଚିଗଲା।

ମାଷ୍ଟର ରାଜୁ ଓରଫ ହିରୋ ରାଜା

ଥରେ ଗୋଟିଏ ଗାଆଁରେ ବୋଉ ବାପା ସେମାନଙ୍କ ଛଅ ବର୍ଷର ପୁଅ ସାଙ୍ଗରେ ରହୁଥିଲେ। ବାପା କାମରେ ବାହାରକୁ ଗଲେ ବୋଉ ପୁଅଟିର ଯତ୍ନ ନିଅନ୍ତି। ରାତିରେ ପୁଅ କାନ୍ଦିଲେ ଭୂତ ଆସିଲାଣି ଭୂତ ଆସିଲାଣି କହି ତୁନି କରେଇ ଦିଅନ୍ତି। ପିଲାଟି ଭୂତ ନାଆଁ ଶୁଣି ଡରିଯାଏ। ପ୍ରତିଦିନ ବୋଉ ରାତିରେ ପୁଅକୁ ଭୂତ ଗପ କହି ଶୁଆଇ ପକାନ୍ତି। ଗୋଟିଏ ପୁଅ ଥିବାରୁ ସେ ଭାରି ଗେଲୁଆ ହୋଇଥାଏ। ସ୍ୱାମୀ ସ୍ତ୍ରୀ ଦୁଇଜଣ ଶିକ୍ଷିତ। ଘରେ ନିଜ ପୁଅକୁ ପାଠ ପଢ଼ାନ୍ତି। ପୁଅ ଯାହା ଦରକାର କରେ ସାଙ୍ଗେ ସାଙ୍ଗେ ଯୋଗାଇ ଦିଅନ୍ତି। ବୋଉ ବାପାଙ୍କ ଅତି ସ୍ନେହ ଆଉ ଯତ୍ନରେ ଶଶିକଳା ପରି ବଢୁ ଥାଏ। ଗେଲୁଆ ପୁଅର ସବୁଗୁଡ଼ା ଜିଦି ପୂରଣ କରୁଥାନ୍ତି।

ଚାହୁଁ ଚାହୁଁ ପୁଅକୁ ଆଠ ବର୍ଷ ହେଲା। ପୁଅ ଭଲ ପାଠ ପଢୁଥିବାରୁ ବାପା ଗାଆଁ ସ୍କୁଲରେ ଏକାଥରେ ପଞ୍ଚମ ଶ୍ରେଣୀରେ ନାଆଁ ଲେଖାଇ ଦେଲେ। ମେଧାବୀ ଛାତ୍ର ଥିବାରୁ ସାର ଓ ଦିଦି ମାନେ ତାକୁ ଖୁବ ଭଲ ପାଇବାକୁ ଲାଗିଲେ। ଅତି ସ୍ନେହରେ ସେମାନେ ତାର ଡାକ ନାଆଁ କଣ ପଚାରିଲେ। ପିଲାଟି ଉତ୍ତର ଦେଲା, ମୋ ନାଆଁ ରାଜୁ। ସେଇ ନାଆଁଧରି ସ୍କୁଲ ସାରା ସମସ୍ତେ ତାକୁ ମାଷ୍ଟର ରାଜୁ ବୋଲି ଡାକିବାକୁ ଲାଗିଲେ।

ପିଲାବେଳୁ ବୋଉଙ୍କ ଠାରୁ ଭୂତ ଗପ ଶୁଣି ଶୁଣି ମନ ଭିତରେ ଭୂତ ଦେଖିବା ପାଇଁ ରାଜୁ ମନରେ ପ୍ରବଳ ଇଚ୍ଛା ଆସିଲା। ବୟସ ବଢ଼ିବା ସହିତ ଭୂତ ଦେଖିବାର ରାଜୁର ଇଚ୍ଛା ଆହୁରି ବଢ଼ିବାକୁ ଲାଗିଲା। ରାଜୁକୁ ଦଶ ବର୍ଷ ଟପିଲା। ଦିନେ ବୋଉଙ୍କୁ ପଚାରିଲା, "ବୋଉ ମୋତେ କହ ଭୂତକୁ କେମିତି ଦେଖିବି। ଭୂତକୁ ଦେଖା କରି ତା ସହିତ କଥାବର୍ତ୍ତା କରି ପାରିବି। କୋଉ ଜାଗାରେ ଭୂତକୁ ଦେଖି ପାରିବି?" ରାଜୁର ଅଳି ବୋଉଙ୍କୁ ବ୍ୟସ୍ତ

କରି ପକାଇଲା। ଯଦି ସେ ତାକୁ ଠିକ ଉତ୍ତର ନଦେଇ ପାରିବେ ତେବେ ରାଜୁ ଖାଇବା ପିଇବା ଛାଡ଼ିଦବ।

ତେଣୁ ବୋଉ ଉତ୍ତର ଦେଲେ, "ମଶାଣିରେ ଭୂତ ରୁହନ୍ତି। ମଲା ମଣିଷର ଆମ୍ଭ ଭୂତ ପାଲଟି ଯାଏ। ସାହସୀ ଲୋକ ଭୂତକୁ ଡରନ୍ତିନି। ସେଇ ଆମ୍ଭ ଅତୃପ୍ତ ହୋଇ ଘୁରି ବୁଲନ୍ତି। ଭଲ ଲୋକର ଆମ୍ଭ ଲୋକଙ୍କ ଉପକାର କରନ୍ତି। ଆଉ ଖରାପ ଲୋକର ଆମ୍ଭ କ୍ଷତି କରନ୍ତି। ଏଥର ବୁଝିଲୁ ତ ? ? ?"

ବୋଉଙ୍କ କଥା ରାଜୁ ମନକୁ ପାଇଲା। ବୋଉକୁ କହିଲା, "ହଁ ବୋଉ ଭୂତ ଦେଖିବାକୁ ଆମ ଗାଆଁ ମଶାଣୀକୁ ଦିନେ ରାତିରେ ଯିବି।" ରାଜୁର ଜିଦିଆ ଗୁଣ ଦେଖି ବୋଉ କହିଲେ, "ଜମା ଯାନା ତୁ ପିଲା ଲୋକ ଡରିବୁ ବାପା ଜାଣିଲେ ବିଗିଡ଼ିବେ।" ରାଜୁ କହିଲା, " ହଉ ହେଲା ଯିବିନି।"

ବୋଉ ମନ ବୁଝିବାକୁ ଆଉ ବାପାଙ୍କ ଗାଲି ନଶୁଣିବାକୁ ଏମିତି କହିଦେଲା ରାଜୁ। କିନ୍ତୁ ମନ ଭିତରେ କୌତୁହଲକୁ ବଜାୟ ରଖିଲା। ରାଜୁ ଜଣେ ସାହସୀ ପିଲା। ତାର ସାହସ ଦେଖି ସମସ୍ତେ ଆଶ୍ଚର୍ଯ୍ୟ ହୁଅନ୍ତି। କାହିଁକିନା ଦିନେ ଗୋଟାଏ ମାରଣା ଷଣ୍ଢର ସିଂଘ ଧରି ତାକୁ ଓଲଟେଇ ଦେଇଥିଲା।

ଏମିତି ପ୍ରାୟ ମାସେ ବିତିଗଲା। ଖରାଦିନ ଆସିଲା। ସେଦିନ ଅମାବାସ୍ୟା ରାତି ନଅଟା। ରାଜୁ ରାତିରେ ଲୁଚି ମଶାଣିକୁ ଘରୁ ଖସି ପଳେଇଲା। ମଶାଣିରେ ଜୁଇ ଜଳୁଥାଏ ହୁତୁ ହୁତୁ ହେଇ। ହଠାତ୍ ରାଜୁ ଲକ୍ଷ୍ୟ କଲା ଯେ ପାଞ୍ଚ ଜଣ ଲୋକ ଗୋଟାଏ ବଡ଼ ବସ୍ତାରୁ ସୁନା ଗହଣା କଂସା ବାସନ ଟଙ୍କା ବିଡ଼ା ଇତ୍ୟାଦି ବାହାର କରି ମଶାଣି ପାଖ ବରଗଛ ମୂଳେ ଗଣି ଚାଲିଥାନ୍ତି।

ଏ ଘଟଣା ଦେଖି ତାର ଗୁରୁମାଙ୍କ କଥା ମନେ ପଡ଼ିଗଲା ଚୋରମାନେ ରାତିରେ ବୁଲନ୍ତି। ରାତି ଅଧରେ ଲୋକେ ଶୋଇଥିବା ଅବସ୍ଥାରେ ସେମାନଙ୍କ ଘରୁ ଜିନିଷ ପତ୍ର ଅଲଙ୍କାର ଆଦି ଲୁଟି ନିଅନ୍ତି ଓ ନିଜ ନିଜ ଭିତରେ ବାଣ୍ଟି ନିଅନ୍ତି। ପୋଲିସ ଚୋରକୁ ଧରି ଦଣ୍ଡ ଦିଅନ୍ତି। ରାଜୁ ଏଥର ଜାଣିପାରିଲା ଯେ ସେମାନେ ଠାଉରିଆ ଚୋର। ରାଜୁ ମୁଣ୍ଡରେ ପଶିଲା, ଚୋରକୁ ଦଣ୍ଡ ଦେବା

ନିହାତି ଦରକାର। ତେଣୁ ଭୂତ ଦେଖା ଭୁଲିଯାଇ ସିଧା ତାଙ୍କ ଗାଆଁର ପୁଲିସ ଫାଣ୍ଡିକୁ ସିଧା ପଟପଟିଆ ଧାଇଁଲା। ରାତି ସେତେବେଳକୁ ଏଗାରଟା ପାଖା ପାଖି। ଦାରୋଗା ବାବୁ ଚୌକି ଉପରେ ବସି କଣ ଲେଖି ଚାଲିଥାନ୍ତି।

ରାଜୁ ବାବୁଙ୍କୁ ନମସ୍କାର କଲା। ଏତେ ରାତିରେ ରାଜୁକୁ ଦେଖି ସେ ପଚାରିଲେ, "କଣ ହେଲା ପୁଅ? ଧଇଁସଇଁ ହେଇ ଗଲୁଣି। ତୋ ଦେହରୁ ଗମଗମ ଖାଲ ବୋହୁଛି। ସେଇ ଚୌକି ଉପରେ ଟିକେ ବସିଯା। କଥା କଣ କହ। ମୋ ପାଖକୁ କାହିଁକି ଆସିଲୁ। କଣ ଅସୁବିଧା ହେଲା?"

ଦାରୋଗା ବାବୁଙ୍କ ମୁହଁରୁ ଏ କଥା ଶୁଣି ରାଜୁର ସାହସ ଆସିଲା। ତେଣୁ ସେ ମଶାଣିରେ ଦେଖିଥିବା ଲୋକଙ୍କ ବିଷୟରେ ସବୁ ଟିକି ନିକି ଦାରୋଗା ବାବୁଙ୍କୁ ବତାଇ ଦେଲା। ତାପରେ ଦାରୋଗା ବାବୁ କହିଲେ, "ଠିକ ଅଛି ତୁ ଜଣେ ସାହସୀ ପିଲା। ଭଲ ଖବର ଦେଲୁ। ଶୀଘ୍ର ମଶାଣିରେ ପହଞ୍ଚିବା ଦରକାର। ଆଛା ତୁ ମୋ ଜିପରେ ଯାଇ ବସ" ଅନ୍ୟ ରୁମରେ ବିଶ୍ରାମ କରୁଥିବା କନେଷ୍ଟବଲ ପାଞ୍ଚ ଜଣଙ୍କୁ ଦାରୋଗା ବାବୁ ଡାକି ବନ୍ଧୁକ ଆଉ ହାତକଡ଼ି ଚୁଲବାଡ଼ି ସବୁ ଜିପରେ ରଖିବାକୁ ଆଦେଶ ଦେଲେ। ସମସ୍ତେ ଗାଡ଼ିରେ ବସିଲା ପରେ ସେ ଗାଡ଼ି ଷ୍ଟାର୍ଟ କଲେ। ନିଜେ ଜିପ ଚଲେଇ ସିଧା ଯାଇ ମଶାଣିଲେ ଢୁକି ଗଲେ।

ସେ ପର୍ଯ୍ୟନ୍ତ ଚୋରମାନଙ୍କ ହିସାବ କିତାବ ସରି ନଥିଲା। ରାଜୁ ଜିପ ଭିତରେ ବସିଲା। ଦାରୋଗା ଓ କନଷ୍ଟେବଲ ସେହି ଲୋକଙ୍କ ପାଖକୁ ଗଲେ। ଦାରୋଗା ରାଗି ଯାଇ କହିଲେ, " ଆବେ ଏତେ ରାତିରେ ଏଠି ବସି ତୁମେମାନେ ବସି କଣ କରୁଛ? ତୁମେ ସବୁ କିଏ? ତୁମ ଘର କୋଉଠି?" ଜେରା କରିବା ସହିତ ଲାଠି ମାଡ଼ ଖାଇ କାନ୍ଦ କାନ୍ଦ ସେହି ଲୋକମାନେ ସତ କଥା ମାନିଗଲେ ଯେ ସେମାନେ ପ୍ରକୃତରେ ଚୋର। ସେଇ ବସ୍ତା ଭିତରେ ସବୁ ଗୁଡ଼ା ଚୋରି ମାଲ। ଲାଠି ମାଡ଼ରେ ଚୋର ମାନେ ଥରିବାକୁ ଲାଗିଲେ।

ତାପରେ କନଷ୍ଟେବଲମାନେ ଚୋର ଗୁଡ଼ାଙ୍କୁ ଥୋପେଇ ଥୋପେଇ ବସ୍ତା ସାଙ୍ଗରେ ଜିପ ଭିତରେ ପୁରେଇଲେ। ଥାନାକୁ ନେଇ ପୁଣି ସେମାନଙ୍କୁ

ଦାରୋଗା ବାବୁ ଜେରା କଲେ। ଚୋରମାନେ ଚୋରା ମାଲ ଫେରାଇ ଦେବାକୁ ରାଜି ହୋଇଗଲେ। ଦାରୋଗା ବାବୁଙ୍କ ନିର୍ଦ୍ଦେଶ ଅନୁଯାୟୀ କନଷ୍ଟେବଲମାନେ ପୋଲିସ ଜିପରେ ଚୋରଙ୍କୁ ସାଙ୍ଗରେ ନେଇ, ବସ୍ତାକୁ ନଦି ଯେଉଁମାନଙ୍କ ଘରୁ ଚୋରି ହୋଇଥିଲା ସେମାନଙ୍କ ଜିନିଷ ଫେରାଇ ଦେବାକୁ ଚାଲିଗଲେ।

ଏଣେ ଦାରୋଗା ବାବୁ ରାଜୁ ପିଠିରେ ଥାପୁଡ଼େଇ କହିଲେ, " ସାବାସ ବାହାଦୁର ବେଟା। କୋଉ ଶ୍ରେଣୀରେ ପାଠ ପଢୁଛୁ? ତମ ସ୍କୁଲ ନା କଣ? ତୁମ ଘର କୋଉଠି? ତୁମ ବାପାଙ୍କ ନା କଣ?" ରାଜୁ ତାଙ୍କ ପ୍ରଶ୍ନର ରୋକ ଠୋକ ଜବାବ ଦେଲା। ରାଜୁ ଠାରୁ ସବୁ ଉତ୍ତର ଶୁଣି ଦାରୋଗା ବାବୁ ଭାରି ଖୁସି ହୋଇଗଲେ।

ଦାରୋଗା ବାବୁ ପୁଣି ପଚାରିଲେ," ଆଛା ପୁଅ କହିଲୁ ତୁ ଏତେ ରାତିରେ କାହିଁକି ଯାଇଥିଲୁ? ଘରୁ କଣ ରୁଷି କି ଚାଲିଆସିଲୁ କି?" ରାଜୁ ଉତ୍ତର ଦେଲା, "ପିଲାବେଳୁ ମାଆଙ୍କ ଠାରୁ ଭୂତ ଗପ ଶୁଣି ଶୁଣି ଭୂତ ଦେଖିବାକୁ ଭାରି ଇଚ୍ଛା ହେଲା। ତେଣୁ ଘରେ ନକହି ପଳାଇଆସିଥିଲି।"

ଦାରୋଗା ବାବୁ କହିଲେ, " ଆରେ ମଲା ଭୂତ ଦେଖି କଣ ମିଳିଥାନ୍ତା ତତେ? ତୁ ତ ଜୀଅନ୍ତା ଭୂତ ଦେଖିଲୁ ଆଉ ଭୂତଗୁଡ଼ାଙ୍କୁ ପୋଲିସ ହାତରେ ଧରେଇ ଦେଇ ଖୁବ ଭଲ କାମ କଲୁ। ଠିକ କରିଛୁ। ତୁ ବଡ଼ ହେଲେ ଜଣେ ପୋଲିସ ଅଫିସର ହେବୁ। ମୁଁ ତୋତେ ଆଶୀର୍ବାଦ କରୁଛି। ଆଛା ରାତି ବେଶୀ ହେଲାଣି। ଘରେ ଖୋଜୁଥିବେ। ମୋ ମଟର ସାଇକେଲ ପଛରେ ବସ। ମୁଁ ତୋତେ ତମ ଘରେ ଛାଡ଼ିଦେବି ଆଉ ତୋ ବାପାମାଙ୍କ ସହିତ କଥା ହେବି। କାଲି ତୁମ ସ୍କୁଲକୁ ଯାଇ ତୁମ ଗୁରୁ ଗୁରୁମାଙ୍କ ସହିତ ଦେଖା କରି ତୋ ବିଷୟରେ କହିବି।"

ଦାରୋଗାବାବୁଙ୍କ କଥା ଶୁଣି ରାଜୁ ମନ ଆହୁରି ଖୁସି ହୋଇଗଲା। ଡେଇଁ ପଡ଼ି ବାଇକର ପଛ ସିଟରେ ବସି ପଡ଼ିଲା। ଦାରୋଗା ବାବୁ ତାକୁ ଘରେ ବାପାମାଙ୍କ ଜିମା ଦେଇ କହିଲେ, "ଆପଣଙ୍କ ପୁଅ ରାଜୁ ଖୁବ ଭଲ

ପିଲା। ଆଜି ଚୋର ଧରେଇ ଦେଇଛି। ଆମର କର୍ତ୍ତବ୍ୟର ମର୍ଯ୍ୟାଦା ରଖୁଛି। ତେଣୁ ଆପଣଙ୍କୁ ଅନୁରୋଧ ଡାକୁ ବାଢ଼ା ବାଡ଼ି କରିବେନି” ରାଜୁର ବାପା ଦାରୋଗା ବାବୁଙ୍କ କଥାରେ ରାଜି ହୋଇ ଟିକେ ଚାହା ଜଳଖୁଆ ସେବନ କରିବାକୁ ଅନୁରୋଧ କଲେ। ମାତ୍ର ଦାରୋଗା ବାବୁ ଫାଣ୍ଟିରେ କେହି ନାହାନ୍ତି କହି ଫେରିଗଲେ।

ସକାଳ ହେଲା। ଦିନ ଏଗାରଟା ବେଳେ ଦାରୋଗା ବାବୁ ରାଜୁର ସ୍କୁଲରେ ପହଞ୍ଚି ତାଙ୍କ ପ୍ରଧାନ ଶିକ୍ଷୟିତ୍ରୀଙ୍କୁ ଭେଟି ରାଜୁର ସାହାସିକତା ବିଷୟରେ କହିଲେ। ରାଜୁକୁ ଶ୍ରେଣୀ ଗୃହରୁ ଡାକି କାଡ଼ବରିଜ ଚକୋଲେଟ ଓ ମୋନାକୋ ଲୁଣି ବିସ୍କୁଟ ଦୁଇ ପ୍ୟାକେଟ ଦେଲେ ଏବଂ ପ୍ରଧାନଶିକ୍ଷୟିତ୍ରୀଙ୍କ ଦ୍ୱାରା ଚା' ଜଳଖୁଆରେ ଆପ୍ୟାୟିତ ହୋଇ ନିଜ ଫାଣ୍ଟିକୁ ଫେରି ଗଲେ।

ତାପରେ ତାପରେ ସ୍କୁଲର ସମସ୍ତ ଗୁରୁ ଗୁରୁମାଆ ରାଜୁକୁ ଖୁବ ପ୍ରଶଂସା କଲେ। ପରେ ପରେ ସ୍କୁଲର ମ୍ୟାନେଜିଙ୍ଗ ଡିରେକଟରମାନଙ୍କୁ ଜଣାଇ ରାଜୁ ପାଇଁ ଏକ ପ୍ରଶଂସା ପତ୍ର ସ୍କୁଲ ତରଫରୁ ପ୍ରଦାନ କଲେ।

ସେହି ଦିନଠାରୁ ଗାଆଁ ବାଲା ବନ୍ଧୁ ବାନ୍ଧବ ଗୁରୁଜନ ଓ ଗୁରୁ ଗୁରୁମାଆମାନେ ସମସ୍ତେ ଖୁସିରେ ରାଜୁକୁ “ହିରୋ ରାଜା” ନାଆଁରେ ଡାକିବାକୁ ଲାଗିଲେ। ସେ ମାଷ୍ଟର ରାଜୁ ନାଆରୁ ହିରୋ ରାଜା ନାଆଁରେ ଗାଆଁ ସାରା ପ୍ରସିଦ୍ଧ ହୋଇଗଲା। ଭଲ ପାଠ ପଢ଼ି ଶ୍ରେଣୀରେ ସର୍ବଦା ଫାଷ୍ଟ ହେଲା। ଭଲ ପିଲାର ଭଲ ବୁଦ୍ଧିକୁ ସମସ୍ତେ ଭୁରି ଭୁରି ପ୍ରଶଂସାଗାନ କରନ୍ତି।

ଅନ୍ୟ ଡରୁଆ ଛାତ୍ରଛାତ୍ରୀମାନଙ୍କୁ ହିରୋ ରାଜୁର ଉଦାହରଣ ଦେଇ ଗୁରୁଗୁରୁମାମାନେ ସେମାନଙ୍କ ମନରେ ସାହସ ଭରି ଦେଲେ। ରାଜୁର ସମାଜ ସେବା ଗୁଣରେ ସମସ୍ତ ଛାତ୍ରଛାତ୍ରୀଗଣ ପ୍ରଭାବିତ ହୋଇ ସ୍କୁଲର ତଥା ପିତାମାତାଙ୍କ ନାଆଁ ରଖିଲେ।

ଗାତୁଆ ମୂଷା

ଗାଁ ମୁଣ୍ଡରେ ଗୋଟିଏ ୫ଙ୍କା ବରଗଛ। ବରଗଛ ତଳେ ଥିବା ଗାତ ଭିତରେ ଗୋଟିଏ ଗାତୁଆ ମୂଷା ଘର କରି ଥାଏ। ରାତି ହେଲେ ବାହାରି ପାଖରେ ଥିବା ଘର ଭିତରେ ପଶି ଖାଦ୍ୟ ଯୋଗାଡ଼ କରି ଆଣି ପିଲାଛୁଆଙ୍କୁ ଖୁଆଏ। ଯେଉଁ ଦିନ ଖାଦ୍ୟଶସ୍ୟ ମିଳେନି ସେଦିନ ଘରର ଆସବାବ ପତ୍ର, ପିଲାଙ୍କ ବହିପତ୍ର ରାଗରେ ତାର ମୁନିଆଁ ଦାନ୍ତରେ କାଟି କୁଟି ପକାଏ। ଘର ମାଲିକ ରାଗି ଯାଇ ଯନ୍ତା ବସେଇଲେ, ବିଷ ଦେଲେ ତଥାପି ମୂଷା ବଞ୍ଚିଗଲା।

ଦିନେ ଘର ମାଲିକ ଗୋଟାଏ ବିରାଡ଼ି ଛୁଆ ଆଣି ପାଳିଲେ। ବିରାଡ଼ିକି ଡରି ମୂଷା ଆଉ ସେଇ ଘର ଭିତରକୁ ଆସିଲାନି। ମୂଷାର ସ୍ତ୍ରୀ ଦିନେ ତାକୁ କହିଲା, " କଣ କରିବା, ଆମ ପିଲାଛୁଆ କଣ ଭୋକରେ ମରିବେ। ତୁମେ ଅନ୍ୟ ଘର ଖୋଜ। ଯାହା ବି ପାଇଲେ ନେଇ ଆସ।"

ନିଜ ସ୍ତ୍ରୀ ପାଖରୁ ଏ କଥା ଶୁଣି ମୂଷା ଆଉ ଗୋଟିଏ ଘର ଖୋଜିବାରେ ଲାଗିଲା। ସେହି ଘରଟି ଗାଁର ଜମିଦାରଙ୍କ ପକ୍କା କୋଠା ଘର। ତାଙ୍କ ଘରେ ବସ୍ତା ବସ୍ତା ଚାଉଳ, ମୁଗ, ବିରି, ଧାନ, କୋଳଥ, ଇତ୍ୟାଦି ଖାଦ୍ୟ ଶସ୍ୟ ମହଜୁଦ ହୋଇ ଥାଏ। ଆଉ ଚୁଟିଆ ମୂଷାଗୁଡ଼ାଏ ସେଘରେ ରହିଥାନ୍ତି। ବିରାଡ଼ି ଦିଟା ଥିଲେ ମଧ ଚୁଟିଆ ମୂଷାଙ୍କ ଦୌରାମ୍ୟ କମେନି। ଗାତୁଆ ମୂଷା ବହୁତ କଷ୍ଟରେ ଲୁଚି ଛପି ଟିଭି ଆଣ୍ଟିନା ଉପରେ ଚଢ଼ି ଛାତ ବାଟେ ଘରେ ପଶିଲା। ଏତେ ଖାଦ୍ୟ ଦ୍ରବ୍ୟ ଦେଖି ତାର ଆଖି ଖୋସି ହୋଇଗଲା।

ନିଜେ ଖାଇ ଘରକୁ ଆଣିଲା। ମୂଷିକ ସ୍ତ୍ରୀ ଆଉ ଚାରିଟା ଛୁଆ ଆନନ୍ଦରେ ଖାଇଲେ। ଏମିତି ମାସେ ବିତିଗଲା। ହଠାତ ଦିନେ ଜମିଦାରଙ୍କ ଗୁମାସ୍ତାଙ୍କ ନଜର ଗାତୁଆ ମୂଷା ଉପରେ ପଡ଼ିଗଲା। ଆଉ ସେ ମୂଷାର ଯିବା ଆସିବା

ଟିଭି ଆଣ୍ଟିନା ତାରକୁ ଅନ୍ୟ ଘର ବାଟଦେଇ ଫିଟିଂ କରି ଦେଲେ। ବିଚରା ଗାତୁଆ ମୂଷା ଘରେ ଆଉ ପଶି ପାରିଲାନି। କେବଳ ବାହାରେ ରହି ସୁଯୋଗ ଉଣ୍ଡୁ ଥାଏ।

ଗାତୁଆ ମୂଷା ଗୁମାସ୍ତାଙ୍କ ଉପରେ ଭୀଷଣ ରାଗିଗଲା। ପ୍ରତିଶୋଧ ନେବା ପାଇଁ ଉପାୟ ଖୋଜିଲା ଓ ଘର ନଳା ବାଟ ଦେଇ ଭିତରେ ପଶିବାକୁ ଚେଷ୍ଟା କଲା। ନଳା ମୁହଁରେ ତାର ଜାଲି ଥିବାରୁ ଆଉ ପଶି ପାରିଲାନି। ଏପରି କିଛି ଦିନ ବିତିଗଲା ପରେ ଜାଲି ଭାଙ୍ଗି ଯିବାରୁ ଗାତୁଆ ମୂଷା ରାତିରେ ଘରେ ପଶିଗଲା ଓ ଖାଦ୍ୟଶସ୍ୟ ନିଜେ ଖାଇ ଘରକୁ ଆଣିଲା। ଗୁମାସ୍ତା ଶୋଇଥିବାରୁ ମୂଷାକୁ ସୁବିଧା ହୋଇଗଲା।

ଆଉ ଦିନେ ଗାତୁଆ ମୂଷା ଦେଖିଲା ଯେ ଗୋଟିଏ ବିରାଟ ନାଗ ସାପ କୁଆଡୁ ଆସି ଘର ନଳା ବାଟେ ଭିତରେ ପଶି ଚୁଟିଆ ମୂଷା ଶିକାର କରୁଛି। ମୂଷା ମୁଣ୍ଡରେ ଏକ ବୁଦ୍ଧି ଆସିଲା। ଖରାଦିନ। ରାତିରେ ଗୁମାସ୍ତା ବାବୁ ଅମାର ଘର ପିଣ୍ଡ ଉପରେ ଶୋଇ ଚେଇଁ ପହୁଡ଼ କରୁଥାନ୍ତି। ସେଦିନ ସାପ ଆସୁଥିବାର ଦେଖି ଜାଣି ଶୁଣି ସାପକୁ ଦେଖାଦେଲା। ଚୁଟିଆ ମୂଷାକୁ ଛାଡ଼ି ଗାତୁଆ ମୂଷା ଖାଇବାକୁ ସାପର ପାଟିରୁ ଲାଳ ଗଡ଼ିଲା।

କାହିଁକିନା ଗୋଟେ ବଡ଼ ମୂଷା ଗିଲି ଦେଲେ ମାସେ ଯାକ ତାକୁ ଆଉ ଭୋକ ହବନି କି ଛୋଟ ଛୋଟ ଚୁଟିଆ ମୂଷା ଗିଲିବାକୁ ପ୍ରତି ଦିନ ଆଉ ଆସିବାକୁ ପଡ଼ିବନି।

ତାପରେ ଗାତୁଆ ମୂଷା ଆଗେ ଆଗେ ଦୌଡ଼ିଲା ଓ ତା ପଛେ ପଛେ ନାଗ ସାପ ଗୋଡ଼େଇଲା। ମୂଷା ସାଙ୍ଗୋ ସାଙ୍ଗୋ ଗୁମାସ୍ତାଙ୍କ ଧାଖରେ ପହଞ୍ଚ ତାଙ୍କ ଫୁଲପେଣ୍ଡ ଭିତରେ ପଶିଗଲା। ସାପ ବି ଭିତରେ ପଶିଗଲା। ଦେହ ଉପରେ ନାକୁଆ ନାକୁଆ ଲାଗିବାରୁ ତାଙ୍କର ନିଦ ଭାଙ୍ଗିଗଲା ଓ ମୂଷା ଡେଇଁ ଘର ଭିତରେ ପଶିଗଲା। ସାପ ଉପରେ ଚାପ ପଡ଼ିବାରୁ ସାପ ଗୁମାସ୍ତାଙ୍କୁ କାମୁଡ଼ି ଦେଲା। ତାଙ୍କ ଦେହରେ ବିଷ ଚଢ଼ି ଯିବାରୁ ଛଟପଟ ହୋଇ ତଳେ ଗଡ଼ି ପଡ଼ିଲେ। ଜମିଦାରଙ୍କ ଚାକର ଦୌଡ଼ି ଆସି ସାପଟିକୁ ଧରି ନେଇ

ପାଖରେ ଥିବା ସର୍ପ ସଂରକ୍ଷଣ କେନ୍ଦ୍ରରେ ଛାଡ଼ି ଦେଇ ଆସିଲେ । କାରଣ ସେ ସାପ ଧରିବାର କୌଶଳ ଜାଣିଥିଲା ।

ଏଣେ ଜମିଦାର ତାଙ୍କ ନିଜ କାରରେ ଗୁମାସ୍ତାଙ୍କୁ ଡାକ୍ତରଖାନାକୁ ନେଇଗଲେ ଓ ନାଗସାପ ଇଞ୍ଜେକ୍ସନ ନେଲା ପରେ ଗୁମାସ୍ତା ଭଲ ହେଇଗଲେ । କାରଣ ପଡ଼ିଶା ଲୋକେ ସାପକୁ ନାଗ ସାପ ବୋଲି ଚିହ୍ନି ପାରିଥିଲେ । ଗୁମାସ୍ତା ଘରକୁ ଫେରିଲା ପରେ ଜମିଦାର ତାଙ୍କୁ ଅନ୍ୟ କାମରେ ନିଯୁକ୍ତି ଦେଲେ ।

ତାପରେ ଗାତୁଆ ମୂଷାର କଟେ ପୁଅ ବାର । ତାର ଖାଇବା ଅଭାବ ରହିଲାନି । ନିଜର ପିଲାଛୁଆଆସ୍ତ୍ରୀଙ୍କୁ ଧରି ଅମାର ଘର ପାଖରେ ଥିବା ବାଉଁଶ ବୁଦା ତଳେ ଗାତ ଖୋଲି ରହି ଆରାମରେ ଖାଇ ପିଇ ଜୀବନ ବିତେଇଲା । କିଛି ବର୍ଷପରେ ଗାତୁଆ ମୂଷା ମରିଗଲା । ତାର ଅଣ ନାତି ପଣ ନାତିମାନଙ୍କ ସଂଖ୍ୟା ଏତେ ବଢ଼ିଗଲା ଯେ ଜମିଦାର ବାଧ୍ୟ ହୋଇ ବିଷ ଦେଇ ଯନ୍ତା ବସେଇ ଅଧାରୁ ବେଶୀ ଗାତୁଆ ମୂଷାଙ୍କୁ ମାରିଦେଲେ ।

ପରୀ ମାଉସୀ

ମାଘମାସର ବାଘ ଶୀତ। ଆଇ ନାତୁଣୀ ଘରେ ଖଟ ଉପରେ କମ୍ବଳ ଘୋଡ଼େଇ ହୋଇ ଉଷ୍ମ ଚାଣ୍ଡ ଥାଆନ୍ତି। ଆଇମା ନିଘୋଡ଼ ନିଦରେ ଶୋଇ ଘୁଙ୍ଗୁଡ଼ି ମାରୁଥାନ୍ତି। କିନ୍ତୁ ନାତୁଣୀ ସୁମି ସ୍ୱପ୍ନ ଦୁନିଆରେ ବୁଡ଼ି ଯାଇଥାଏ। ସୁମି ଦେଖିଲା ଘର କାନ୍ଥ କୋଣରେ ଜଣେ ସୁନ୍ଦରୀ ଯୁବତୀ ବସି କଣ ସବୁ ଲେଖି ଚାଲିଛନ୍ତି। ତାଙ୍କର ଚାରୋଟି ଡେଣା ଅଛି। ଆଉ ତାଙ୍କର ମନମୁନ ଲେଖା ଉପରେ ରହିଛି। ତାଙ୍କ ଦେହରୁ ବାହାରୁଥିବା ଆଲୋକରେ ସେ ଲେଖି ଚାଲିଥାନ୍ତି।

କୌତୁହଳୀ ସୁମି ପଚାରିଲା, "ତୁମେ କିଏ? ଆମ ଘରେ ଏତେ ରାତିରେ ଆସି କଣ ଲେଖୁଛ?" ଯୁବତୀ ଉତ୍ତର ଦେଲେ, "ମୁଁ ଜଣେ ପରୀ। ସ୍ୱର୍ଗରାଜ୍ୟ ମୋ ଘର। ଆମ ରାଜା ଇନ୍ଦ୍ର ଦେବ ମୋତେ ପୃଥିବୀକୁ ପଠାଇଛନ୍ତି। ଘର ଘର ବୁଲି ସମସ୍ତଙ୍କ ପାପ ପୁଣ୍ୟ କେତେ ସବୁ ଏଇ ଭୁଜପତ୍ର କାଗଜରେ ଟିପି ନେବି। ଆଜି ତୋ ଆଇ ବିଷୟରେ ଲେଖୁଛି। ମୁଁ ତ ମୋ କଥା କହିଲି, ତୁ ତ ତୋ କଥା କିଛି କହିଲୁନି।"

ସୁମି କହିଲା," ମୋ ନା ସୁମି। ଗାଁ ସ୍କୁଲରେ ଚତୁର୍ଥ ଶ୍ରେଣୀରେ ପାଠ ପଢ଼ୁଛି। ଏଇଟା ମୋ ମାମୁଁ ଘର। ବଡ଼ ଦିନ ଛୁଟିରେ ବୁଲିଆସିଛି। ଆଇଙ୍କ ଗପ ଶୁଣି ଶୁଣି ଶୋଇ ପଡ଼ି ଥିଲି। ଆଚ୍ଛା ପରୀ ମାଉସୀ ତୁମ ଖାତାରେ ମୋ ନାଁଟା ଟିକେ ଲେଖିଦିଅନ୍ତେନି। ଖୁବ ଭଲ ହୁଅନ୍ତା।"

"ନାଇଁ ଝିଅ ଏଇଟା କେବଳ ବଡ଼ମାନଙ୍କ ପାଇଁ। ତୁମ ପରି ଛୋଟ ପିଲା ଯେବେ ବଡ଼ ହୋଇ ବୁଢ଼ାବୁଢ଼ୀ ହେବ ସେବେ ମୁଁ ଲେଖିଦେବି।" ତାପରେ ପୁଣି ସୁମି ପଚାରିଲା, "ତୁମେ କଣ ଏତେ ବର୍ଷ ବଞ୍ଚିବ?"

ପରୀ ଜଣକ ଲେଖା ବନ୍ଦ କରି ସୁମିକୁ ଚାହିଁ କହିଲେ, "ତୁ ଏ ସବୁ କଥାରେ ଜମା ମୁଣ୍ଡ ପୁରାନି। ପାଠ ପଢ଼ାରେ ମନ ଦେ। ଖେଳ କସରତ ପହଁରା ଶିଖ, ସବୁଦିନେ ରାତିରେ ଶୋଇବା ଆଗରୁ ଗାଈ କ୍ଷୀର ପି, ସକାଳୁ ଉଠି ଗଜାବୁଟ ମୁଗ ସିଝା ଅଣ୍ଡା ଖା। ତାକତ ବଢ଼ିବ। ପାଠ ସାଙ୍କୁ ଶାଠ ଶିଖ। ନହେଲେ ଆଜିକାଲି ଦୁନିଆଁରେ ହାରିଯିବୁ। ଛୋଟ ବେଳୁ ଅଭ୍ୟାସ କଲେ ବଡ଼ ବେଳେ ଆରାମ ଲାଗିବ। ତୁ ଆଜି ଛୋଟ ପିଲା। କାଲି ବଡ଼ ହେବୁ। କେତେ ଲୋକଙ୍କ ସାଙ୍ଗରେ ମିଶିବୁ। ସବୁ ଲୋକ ସମାନ ନୁହନ୍ତି। ସେମାନଙ୍କ ଭିତରେ ବଦମାସ ଲୋକ ବି ଅଛନ୍ତି। ତୁମ ବୟସର ଆଉ ତୁମଠାରୁ ବୟସ୍କା କୁମାରୀ ଝିଅମାନଙ୍କୁ ଚୋରି କରି ବା ଜବରଦସ୍ତ ଟେକି ନେଇ ଧନୀଲୋକଙ୍କୁ ବିକିଦେଉଛନ୍ତି ଆଉ ଖରାପ କାମରେ ଲଗାଉଛନ୍ତି।"

କଥା ନ ସରୁଣୁ ସୁମି ଆହୁରି କୌତୁହଲରେ ପ୍ରଶ୍ନ କଲା, "କି ଖରାପ କାମ" ପରୀ ମାଉସୀ ଟିକେ ଚିଡ଼ି ଯାଇ କହିଲେ, " ଅବିକା ତୋର ବୟସ ହୋଇନି ବଡ଼ ହେଲେ ସବୁ ଆପେ ଆପେ ଜାଣିବୁ। ତୋ ସାଙ୍ଗରେ କଥା କହି ମୋ ଲେଖା ବନ୍ଦ ହୋଇ ଗଲା। ଆଛା ଟିକେ କହୁଛି ଶୁଣ"।

"ଆଜିକୁ ହଜାର ବର୍ଷ ପୂର୍ବେ ତୁମ ଦେଶର ଲୋକମାନଙ୍କର ଚରିତ୍ର ସ୍ବଭାବ ଖୁବ ଭଲ ଥିଲା। ଅନ୍ୟ ଦେଶର ଲୋକମାନେ ସେମାନଙ୍କୁ ଦେବତାଙ୍କ ପରି ସମ୍ମାନ କରୁଥିଲେ। କିନ୍ତୁ ବର୍ତ୍ତମାନ ସେମାନେ ଗୁଣ ଆଉ କାମରେ ପଶୁ ଠାରୁ ବି ହୀନ ପାଲଟି ଗଲେଣି। ଝିଅ ଓ ସ୍ତ୍ରୀଲୋକମାନଙ୍କୁ ଖୋଇତା ଭଳିଆ ଭାବୁଛନ୍ତି। ବେଳେ ବେଳେ ତୋ ପରି ପିଲାମାନଙ୍କୁ ଜୀବନରୁ ମାରି ଦେଉଛନ୍ତି। ମୋ ପରି ଅନେକ ପରୀ ଆଉ ଦେବଦୂତ ତୁମ ପୃଥିବୀ ଉପରେ ବୁଲି ବୁଲି ସମସ୍ତଙ୍କ ହାଲଚାଲ ଟିପି ନେଇ ମହାରାଜ ଇନ୍ଦ୍ରଙ୍କୁ ଦେବେ। ତାପରେ ସେ ଯମ ରାଜଙ୍କୁ ଦେବେ।

ସେଇ ବଦମାସ ଲୋକଗୁଡ଼ାକ ମଲା ପରେ ଯମ ରାଜ ସେମାନଙ୍କୁ ଦଣ୍ଡ ଦେବେ। ଆମେ ସମସ୍ତେ ଦେବତା ମଣିଷ ନୁହଁ । ଆମେ କେବେ

ମରି ପାରିବୁନି। ଆମେ ଯୁଗ ଶେଷ ହେଲେବି ଯୁବକ ଯୁବତୀ। କାହିଁକି ନା ଆମେ ଅମୃତ ତିଆରି ଅମର ଲଡୁ ଖାଇଛୁ। ଆମର ଭୋକଶୋଷ ନାହିଁ।"

ସୁମି ପରୀ ମାଉସୀଙ୍କ କଥାକୁ ମନ ଧ୍ୟାନ ଦେଇ ଶୁଣୁଥାଏ। ମନରେ ତା'ର ଅସଂଖ୍ୟ ପ୍ରଶ୍ନ। ତଥାପି ନିଜର ପିଲା ମନରେ କହିଲା, "ମାଉସୀ ସ୍ୱର୍ଗ ରାଜ୍ୟ ବୁଲି ଯିବାକୁ ମୋର ଭାରି ମନ ହେଲାଣି। ମୋତେ ତୁମ ସାଙ୍ଗରେ ନେଇ ଯାଆ।"

ନାଇଁ ସୁମି ମଣିଷମାନଙ୍କ ପାଇଁ ସେଠାକୁ ଯିବା ମନା। କେବଳ ମଲାପରେ ସେମାନଙ୍କ ଆତ୍ମା ଯିବ। ରାତି ବେଶୀ ହେଲାଣି ମୁଁ ଯାଉଛି, କହି ପରୀମାଉସୀ ଡେଣା ଫଡ଼ ଫଡ଼ କଲେ। ସୁମି ନିଜକୁ ସମ୍ଭାଳି ପାରିଲାନି, କାନ୍ଦି କାନ୍ଦି ମାଉସୀଙ୍କ ପାଦକୁ ଜାବୁଡ଼ି ଧରିଲା, କାରଣ ସେ ତାଙ୍କୁ ନିଜର ମାଉସୀ ପରି ଭାବି ନେଇଥିଲା। ସୁମିର କଇଁ କଇଁ କାନ୍ଦ ଓ ପରୀମାଉସୀ ମୋତେ ନେଇଯା ନେଇଯା ରଡ଼ିରେ ଆଇଙ୍କ ନିଦ ଭାଙ୍ଗି ଗଲା।

" ଉଠିଯା ସୁମି। ଯା ମୁତିଆ, ଶୀତ ରାତିରେ ବେଶୀ ମୂତ ମାଡ଼େ, ଆଉ ମୂତ ପେଟରେ ରହିଲେ ପିଲାମାନେ ଖରାପ ସ୍ୱପ୍ନ ଦେଖନ୍ତି। ଯା ମୂତି ସାରି ଆଖିରେ ପାଣି ଛାଟି ଦେ। ଉପର ପଙ୍ଖା ସୁଇଚ ମାରିଦେ। ଟିକେ ବୁଲୁ ଭଲ ଲାଗିବ"।

ଆଇ କଥା ସୁମି ମାନିଲା। ଆଇ ନାତୁଣୀ ଗାମୁଛାରେ ପୋଛି ପାଛି ହେଇ କମଳ ତଳେ ପଶି କୁଣ୍ଢାକୁଣ୍ଢି ହୋଇ ଶୋଇଗଲେ। ସୁମି ତାର ସ୍ୱପ୍ନର ପରୀ ମାଉସୀ କଥା ଫୁସ ଫୁସ କରି ଆଇ କାନରେ ବଖାଣିବାକୁ ଲାଗିଲା। ଜିରୋ ପାୱାର ବଲ ଜଳୁଥାଏ ଆଉ ପଙ୍ଖା ପବନରେ ନାଇଲନ ମଶାରୀ ଦୋହଲୁ ଥାଏ। କମଳ ଭିତରୁ ଆଇମାଆଙ୍କର ପାକୁଆ ପାଟିର ହୁଁ ହୁଁ ଶବ୍ଦ ଶୁଭୁଥାଏ।

ଯାଦୁକରଙ୍କ ଘର

ଥରେ ଜଣେ ବିଖ୍ୟାତ ଯାଦୁକର ଏକ ସହରତଳି ଗାଁରେ ବାସ କରୁଥିଲେ। ତାଙ୍କର ନାଁ ରବୀନ। ତାଙ୍କର ଏକ ମାତ୍ର ଝିଅ ତାହାର ନାଁ ଗୀତା। ପିଲାବେଳୁ ମା' ଛେଉଣ୍ଡ। ତେଣୁ ବାପାଙ୍କ ଅତି ଗେହ୍ଲା ଝିଅ ଆଉ ଭାରି ଜିଦିଆ। ରବୀନ ବାବୁ ଗୀତାର ସବୁ ଜିଦି ପୂରଣ କରନ୍ତି। ଗୀତା ଗାଁ ସ୍କୁଲରେ ପଞ୍ଚମ ଶ୍ରେଣୀରେ ପାଠ ପଢ଼େ। ତାଙ୍କର ସ୍କୁଲର ଜଣେ ଦିଦି ରବୀନ ବାବୁଙ୍କ ଜଣେ ପଡ଼ୋଶୀଙ୍କ ଘରେ ଭଡ଼ାରେ ରହୁଥାନ୍ତି। ଝିଅ ଗୀତାକୁ ପାଠ ପଢ଼ାଇବା ସକାଶେ ତାଙ୍କ ଘରକୁ ଆସନ୍ତି ଓ ବେଳେ ବେଳେ ନବୀନ ବାବୁଙ୍କୁ ରୋଷେଇ କାମରେ ସାହାଯ୍ୟ କରନ୍ତି। ରବୀନ ବାବୁ ବାହାରକୁ ଯାଦୁ ଦେଖାଇବା ପାଇଁ ଗଲେ ଘରେ ଆସି ଦିଦି ରୁହନ୍ତି। ଆଉ ଗୀତାକୁ ପଢ଼ାଇବା ସହିତ ସବୁ ଘର କାମ କରନ୍ତି।

ଦିନେ ସନ୍ଧ୍ୟା ବେଳେ ରବୀନ ବାବୁ ଘରେ ପହଞ୍ଚିଲେ। ରବୀନ ବାବୁଙ୍କୁ ଦେଖି ଦିଦି ତାଙ୍କ ବସାକୁ ଫେରିଗଲେ। ରବୀନ ବାବୁ ଲକ୍ଷ୍ୟ କଲେ ଯେ ଗୀତା ସେଦିନ କାହିଁକି ମୁହଁ ଶୁଖେଇ ବସିଛି। ରବୀନ ବାବୁ ପଚାରିଲେ, "ଗୀତା କଣ ହେଲା? ତୋ ମନ କାହିଁକି ଆଜି ଦୁଃଖା। ଦେଖ ତୋ ପାଇଁ କେତେ ଖେଳନା ଆଉ ଗୋଟାଏ ଲେଡ଼ିଜ ସାଇକେଲ ଆଣିଛି। ସାଇକେଲ ଚଢ଼ି ସ୍କୁଲ ଯିବୁ।"

ଗୀତା କହିଲା, "ନାଇଁ ବାପା ଏ ସବୁ ମୋର ଦରକାର ନାହିଁ।" ରବୀନ ପଚାରିଲେ, "ଆଉ ତୋର କଣ ଦରକାର ଖୋଲି କହ।" ଗୀତା ଉତ୍ତର ଦେଲା, "ମୋର ଜଣେ ବୋଉ ଦରକାର ଆଣି ଦିଅ ବାପା ନହେଲେ ମୁଁ କିଛି ଖାଇବିନି କି ସ୍କୁଲ ଯିବିନି।" ଝିଅର ଜିଦି ଦେଖି ନବୀନ ବାବୁ ଘାବରେଇ ଯାଇ କହିଲେ, "ତୋ ବୋଉ ତୁ ଛୋଟ ଥିଲା ବେଳୁ ସ୍ୱର୍ଗକୁ ଚାଲି ଯାଇଛନ୍ତି।

ଆଉ ଅବିକା କୋଉଠୁଁ ବୋଉ ଆଣିବି। ବୁଝିବାକୁ ଚେଷ୍ଟା କର।" ଗୀତା ନ ଛୋଡ଼ ବନ୍ଦା। ଜୋରରେ କାନ୍ଦି କାନ୍ଦି କହିଲା," ଆମ ଦିଦି ବାହା ହୋଇ ନାହାନ୍ତି ବାପା। ତାଙ୍କୁ ବୋଉ କରି ଆମ ଘରକୁ ଆଣ। ମୋତେ ପାଠ ପଢ଼େଇ ଘରକାମ ସବୁ କରିବେ, ତୁମକୁ ରିହାତି ମିଳିବ।"

ଝିଅ ଗୀତାର ଏପରି ପରାମର୍ଶ ଶୁଣି ରବୀନ ବାବୁଙ୍କ ମୁହଁରୁ କଥା ବାହାରିଲାନି। ଝିଅର ମନ ଭୁଲାଇବାକୁ ବିଭିନ୍ନ ରକମର ମ୍ୟାଜିକ ଦେଖାଇବାକୁ ଲାଗିଲେ। ନିଜର ଟୋପି ଭିତରୁ ଅନେକ ଗୁଡ଼ିଏ ହୀରା ନୀଲା ମୋତୀ ମାଣିକ୍ୟପୂର୍ଣ୍ଣ ରଙ୍ଗ ବେରଙ୍ଗ କାଚ ବୋତଲ ଇତ୍ୟାଦି ବାହାର କଲେ। ହାତରେ ଧରିଥିବା ଇଣ୍ଡିଆନ ୱାଟର ବୋତଲରୁ ପାଣି କାଢ଼ି ଘରର ଚଟାଣ ଉପରେ ଛିଞ୍ଚି ଅନେକ ପ୍ରକାରର କଣ୍ଢେଇ ବାହାର କଲେ। କାଠ ଡାବଲ ଭିତରେ ପଶି ଉପରେ ଘୋଡ଼ଣୀ ଦେଇଦେଲେ।

ଗୀତା ପ୍ରାୟ ପାଞ୍ଚ ମିନିଟ ପରେ ଡାବୁଣୀ ଖୋଲି ବାପାଙ୍କୁ ନଦେଖି ବ୍ୟସ୍ତ ହୋଇ ପଡ଼ିଲା। " ଗୀତା ମୁଁ ଏଠି" ଗାଧୁଆ ଘର ଭିତରୁ ବାପାଙ୍କ ସ୍ୱର ଶୁଣି ଗୀତା ଚମକି ପଡ଼ିଲା। ତାପରେ ବାପାଙ୍କୁ କୁଣ୍ଢେଇ ପକାଇଲା। " ଝିଅର ଏପରି ବ୍ୟବହାର ଦେଖି ରବୀନ ବାବୁ ମନେ ମନେ ଗୁଡ଼ ଖାଇବାକୁ ଲାଗିଲେ ।

କିନ୍ତୁ ଗୀତା ଭୁଲିବାର ଜନ୍ତୁ ନୁହଁ। ପୁଣି ଜିଦି ଧରିଲା ବୋଉ ଆଣିବାକୁ। ବାପା ମନା କଲାଠୁଁ ରାଗି ଗଲା ଓ ବାପାପାଙ୍କର ତିଆରି ମ୍ୟାଜିକ ରତ୍ନ ବୋତଲ ମାଜିକ ସରଞ୍ଜାମ ସବୁ ନେଇ ଘର ପଛ ଗାଡ଼ିଆ ଭିତରକୁ ଫୋପାଡ଼ି ଦେଲା।

ଦୌଡ଼ି ଯାଇ ଦିଦିଙ୍କୁ ଡାକି ଆଣିଲା। ପାଖ ନନାଙ୍କୁ ଡାକି ଆଣିଲା। ବାପ ଝିଅଙ୍କ ମଧ୍ୟରେ ଏପରି କଥା ଶୁଣି ଗାଁ ମୁଖିଆ ଓ ସରପଞ୍ଚଙ୍କ ସହିତ ଆଉ ଦୁଇ ଜଣ ଭଦ୍ରଲୋକ ଘରେ ପହଞ୍ଚିଲେ।

ରବୀନ ବାବୁଙ୍କୁ ସମସ୍ତେ ବୁଝାଇଲେ। ଶେଷରେ ସେ ଝିଅର ଓ ସରପଞ୍ଚଙ୍କ ସହିତ ଆଉ ଦୁଇ ଜଣ ଭଦ୍ରଲୋକ ଘରେ ପହଞ୍ଚିଲେ।

ରବୀନ ବାବୁଙ୍କୁ ସମସ୍ତେ ବୁଝାଇଲେ। ଶେଷରେ ସେ ଝିଅର ଓ ଘରର ଭଲ ପାଇଁ ରାଜି ହେଲେ। ଗାଁ ମନ୍ଦିରରେ ଏକ ଆଦର୍ଶ ବିବାହ ଅନୁଷ୍ଠିତ ହେଲା।

ମନ୍ଦିର ପ୍ରସାଦ ପାଇ ଗାଁ ଲୋକେ ଓ ସ୍କୁଲ ଶିକ୍ଷକ ଶିକ୍ଷୟିତ୍ରୀମାନେ ଖୁବ ଖୁସି ହେଲେ। ନବୀନ ବାବୁଙ୍କ କାନ୍ଧରେ ବସି ଗୀତା ଘରକୁ ଫେରିଲା ଆଉ ଦିଦି ଓରଫ ବୋଉଙ୍କୁ ମୁଣ୍ଡିଆ ମାରି ଘରେ ପଶିଲା। ଗୀତାକୁ ସମସ୍ତେ ଧନ୍ୟବାଦ ଦେଲେ।

ହନୁ ମାଙ୍କଡ଼ ଓ କାଠୁରିଆ

ଥରେ ଗୋଟିଏ ହନୁ ମାଙ୍କଡ଼ ଗାଁ ମୁଣ୍ଡରେ ଥିବା ଏକ ଆମ୍ବ ଡାଳରେ ମସ୍ତି କରୁଥାଏ। ଗଛ ମୂଳେ ଜଣେ କାଠୁରିଆ ତାର ଏକ କାଠ ଗଣ୍ଡିକୁ ଦିଫାଳ କରି ହାଣି କୁରାଢ଼ିଟିକୁ ମଝିରେ ରଖି ଖରାବେଳେ ଘରକୁ ଭାତ ଖାଇବାକୁ ଗଲା। ଉଦୁଉଦିଆ ଖରା ବେଳ। ଗଛ ଉପରେ ଗରମ ଲାଗିବାରୁ ଗେଧ (ଅଣ୍ଡିରା ହନୁ ମାଙ୍କଡ଼)ଟି ତଳକୁ ଡେଇଁ ଗଛ ଗଣ୍ଡି ଉପରେ ବସିଲା। ଗୋଟାଏ ପାଚିଲା ଆମ୍ବ ଧରି ଖାଇବାକୁ ଲାଗିଲା।

ମାଙ୍କଡ଼ ସ୍ୱଭାବ ଖୁଜୁ ବୁଜିଆ। ଗୋଟାଏ ଜାଗାରେ ଚୁପଚାପ ବସି ପାରନ୍ତିନି। ଟେଁ ଚାଁ ଖେଁ ଖାଁ ହେଇ ଏ ଡାଳରୁ ସେଡାଳ ଡେଇଁ ବୁଲନ୍ତି। ତେଣୁ ହନୁ ମାଙ୍କଡ ତାର ମାଙ୍କେଡ଼ିଆ ବୁଦ୍ଧି ବା କେମିତି ଛାଡ଼ି ପାରିବ? ପାଖା ପାଖି ଦୁଇ ଘଣ୍ଟା ପରେ କାଠୁରିଆ ଖାଇ ପିଇ ଟିକେ ବିଶ୍ରାମ କରି କାମକୁ ଫେରିଲା। ହନୁମାଙ୍କଡ଼କୁ ଦେଖି ତାକୁ କାଠ ଗଣ୍ଡି ଉପରୁ ଡରେଇ କି ହଟାଇ ବାକୁ ତଳୁ ଗୋଟାଏ ଢେଲା ଉଠାଇଲା। ତାର ଛାଇରେ ବସିବାରେ ବାଧା ହେବାରୁ କଳାମୁହାଁ ଗେଧ ଖୁବ ରାଗି ଗଲା। କାଠୁରିଆକୁ ଡରାଇବାକୁ କାଠ ଗଣ୍ଡି କୁ ଖୁବ ଜୋରରେ ହଲାଇ ଦାନ୍ତ କଡ଼ ମଡ଼ କରିବାକୁ ଲାଗିଲା।

ମାଙ୍କଡ଼କୁ ଭଗେଇବା ପାଇଁ କାଠୁରିଆ ପାଖରେ ଥିବା ପୋଖରୀ ଭିତରେ ଡୁବି ମେଞ୍ଚାଏ ପଙ୍କ ହାତରେ ଧରି ଆଣିଲା। କଳାମୁହାଁ ହନୁ ମାଙ୍କଡ଼ ପଙ୍କକୁ ଭାରି ଡରନ୍ତି। କାରଣ ପଙ୍କ ସେମାନଙ୍କ ଦେହରେ ଲାଗିଲେ ସହଜରେ ବାହାରେନି। ତେଣୁ ନିଜ ହାତରେ ସେମାନେ ପଙ୍କ ଛଡ଼ାଇ ବାକୁ ଚେଷ୍ଟା କରନ୍ତି। ଫଳରେ ଦେହସାରା ଘା' ହେଇଯାଏ। ଆଉ ଘା' କୁଣ୍ଡାଇ ହେଲେ ଉଖାରି ଉଖାରି ତାକୁ ପଚାଇ ଦିଅନ୍ତି। ଆଉ ଅଳ୍ପ ଦିନ ପରେ ମରିଯାନ୍ତି। କାଠୁରିଆ ହାତରେ ପଙ୍କ ଦେଖି ଗେଧ ମାଙ୍କଡ଼ ଭୀଷଣ ଡରିଗଲା ଓ ଉପରକୁ କୁଦା ମାରିବାକୁ ଚେଷ୍ଟା କଲା । କିନ୍ତୁ କାଠ ଗଣ୍ଡି ଉପରୁ ଆଉ ଉଠି ପାରିଲାନି।

ଖାଲି କାଠୁରିଆକୁ ଖୁଙ୍କାରିବାକୁ ଲାଗିଲା। କାରଣ ତା'ର ଲାଙ୍ଗୁଡ଼ ଦୁଇ ଦୁଇ ଫାଳ ହୋଇ ଥିବା ଚିରା କାଠର ଫାଙ୍କରେ ପଶି ଯାଇଥିଲା। ମଝିରେ ଥିବା କୁରାଢ଼ି ଲୁହା ଖଣ୍ଡ କାଠ ଫାଳକୁ ଅଲଗା କରି ରଖିଥିଲା। ଗେଧ କାଠ ଗଣ୍ଠିକୁ ଅଯଥା ହଲାଇବା ଦ୍ୱାରା ଦୁଇ ଫାଳ ପୁଣି ଏକାଠି ହେଇଗଲା ଓ ଲାଙ୍ଗୁଡ଼ଟି ଚାପି ହେଇ କାଠ ମଝିରେ ରହିଗଲା। ଗେଧ ନିଜ ଲାଙ୍ଗୁଡ଼ କଟିଯିବା ଡରରେ ଆଉ କୁଦା ମାରି ପାରିଲାନି। କେବଳ ଚୁପଚାପ୍ ବସି ରହିଥାଏ।

ମାଙ୍କଡ଼ର ଏପରି ବିକଳ ଅବସ୍ଥା ଦେଖି କାଠୁରିଆ ମନରେ ଦୟା ଆସିଲା। ମାଙ୍କଡ଼ ଉପରେ କାଦୁଅ ନ ଫିଙ୍ଗି କାଠ ଫାଳ ମଝିରେ ଗୋଟାଏ ଠେଙ୍ଗା ଭର୍ତ୍ତି କରି ଫାଟଟିକୁ ମେଲାଇ ଦେଲା। ଏଣୁ ଗେଧ ମାଙ୍କଡ଼ର ଲାଙ୍ଗୁଡ଼ ସୁରୁଖୁରେ ବାହାରି ଆସିଲା। ଆଉ ମାଙ୍କଡ଼ ଗଛ ଉପରକୁ ଚଢ଼ି ଯାଇ ବସିଲା। କାଠୁରିଆ ପୁଣି କାଠ ହାଣିବାକୁ ଆରମ୍ଭ କଲା।

ଏହି କାହାଣୀଟିରୁ ଶିକ୍ଷା ମିଳିଲା ଯେ, ଯଦି କେହି ଅଯଥା କାମ ଅର୍ଥାତ ତାଙ୍କର ନିଜ କାମ ନୁହେଁ ଯାହାକି କରିବା ଅନୁଚିତ, ସେହି କର୍ମ କରନ୍ତି ଠିକ କଲା ମୁହାଁ ଗେଧ ମାଙ୍କଡ଼ ପରି କଷ୍ଟ ପାଆନ୍ତି। ତେଣୁ ପିଲାମାନେ ଏକଥା ସବୁବେଳେ ମନେ ରଖିବା ଉଚିତ।

ଛାତ୍ରଛାତ୍ରୀମାନଙ୍କ ପାଠପଢ଼ା କାମ "ସୁବ୍ୟାପାରା" ପାଠରେ ମନ ନଦେଇ ପାଠ ପଢ଼ି ଜ୍ଞାନ ଆହରଣ କରିବା ସମୟରେ ଖେଳିବା ସିନେମା ଦେଖିବା ଗୁଡ଼ି ଉଡ଼ାଇବା, ସାରଙ୍କୁ ମିଛ କହି ଏଣେ ତେଣେ ବୁଲିବା, ସାଙ୍ଗ ସାଥିମାନଙ୍କ ସହିତ କଜିଆ କରିବା ଇତ୍ୟାଦି "ଅବ୍ୟାପାରା" ସୁବ୍ୟାପାରରେ ଛାତ୍ରୀ ଛାତ୍ରମାନଙ୍କ ଭବିଷ୍ୟତ ଉଜ୍ଜ୍ୱଳ ହୁଏ ଓ ଅବ୍ୟାପାରରେ ମନ ଦେଲେ ନିଜ ନିଜର ଭବିଷ୍ୟତ ଅନ୍ଧାର ହୋଇଥାଏ।

[ପିଲାମାନଙ୍କ ପାଇଁ ଶିକ୍ଷା ମୂଳକ ଗଳ୍ପ । ଓଡ଼ିଶାର ଲୋକକଥା ଉପରେ ଆଧାରିତ]

ପିଶାଚପ୍ରେତଙ୍କ ସ୍ୱପ୍ନରାଜ୍ୟ

ଦିନେ ବବଲୁ ତାର ମାମୁଁ ଘରେ ଆଈଙ୍କ ପାଖରେ ଶୋଇଥିଲା। ରାତିରେ ଗୋଟାଏ ସ୍ୱପ୍ନ ଦେଖିଲା ଯେ ସେ ଅଜଣା ଜାଗାରେ ଅଛି। ସେଠି ଏକ ବିରାଟ କୋଠା ମଶାଣି ଭିତରେ ଅଛି। ଯେଉଁଠି ଅନେକ ଭୂତ ପ୍ରେତାମ୍ୟ ପିଶାଚ ସବୁ ଭିନ୍ନ ଭିନ୍ନ ରୂପରେ ଅଛନ୍ତି। ଛିଗାଲ, ଶାଗୁଣା, ପେଚା, ବାଦୁଡ଼ି, ଗଧିଆ ଆଦି ରୂପରେ ବୁଲୁଛନ୍ତି।

ବବଲୁକୁ ଦେଖି ସେମାନେ ତା ଚାରି ପାଖେ ଘେରି ଗଲେ। କାହିଁକି ନା ସେ ସେଠି ନୂଆ। ସେମାନଙ୍କର କିଲିକିଲା ରାବରେ ବବଲୁ ଘାବରେଇ ଗଲାନି। କିନ୍ତୁ ସାହସ ବାନ୍ଧି ପଚାରିଲା, "ତୁମେ ସବୁ କିଏ? ଏଠି କଣ କରୁଛ?" ଭୂତମାନେ କହିଲେ, " ଆମେ ଏଠି ଯୁଗ ଆରମ୍ଭରୁ ରହି ଆସୁଛୁ। ଇଏ ଆମ ରାଜ୍ୟ। ଈଶ୍ୱର ଆମ ପାଇଁ ଏହି ଜାଗାକୁ ବାଛିଛନ୍ତି। ଆମକୁ ବର ଦେଇଛନ୍ତି ଆମେ ସବୁ ଅସମ୍ଭବ କାମକୁ ସମ୍ଭବ କରିପାରିବୁ।"

ବବଲୁ ପଚାରିଲା, "ଆଚ୍ଛା ମୁଁ ଯାହା କହିବି କରି ପାରିବ?" ଉତ୍ତର ମିଳିଲା, " ହଁ ମାତ୍ର ଆମ ରାଜାଙ୍କ ଅନୁମତି ମିଳିଲେ ସବୁ କରିବୁ।"

ତାପରେ ବବଲୁକୁ ସାଙ୍ଗରେ ନେଇ ପିଶାଚ ଭୂତମାନେ ରାଜାଙ୍କ ପାଖକୁ ଗଲେ। ରାଜା ପଚାରିଲେ, "ତୁମେ କିଏ ଏଠିକି କଣ ପାଇଁ ଆସିଛ?

ବବଲୁ କହିଲା, "ମୁଁ ଏଠିକି ସ୍ୱପ୍ନରାଜାଙ୍କ ସାଙ୍ଗରେ ବୁଲି ଆସିଛି। ଆମ ଗାଁ ମସ୍ତି ପୁର।" ରାଜା କହିଲେ," ଆଚ୍ଛା ତୁମର କଣ ଦରକାର କୁହ। ମୁଁ ତୁମ ଆଶା ପୂର୍ଣ୍ଣ କରିବି।" ଭୂତ ରାଜା କଥା ଶୁଣି ବବଲୁ ମନ ଖୁସି ହୋଇଗଲା।

କାରଣ ସେ ଗୋଟିଏ ପର ଉପକାରୀ ପିଲା ଥିଲା। ଗାଁ ସ୍କୁଲରେ ସପ୍ତମ

ଶ୍ରେଣୀରେ ପାଠ ପଢୁ ଥିଲା। ସମସ୍ତେ ତାକୁ ଭଲ ପାଉଥିଲେ। ପିଶାଚ ରାଜାଙ୍କୁ କହିଲା, "ଆଜ୍ଞା ଆମ ଗାଁ ଭିତରେ ଆମ ଘର ସବୁଠାରୁ ଧନୀ। ଆଉ ସମସ୍ତେ ଗରିବ। ନଈ କୂଳିଆ ଗାଁ। ପ୍ରତି ବର୍ଷ ନଈ ବଢିରେ ଆମ ଗାଁର ଅଧିକାଂଶ ଘର ପାଣି ଘେର ଭିତରେ ରୁହେ। କେତେ ଲୋକ ପାଣି ସୁଅରେ ଭାସି ଯାଆନ୍ତି। ଚାଲ ଘର ଭାସିଯାଏ। ଲୋକ ଖାଇ ବାକୁ ନ ପାଇ ମରିଯାନ୍ତି। ମୋ ବାପା ଶକ୍ତି ଅନୁସାରେ ଗାଁ ଲୋକଙ୍କୁ ସାହାଯ୍ୟ କରନ୍ତି। ଆମ ଘର କୋଠା ଉପରେ ଲୋକେ ଆଶ୍ରୟ ନିଅନ୍ତି। ଆପଣ ପିଶାଚ ରାଜା ଆପଣ ଇଚ୍ଛାକଲେ ଆମ ଗାଁର ମଙ୍ଗଳ ନିଶ୍ଚୟ କରିପାରିବେ।"

ଭୂତ ରାଜା ବବଲୁ ଉପରେ ଭାରି ଖୁସି ହୋଇ ଗଲେ। ଆଉ କହିଲେ, "ଠିକ ଅଛି। ତୁ ଏଠି ମୋ ପଲାଙ୍କରେ ଟିକେ ଶୋଇ ପଡ଼। ମୁଁ ଯାହା କରିବା କଥା କରିବି।" ବବଲୁ ପିଶାଚ ରାଜା କଥା ମାନି ଶୋଇ ପଡ଼ିଲା। ଚାହୁଁ ଚାହୁଁ ରାତି ପାହିଗଲା। ନିତ୍ୟ କର୍ମ ସାରି ମାମୁଁଙ୍କ ସାଙ୍ଗରେ ନିଜ ଗାଁକୁ ଫେରିଆସିଲା। ଖରାଦିନ ଦ୍ୱିପହର। ବବଲୁ ଗାଁ ବୁଲି ଗଲା ଯାହା ଦେଖିଲା ତା ଆଖି ଖୋସି ହେଇଗଲା।

ସେ ଦେଖିଲା ତାଙ୍କ ଗାଁ ରେ ସମସ୍ତଙ୍କ ଉଚ୍ଚା ପିଣ୍ଡା କୋଠା ଘର ତିଆରି ହୋଇ ଯାଇଛି। ନଈ କୂଳକୁ ଯାଇ ଦେଖିଲା ନଈ କୂଳରେ ପାଞ୍ଚ ମିଟର ଉଚ୍ଚର ଟାଣୁଆ ସିମେଣ୍ଟ ବନ୍ଧ ତିଆରି ହୋଇ ଯାଇଛି। ଏ ସବୁ ଅସମ୍ଭବ କାଣ୍ଡ ଦେଖି ବବଲୁ ଅତି ଖୁସିରେ ଆଖିରୁ ଲୁହ ଗଡ଼େଇ ଈଶ୍ୱରଙ୍କୁ ଅନେକ ନମସ୍କାର ଓ ଧନ୍ୟବାଦ ଜଣାଇଲା। ତାର ସ୍ୱପ୍ନର ପିଶାଚ ରାଜାଙ୍କୁ ମନେ ମନେ କୃତଜ୍ଞତା ସହିତ ଗାଁ ବାଲାଙ୍କ ତରଫରୁ ଆନ୍ତରିକ ଅଭିନନ୍ଦନ ଜଣାଇ ଘରକୁ ଫେରିଗଲା।

ଏ ସବୁ ଆଶ୍ଚର୍ଯ୍ୟ କର ଅଭୁତ ସ୍ୱପ୍ନ ବିଷୟ ମା' କୁ ଜଣାଇଲା। ମା' ତା ଗାଲରେ ସ୍ନେହରେ ଚୁମା ଦେଇ ବାପା ଆଣିଥିବା କାଡ଼ବରିଜ ଚକୋଲେଟ ଖାଇବାକୁ ଦେଲେ। ସେଦିନ ରବିବାର ଥିବାରୁ ମା' ଆଉ ପୁଅ ଦୁଇଜଣ କ୍ୟାରମ ଖେଳି ବସିଲେ।

ଅଜଣା ସମାଜସେବୀ

ଓଡ଼ିଶାର ଘଞ୍ଚ ଜଙ୍ଗଲ ତଳି ଏକ ଗାଁରେ ଜଣେ ବ୍ୟବସାୟୀ ନିଜ ପରିବାର ସହିତ ରହୁଥିଲେ। ତାଙ୍କ ନାଁ କୁବେର। ତାଙ୍କର ଦୁଇଟି ମାତ୍ର ସନ୍ତାନ। ଗୋଟିଏ ପୁଅ ଓ ଗୋଟିଏ ଝିଅ। ଝିଅଟିର ନାଁ ମିତା ଓ ପୁଅର ନାଁ ରବି। ମିତା ମାଟ୍ରିକ ପାସ୍ କରି ପାଖ କଲେଜରେ ପାଠ ପଢ଼ିବା ସହିତ ବୋଉଙ୍କୁ ଘର କାମରେ ସାହାଯ୍ୟ କରେ।

ରବି ଗାଁ ସ୍କୁଲରେ ଅଷ୍ଟମ ଶ୍ରେଣୀର ଛାତ୍ର। ଖେଳ କସରତ ପହଁରା ଆଦିରେ ଧୁରନ୍ଧର। ବୋଉ କମଳା ଜଣେ ଆଦର୍ଶ ଗୃହିଣୀ। ପରିବାରକୁ ସମ୍ଭାଳି କାଠ ଓ ସିମେଣ୍ଟ ବ୍ୟବସାୟରେ ମଧ ସ୍ୱାମୀଙ୍କୁ ସାହାଯ୍ୟ କରିବାକୁ ସେ ନିଜ କର୍ତ୍ତବ୍ୟ ବୋଲି ମାନୁଥିଲେ। ତାଙ୍କର ଉଦ୍ଦେଶ୍ୟ ଥିଲା ନିଜର ପୁଅ ଝିଅଙ୍କୁ ଉପଯୁକ୍ତ ମଣିଷ କରିବା। ସ୍ୱାମୀ କୁବେର ଅନେକ ସମୟରେ କାଠ ଓ ସିମେଣ୍ଟ ବସ୍ତା ସଂଗ୍ରହ କରିବାକୁ ବାହାରେ ରୁହନ୍ତି। କାଠ ପାଇଁ ଜଙ୍ଗଲ ଓ ସିମେଣ୍ଟ ପାଇଁ ପାଖ ସହରକୁ ଯାଆନ୍ତି। ତାଙ୍କର ଘରେ ସିମେଣ୍ଟ ଓ କାଠ ଗୋଦାମ।

ତାଙ୍କ ଗାଁ ରାମପୁରର ପ୍ରାୟ କୋଡ଼ିଏ କିଲୋମିଟର ପରିଧିରେ କୌଣସି କାଠ ଓ ସିମେଣ୍ଟ ଗୋଦାମ ନଥିବାରୁ ସେହି ଅଞ୍ଚଳର ସମସ୍ତ ଗ୍ରାମବାସୀ କୁବେର ବାବୁଙ୍କ ଉପରେ ନିର୍ଭର କରନ୍ତି। କାଳ କ୍ରମେ ବ୍ୟବସାୟରେ ଉନ୍ନତି ହେଲା ପରେ କୁବେର ବାବୁ ସେହି ଇଲାକାରେ ସବୁଠାରୁ ଧନୀ ବ୍ୟକ୍ତି ଭାବେ ସମ୍ମାନ ପାଇଲେ। ଏପରିକି ଦୂର ଦୁରାନ୍ତରୁ ଲୋକେ ତାଙ୍କ ନାଁ ଜାଣି ଦେଖିବାକୁ ଆସିଲେ।

ଧନୀ ବ୍ୟବସାୟୀ କୁବେର ବାବୁ କେବଳ ବ୍ୟବସାୟୀ ନଥିଲେ,

ଜଣେ ଅମାୟିକ ସମାଜସେବୀ ଥିଲେ ମଧ୍ୟ। ତେଣୁ ନିଜ ଗାଁର ଗରିବ ପରିବାରଗୁଡ଼ିକୁ ଯଥାଶକ୍ତି ସାହାଯ୍ୟ କରି ସେମାନଙ୍କୁ ଉପଯୁକ୍ତ ସାମାଜିକ ମର୍ଯ୍ୟାଦା ଦେବା ତାଙ୍କର ମହତ ଉଦ୍ଦେଶ୍ୟ।

ଗାଁରେ ଏକ ଦାତବ୍ୟ ଚିକିତ୍ସାଳୟ ଓ ଏକ ପ୍ରାଥମିକ ବିଦ୍ୟାଳୟ ଖୋଲିଥିଲେ। ଗରିବ ଶ୍ରେଣୀର ଲୋକମାନଙ୍କୁ ନିଜର ଦଶଟି ସିମେଣ୍ଟ ଗୋଦାମ ଓ ଦଶଟି କାଠ ଗୋଦାମରେ ଚାକିରି ଦେଲେ। କ୍ରମେ କ୍ରମେ ତାଙ୍କର ସୁନାମ ସାରା ରାଜ୍ୟରେ ବ୍ୟାପିଗଲା। ବାଣିଜ୍ୟ ବସତେ ଲକ୍ଷ୍ମୀ ତତ୍ତ୍ୱକୁ ସେ ମାନି ଜଣେ ପରାର୍ଦ୍ଧ ପତି ହେଲେ। ନିଜର ତହବିଲ ସମ୍ଭାଳିବା ଦାୟିତ୍ୱ ନିଜ ପୁଅ ରବିକୁ ଦେଲେ। ରବି ସେତେବେଳକୁ କମର୍ସ ପୋଷ୍ଟ ଗ୍ରାଜୁଏଟ। ଅତି ଉତ୍ତମ ରୂପେ ବାପାଙ୍କ ସହିତ କାନ୍ଧ ମିଳାଇ ଚାଲିଲା।

ବୋଉ କମଳା ମଧ୍ୟ କୌଣସି ମାନବୀୟ ଗୁଣରେ କମ ନଥିଲେ। ନିଜର ଗ୍ରାଜୁଏଟ ଝିଅ ମିତାକୁ ଘର କରଣା ବିଦ୍ୟା ଶିଖାଇବା ସହିତ ପାଖ ସହରର କାରେଟ ତାଲିମ କେନ୍ଦ୍ରରେ ତାର ନାଁ ଲେଖାଇ ଦେଇଥିଲେ। ବାପା ବୋଉଙ୍କ ପୂର୍ଣ୍ଣ ସହଯୋଗ ଓ ପ୍ରୋତ୍ସାହନ ପାଇ ସନ୍ତାନ ଦ୍ୱୟ ଗର୍ବିତ। ସେମାନେ ପିତାମାତାଙ୍କ ସେବା କରିବା ସହିତ ଜନ ମଙ୍ଗଳ କରିବା ସେମାନଙ୍କ ଲକ୍ଷ୍ୟ।

ବ୍ୟବସାୟ ବଢ଼ି ଯିବାରୁ ମାସକୁ ଥରେ ଦୁଇ ଥର ପାଖ ସହରରେ ଥିବା ବ୍ୟାଙ୍କୁ ଯାଆନ୍ତି ନିଜର ଜମା ଖାତାର ହିସାବ ଦେଖିବା ପାଇଁ। ସେ ଜଣେ ଧନୀ ବ୍ୟକ୍ତି। ଆଖ ପାଖ ଯେତିକ ଅସାମାଜିକ ଶିକ୍ଷିତ ଯୁବକମାନଙ୍କ ନଜର ତାଙ୍କ ଉପରେ ଥାଏ। କେତେକ କମ୍ପ୍ୟୁଟର ଶିକ୍ଷ ବିଜ୍ଞାନରେ ପ୍ରବୀଣ ଥିବା ସାଇବର ଅପରାଧୀ ଯୁବକ ଯୁବତୀ ତାଙ୍କ ପଛରେ ଲାଗି ଯାଇଥାନ୍ତି। କୁବେର ବାବୁଙ୍କ ଏ ବିଷୟରେ କିଛି ଧାରଣା ନଥିଲା। ସେ କେବଳ ବ୍ୟାଙ୍କ କର୍ତ୍ତୃପକ୍ଷ ପକ୍ଷଙ୍କ ନିର୍ଦ୍ଦେଶ ଅନୁସାରେ ଟଙ୍କା କାରବାର କରନ୍ତି। କୌଣସି ମୋବାଇଲ ମେସେଜକୁ ଅନାଧୁନିଆ ମାନି ଯାନ୍ତିନି। ତେଣୁ ସାଇବର ଅପରାଧୀମାନଙ୍କ ରାଗ ତାଙ୍କ ଉପରେ ଥାଏ।

କଳେ ବଳେ କୌଶଳେ କୁବେର ବାବୁଙ୍କ ଗଚ୍ଛିତ ଅର୍ଥକୁ ହଡ଼ପ କରିବା

ସେମାନଙ୍କ ଉଦ୍ଦେଶ୍ୟ। ଉଦ୍ଦେଶ୍ୟ ପୂର୍ଣ୍ଣ କରିବାକୁ ଜଙ୍ଗଲ ଗୁମ୍ଫା ଭିତରେ ରହୁଥିବା ଏକ ଡକାୟତ ଦଳ ସହିତ ସେମାନେ ସାଲିସ କରିଥାନ୍ତି। ସୁଯୋଗ ଉଣ୍ଟି କୁବେର ବାବୁଙ୍କ ଘର ଉପରେ ଚଢ଼ାଉ କରିବାକୁ ସେମାନେ ଚକ୍ରାନ୍ତ କରୁଥାନ୍ତି।

ଦିନେ ବିରାଡ଼ି କପାଳକୁ ଶିକା ଛିଣ୍ଡିଲା ପରି ସେମାନଙ୍କୁ ମଉକା ମିଳିଗଲା। କାରଣ ସେଦିନ ରାତିରେ ନିଜ ପୁଅଠିଅଙ୍କ ବିଭାଘର ପ୍ରସ୍ତାବରେ ସସ୍ତ୍ରୀକ ସହରରେ ଥିବା ବନ୍ଧୁଙ୍କ ଘରକୁ ଯାଇଥିଲେ। ଘରେ କେବଳ ମିତା ଆଉ ରବି ଥାନ୍ତି।

ରାତି ପ୍ରାୟ ଏଗାରଟା। କଲିଂ ବେଲ ବାଜି ଉଠିଲା। ସେମାନେ ଭାବିଲେ କାଲେ ବାପା ବୋଉ ଫେରି ଆସିଥିବେ!!! ତେଣୁ ରବି କବାଟ ଖୋଲିଲା।

କଳା ମୁଖା ପିନ୍ଧା ଛ ଜଣ ଦୁର୍ବୃତ୍ତଙ୍କ ମଧ୍ୟରୁ ଜଣେ ରବିକୁ ମାଡ଼ି ବସିଲା। ଧସ୍ତାଧସ୍ତି ଚାଲିଲା। ଧଡ଼ ଧାଡ଼ ଶବ୍ଦରେ ମିତାର ନିଦ ଭାଙ୍ଗିଗଲା। ହଠାତ ପଦାକୁ ନଆସି ନିଜ ବେଡ଼ରୁମ ଭିତରେ ନିଜର କାରେଟି ପୋଷାକ ପିନ୍ଧି ଅନ୍ଧାରେ ବ୍ଲାକ ବେଲ୍ଟ ଓ ଧାରୁଆ ଛୁରୀ ପୋଷାକରେ ଥିବା ଖୋଲରେ ରଖି ବାହାରକୁ ବାହାରିଆସିଲ । ସେତେବେଳକୁ ରବି ଆଉ ଦୁର୍ବୃତ୍ତଙ୍କ ଭିତରେ ତୁମୁଲ ସଙ୍ଘର୍ଷ ଚାଲିଥାଏ। ଆଉ ଡେରି ନକରି ମିତା ଭାଇ ରବିକୁ ରକ୍ଷା କରିବା ପାଇଁ ଅପରାଧୀମାନଙ୍କ ଉପରେ କାରେଟି ଚାର୍ଜ ଆରମ୍ଭ କରିଦେଲା। ଆଖି ପିଛୁଲାକେ ଗୁଣ୍ଡାମାନେ ମାଡ଼ ଖାଇ ତଳେ ପଡ଼ିଗଲେ। ରବି ଗୋଟିଏ ରୁଲ ବାଡ଼ିରେ ସେମାନଙ୍କୁ ପିଟି ଚାଲିଲା। ପ୍ରାଣ ବିକଳରେ ସେମାନେ ରାତିର ଅନ୍ଧାର ଭିତରେ କୁବେର ବାବୁଙ୍କ ଘର ଛାଡ଼ି ପଲାୟନ କଲେ।

ସେତେବେଳକୁ ରାତି ଗୋଟାଏ। ମାଘ ମାସ ଅମାବାସ୍ୟା। ବାହାରେ ଜଗିଥିବା ଦୁର୍ବୃତ୍ତମାନେ ତାଙ୍କ ଘର ବାହାର କାଠ ଗୋଲାରେ ନିଆଁ ଲଗାଇ ଦେଇଥାନ୍ତି ପ୍ରତିଶୋଧ ନେବା ପାଇଁ। ଭାଇ ଭଉଣୀ ବାହାରକୁ ଆସି ଦେଖିଲେ ଜଣେ ଲୋକ ଗୋଟିଏ ଧଳା ଘୋଡ଼ା ଉପରେ ବସିଛନ୍ତି ଫାଟକ ସେପାଖୋ ତାଙ୍କର ମୁଣ୍ଡରୁ ପାଦ ପର୍ଯ୍ୟନ୍ତ ସାନ୍ତୁ ଦ୍ୱାରା ଆବୃତି। ଅନ୍ଧା ଦୁଇ ପାଖରେ

ପିସ୍ତଲ ଝୁଲୁଛି। ବେଲ୍ଟ ମଝିରେ ଖପୁରି ଚିହ୍ନ। ପାଦରେ ଦାମିକା ଚିପା ଜୋତା। ମୁହଁରେ ମୁଖା ଆଉ ଆଖିରେ କଳା ଚଷମା ମିତା ଓ ରବି ସେହି ବିଚିତ୍ର ବେଶ ଧାରୀ ଅଚିହ୍ନା ଲୋକଟି ପାଖକୁ ଗଲେ। ସନ୍ଦେହରେ ପଚାରିଲେ, " ଆପଣ କିଏ? ଏତେ ରାତିରେ ଆମ ଘରକୁ କାହିଁକି ଆସିଛନ୍ତି? ଆପଣ ଡକାୟତ ସର୍ଦ୍ଦାର ନୁହନ୍ତି ତ?"

ଆଗନ୍ତୁକ ଜଣଙ୍କ ସେମାନଙ୍କ କଥା ଶୁଣି ଘୋଡ଼ା ପିଠିରୁ ଓହ୍ଲାଇ ଆସିଲେ ଓ ମୁରୁକି ହସି କହିଲେ, " ନା ମୁଁ ସର୍ଦ୍ଦାର ନୁହେଁ। ମୋ ନା ଫ୍ୟାଣ୍ଟମ। ମୁଁ ମୋ ପରିବାର ସହିତ ଆଫ୍ରିକାର ଘୋର ଜଙ୍ଗଲ ଭିତରେ ରହେ। ଏସିଆରେ ମଧ୍ୟ ମୋର ବଙ୍ଗଲା ଅଛି। କିନ୍ତୁ ମୁଁ କେବେ ଲୋକ ଲୋଚନକୁ ଆସେନି କି ବର୍ତ୍ତମାନ ଦୁର୍ନୀତି ଗ୍ରସ୍ତ ମଣିଷ ସମାଜରେ ନିଜର ପରିଚୟ ଦେବାକୁ ମୁଁ ଆଦୌ ଚାହେଁନି। ପରୋକ୍ଷରେ ଅପରାଧୀମାନଙ୍କୁ ଧରି ଆଇନ ହାତରେ ଦେବା ମୋର କର୍ତ୍ତବ୍ୟ। ମୋତେ ଯେଉଁମାନେ ଜାଣନ୍ତି ସେମାନେ ମତେ ଚଳନ୍ତା ଭୂତ ବୋଲି ଡାକନ୍ତି। ମଣିଷ ସମାଜରୁ ଅସାମାଜିକ ଅପରାଧୀମାନଙ୍କୁ ମାରି କିମ୍ବା ଜବତ କରି ସେମାନଙ୍କୁ ଦଣ୍ଡ ଦେବା ମୋର ଉଦ୍ଦେଶ୍ୟ। ତୁମ ଦେଶର କେତେଜଣ ସାଇବର ଅପରାଧୀ ଓ ଦୁର୍ବୃତ୍ତଙ୍କ ନଜର ତୁମ ବାପାଙ୍କ ଧନ ସମ୍ପତ୍ତି ଓ ବ୍ୟାଙ୍କ ବାଲାନ୍ସ ଉପରେ ପଡ଼ିଥିବାର ଖବର ମୁଁ ପାଇଲି। ମୋର ମୋଦ୍ଧ ଅପରାନ୍ତି ଆଉ ନେଟୱର୍କ ସାରା ପୃଥିବୀରେ ଅଛି। ମୋର ଗୁପ୍ତଚରମାନେ ଚାରିଆଡ଼େ ଖେଳେଇ ହେଇ ରହିଛନ୍ତି। ପୂର୍ବରୁ ତୁମ ବାପାଙ୍କ ବିଷୟରେ ଜାଣିଥିଲି। ସେ ଜଣେ ଦେବତାତୁଲ୍ୟ ମାନବବାଦୀ ଭଦ୍ର ବ୍ୟକ୍ତି। ତାଙ୍କୁ ରକ୍ଷା କରିବା ଉଦ୍ଦେଶ୍ୟରେ ତୁମ ଘରକୁ ଆସିଲି। କିନ୍ତୁ ଟିକେ ଡେରି ହେଇଗଲା। ଦୁର୍ବୃତ୍ତମାନଙ୍କୁ ଧରି ପାରିଲିନି। ଯାହାବି ହେଉ ତୁମେମାନଙ୍କୁ ନିରାପଦ ଦେଖି ଖୁସି ଲାଗିଲା।"

ରବି ଏତେ ବଡ଼ ଆନ୍ତର୍ଜାତୀୟ ଯୋଦ୍ଧାଙ୍କୁ ମିତା ବିଷୟରେ ଟିକେ ଜଣାଇ ଦେବାକୁ ସମୀଚିନ ମନେ କଲା। ତେଣୁ ସେ ସାହସ ବାନ୍ଧି ଯିବାକୁ ଉଦ୍ୟତ "ଫାଣ୍ଟମ ମହାଶୟ"ଙ୍କୁ କହିଲା," ଆଜ୍ଞା ମୁଁ ପୁଅ ପିଲା ହେଲେ ବି ଅକାଳ କୁଷ୍ମାଣ୍ଡ। ମୋ ଭଉଣୀ ମିତାର ଇଏ କରିଛା ଆଜ୍ଞା। କାରଣ ସେ ବ୍ଲାକ ବେଲ୍ଟ ହୋଲଡର ଆଉ ବୃଷଲି ତାର ଗୁରୁ। ସିଏ ଆଜି ଘରେ ନଥିଲେ

ଆମ ଘରର ଇଜ୍ଜତ ମାଟିରେ ମିଶିଯାଇଥାନ୍ତା।" ଏକା ନିଶ୍ୱାସେ ସବୁ ଗୁଡ଼ାକ ବଖାଣି ଦେଲା ଫାଣ୍ଟମ ଓରଫ ଚଲନ୍ତା ଭୂତଙ୍କ ଆଗରେ।

ଠିକ୍ ଏତିକି ବେଳେ ମିତା ଆସି ଫାଣ୍ଟମଙ୍କୁ ନମସ୍କାର ଜଣେଇ ତାଙ୍କ ଘୋଡ଼ା ଆଗରେ ଠିଆ ହେଇ କହିଲା, " ଅଙ୍କଲ! ଭାଇ ଯାହା କହିଲା ସତ। ମୁଁ ସେହି ଦୁର୍ବୃଭିମାନଙ୍କୁ ଉପଯୁକ୍ତ ଦଣ୍ଡ ଦେଇଛି। ମାତ୍ର ଆପଣଙ୍କୁ ଦେଖିଲା ପରେ ମୋ ମନରେ ଆହୁରି ରଣ କୌଶଳ ଆପଣଙ୍କ ଠାରୁ ଶିଖିବାକୁ ତୀବ୍ର ଇଚ୍ଛା ଅଛି। ଆଉ ବି ଘୋଡ଼ା ଚଢ଼ା ଶିଖିବାକୁ। ଆପଣ ଆମର ପିତୃତୁଲ୍ୟ ଯଦି ସେତିକି ଟିକେ ଅନୁଗ୍ରହ କରନ୍ତେ ମୁଁ ମୋର ଶକ୍ତି ଅନୁଯାୟୀ ସମାଜ ସେବା କିଛିକାଂଶ କରିପାରନ୍ତି।"

ମିତା ମୁହଁରୁ ଏକଥା ଶୁଣି ଫାଣ୍ଟମ ମହାଶୟ ବହୁତ ଖୁସିରେ ମିତା ସହିତ ହ୍ୟାଣ୍ଡସେକ କରି ଏମ୍ବ୍ରେସ କଲେ ଓ କହିଲେ, " ହଁ ତୁ ମୋ ଝିଅ ପରି। ଯେହେତୁ ମୁଁ ସବୁବେଳେ ଗୁପ୍ତ ତତେ ସିଧା ଶିଖେଇ ପାରିବିନି। ମୋର ଜଣେ ଶିଷ୍ୟ ଅଛନ୍ତି ତମରି ଓଡ଼ିଶାରେ ତାଙ୍କ ନା ଜୋସେଫ। କିନ୍ତୁ ସେ କୋଉଠି ଓଡ଼ିଶାରେ ଡେରା ପକାନ୍ତି ମୁଁ ଜାଣିଛି। କିନ୍ତୁ ଜାଗାର ନା ଗୁପ୍ତ। ତୁମ ରାଜ୍ୟର ଘୋର ଜଙ୍ଗଲ ଭିତର ଗୁମ୍ଫାରେ ଥାନ୍ତି। କେବଳ ଦେଶିଆ ଲୋକ ତାଙ୍କର ସହଚର ଓ ସାଙ୍ଗ। ସାରା ପୃଥିବୀ ଛଦ୍ମବେଶରେ ବୁଲନ୍ତି। ସାମ୍ପ୍ରତିକ ଦୁଛ ମାନବ ସେବା ତାଙ୍କର ଧର୍ମ। ସେ ସାମରିକ ବିଦ୍ୟା ସବୁଥିରେ ଧୁରନ୍ଧର। ଭଲ ଘୋଡ଼ା ଚଢ଼ାଳି। ମୁଁ ତାଙ୍କୁ ପଠେଇ ଦେବି। ସେ ଆସି ତୁମ ଘରେ ରହିବେ। ତତେ ଘୋଡ଼ସବାରୀ ଶିଖାଇଦେବେ ନିଶ୍ଚୟ। ଆଉ ବି ଅଧିକା ଶିକ୍ଷାନବିଶ ଯଦି ମିଳିବେ ସେ ବହୁତ ଖୁସି ହେଇଯିବେ। ଓଡ଼ିଆ ଇଂରାଜୀ ମିଶା ଭାଷା କହିବେ। ଏ ମୋର ଜବାବ। ହଉ ମୁଁ ଯାଉଛି। ସକାଳ ହେଇଗଲେ ଅସୁବିଧା।

"ମିତାକୁ ଆଶ୍ୱାସନା ଦେଇ ଫେରିଗଲେ। ମିତା ହୃଦୟ ଓ ମନ ଭିତରେ ଆନନ୍ଦର ଦେବଦୂତ ସତେ ଯେମିତି ତାକୁ ହସେଇବାକୁ ଲାଗିଲେ। ଫଳରେ ମିତା ଆଖିରୁ ଦୁଇ ଟୋପା ଆନନ୍ଦାଶ୍ରୁ ଗାଲ ଉପର ଦେଇ ତଳେ ପଡ଼ିଲା। ଅଚିହ୍ନା ଅଭୁତ ରୂପଧାରୀ ଆଗନ୍ତୁକଙ୍କ ଖଣ୍ଡି ଖଣ୍ଡିକିଆ ଓଡ଼ିଆ ମିଶା ଇଂରାଜୀ

ବାଣୀ ଶୁଣି ମିତା ଓ ରୁବି ଆଶ୍ୱାସନା ପାଇଲେ। ତାଙ୍କୁ ଦେବଦୂତ ମନେକରି ଘରକୁ ଡାକିଲେ। କିନ୍ତୁ ସେ ମନା କରି ପୁଣି ଘୋଡ଼ା ଉପରେ ବସି ଗୁଡ଼ବାଏ କହି ଫେରିଗଲେ। କାଠ ଗୋଦାମ ପୋଡ଼ିଗଲେ ବି ସେମାନଙ୍କ ମନ ଦୁଃଖ ନଥିଲା। ରାତି ତିନିଟା ହେଲା। ଫାଟକ ବନ୍ଦ କରି ଭାଇ ଭଉଣୀ ନିଜ ନିଜ ରୁମରେ ବିଶ୍ରାମ କଲେ।

ରାତି ପାହିଗଲା। ଦିନ ଏଗାରଟା ବେଳେ କୁବେର ବାବୁ ଓ ଶ୍ରୀମତୀ କମଳା ରାମପୁର ଫେରିଲେ। ଘରେ ପହଞ୍ଚି ପିଲାଙ୍କମୁହଁରୁ ସବୁ କଥା ଶୁଣି ବହୁତ ଖୁସି ହେଲେ। ଝିଅ ମିତା ପିଠିରେ ହାତ ଥାପୁଡ଼େଇ ବାଃ ବାଃ କଲେ। ବୋଉ ବାପାଙ୍କ ସକାରାତ୍ମକ ପ୍ରେରଣାରେ ସେମାନଙ୍କ ଅନ୍ତରାତ୍ମାରେ ଥିବା ମାନବୀୟ ଗୁଣଗୁଡ଼ିକ ଆହୁରି ବିକଶିତ ହେବାକୁ ଲାଗିଲା।

ଧନୀ ବ୍ୟବସାୟୀ ଓ ମାନବବାଦୀ କୁବେର ବାବୁ ଟିଭି ସୁଇଚ୍ ଅନ କଲେ। ଦୁଇଦିନ ପରେ ଓଡ଼ିଆ ନ୍ୟୁଜ ଚାନେଲରେ ଦେଖ଼ିବାକୁ ପାଇଲେ ଯେ ପ୍ରାୟ ପଚାଶ ଜଣ ସାଇବର ଅପରାଧୀ ଓ ତିରିଶ ଜଣ ଡକାୟତମାନଙ୍କୁ ରାମପୁର ଅରଣ୍ୟାଞ୍ଚଳରୁ ଜବତ କରାଯାଇଛି ଓ ସେମାନଙ୍କୁ ସଦର ଥାନା ହାଜତକୁ ଚାଲାଣ କରାଯାଇଛି।

ବଡ଼ ଆଶ୍ଚର୍ଯ୍ୟର କଥା ରାଜ୍ୟରେ ଆତଙ୍କ ସୃଷ୍ଟି କରିଥିବା ଯେଉଁ ସାଇବର କ୍ରିମିନାଲ ଓ ଦୁର୍ବୃତ୍ତମାନଙ୍କୁ ଆଜିକୁ ପ୍ରାୟ ତିନି ବର୍ଷ ହେଲା ସି. ବି. ଆଇ., ରାଜ୍ୟ କ୍ରାଇମ ବ୍ରାଞ୍ଚ ଓ ବେସରକାରୀ ଗୁଇନ୍ଦା ସଂସ୍ଥାଙ୍କ ଆଖ଼ିରେ ଧୂଳି ଦେଇ ଅପରାଧ କରିଆସୁଥିଲେ ଓ ସରକାରଙ୍କ ସବୁ ଉଦ୍ୟମ ବିଫଳ ହୋଇଥିଲା ଆଜି କେମିତି ସେମାନେ ଧରାପଡ଼ିଗଲେ।

ଏହାର ମୂଳରେ କେଉଁ ସମାଜସେବୀ ସଂଘର ଭୂମିକା ଅଛି? ଏ ପର୍ଯ୍ୟନ୍ତ ଜଣା ପଡ଼ିନି। ମାତ୍ର ହଁ ଗୋଟିଏ ଚାରି ସେଣ୍ଟିମିଟର ବ୍ୟାସାର୍ଦ୍ଧର ରୌପ୍ୟ ବୃତ୍ତାକାର ଫଳକ ମିଳିଛି ଯାହାର ଗୋଟାଏ ପାଖରେ ମଣିଷ ଖପୁର ଓ ଅନ୍ୟ ପାଖରେ ଗୋଟାଏ ମୁଖାଚଷମା ପିନ୍ଧା ମଣିଷ ମୁଣ୍ଡ ରେଖାଚିତ୍ର ଖୋଦିତ ହୋଇଛି। ଆହୁରି ଆଶ୍ଚର୍ଯ୍ୟର ଘଟଣା ଯେ, ସେହି ରୌପ୍ୟ ବୃତ୍ତାକାର ଫଳକ

ଥାନାର ଭାରପ୍ରାପ୍ତ ଇନିସ୍ପେକଟରଙ୍କ ଟେବୁଲ ଉପରୁ ମିଳିଛି। ଏ ପର୍ଯ୍ୟନ୍ତ ଏହାର ଗୁପ୍ତ ରହସ୍ୟ ଉନ୍ମୋଚନ ହୋଇ ପାରି ନାହିଁ।

ଉକ୍ତ ଖବର ଟିଭିରୁ ଦେଖ୍ ଶୁଣି କୁବେରବାବୁ ସହିତ ଶ୍ରୀମତୀ କମଳା ଦେବୀ, ରବି ଓ ମିତା ତାଳି ମାରି ଆନନ୍ଦରେ ନାଚି ଉଠିଲେ। ମନେ ମନେ ଅଜଣା ସାଣ୍ଟୁ ତଥା ଚଷମାଯୁକ୍ତ ମୁଖା ପିନ୍ଧା ବ୍ୟକ୍ତି " ଚଲନ୍ତା ଭୂତ ଫ୍ୟାଣ୍ଟମ" ମହାଶୟଙ୍କୁ ଅଶେଷ ଧନ୍ୟବାଦ ଜଣାଇ ଦେଶ ଓ ଜାତିର ମଙ୍ଗଳ କରି ଚାଲିଲେ ବଂଶାନୁକ୍ରମିକ ଭାବେ।

www.ingramcontent.com/pod-product-compliance
Lightning Source LLC
Chambersburg PA
CBHW031348160726
47993CB00002B/879